U0933198

欣欣向爱
HAPPY LOVE

莞尔
穆清
著

江苏凤凰文艺出版社
JIANGSU PHOENIX LITERATURE AND ART PUBLISHING, LTD

图书在版编目（CIP）数据

余生有归途 / 莞尔，穆清著．— 南京：江苏凤凰文艺出版社，2019.11
ISBN 978-7-5594-4082-2

Ⅰ．①余… Ⅱ．①莞… ②穆… Ⅲ．①长篇小说—中国—当代 Ⅳ．①I247.5

中国版本图书馆 CIP 数据核字（2019）第 225604 号

余生有归途

莞尔 穆清 著

责任编辑	丁小卉
文字统筹	白 昼 野 酱
封面设计	栗栗子
责任印制	刘 巍
出版发行	江苏凤凰文艺出版社 南京市中央路 165 号，邮编：210009
网　　址	http://www.jswenyi.com
印　　刷	长沙鸿发印务实业有限公司
开　　本	880×1230 毫米 1/32
印　　张	9
字　　数	295 千字
版　　次	2019 年 11 月第 1 版 2019 年 11 月第 1 次印刷
书　　号	ISBN 978-7-5594-4082-2
定　　价	39.80 元

目录

CONTENTS

目 录

C O N T E N T S

第一章 群发的自荐信

六月，火热的毕业季。

学校北门的片片鱼自助火锅店里，四个女生两两对坐，正在吃毕业散伙饭。

桌子上方圆锥形的小吊灯落下牙白色的光和袅袅上升的热气搅在一起，像聚了一团化不开的雾。

四个女生的脚边立了一堆空啤酒瓶子，然而，她们似乎还没喝够，吃到中途，偷偷从包里摸出一瓶红星二锅头。

其中一个肉肉的女生贼眉鼠眼地四处张望了一会儿，见没人注意到她们，便朝另一个女生打了个手势，收到安全信号的女生用启瓶器一撬，二锅头的瓶盖应声落地，顿时跟脱了车身的轮胎似的，没完没了地滚起来。

蒋邂的视线随着瓶盖飞速行进，心提到了嗓子眼儿。

这家店严令禁止客人私带酒水，万一被发现，那也太糟心了。

服务员就在隔壁桌点单，与她们咫尺之遥。

四个女生屏气凝神。

瓶盖十分凑巧地滚到隔壁桌的一个男生脚边。

蒋邂悬着的一颗心暂且落了下来，来这儿吃火锅的客人大多是学生，学生之间最不乏的就是心照不宣。

瓶盖在撞击了一下那个男生的运动鞋后，在原地打了几个转儿，终于彻底着了地。

男生穿着灰色连帽卫衣、黑色休闲裤，脚下是一双干净的白色运动鞋，

座位旁放了一顶和卫衣同色的鸭舌帽。

以蒋邂一个大四老学姐的眼光来看，这男生外貌清隽，看起来又很阳光，应该很好说话。

那瓶盖果不其然引起了男生的注意，他低头扫了一眼“外来侵袭物”后，头微微一侧，目光径直撞上了四朵小金花的目光。

其中一朵小金花的目光尤为特别，朝他眨巴了一下眼睛。

示意“嘘”。

一个眼神就够了。

蒋邂觉得自己可以放心地和室友们一醉方休了，于是起身给坐在自己对面的左飘飘的杯子里倒了半杯二锅头，刚一坐下，余光就瞥见那位看起来阳光好说话的同学突然举起手。

怎么回事？

蒋邂预感不妙。

“服务员。”他喊。

一位服务员应声走了过去。

那位男生先是向服务员示意了一下自己的脚下，在服务员弯身捡起那枚瓶盖后，他把左手搭在服务员右肩上，朝四朵小金花的方向指了指。

结局可想而知。

二锅头被店里的服务员拿走，暂存柜台。

服务员刚一走，四个女生叫苦连天。她们压着嗓子，开始控诉那个没品的“举报”男。

左飘飘：“什么人啊这是！”

姚佳：“长得帅了不起啊，学姐我纵横江湖这么多年，还没见过这么没品的男人！”

荣姿：“好生气哦，这人怎么这样啊？我们喝酒又不妨碍他，你们说，这种男生在学校里是不是那种专门喜欢向老师打小报告的人啊？”

左飘飘、姚佳连连附和。

只有蒋邂正低头专心对付着自己的鸭掌，她的心中甚是悲凉，满脑子都是刚才和男生对视时自己朝人家 wink 的样子。

太羞耻了。

“喂，小邂你干吗呢？”姚佳提醒。

蒋邂闻言，立马纠正自己不雅的吃相。

左飘飘转头又瞅了一眼。

“坐他对面那个，是她女朋友吧？怪好看的。”

姚佳不可思议地问：“这种男人居然还会有女朋友？”

荣姿花痴道：“他很帅啊。”

“肤浅。”姚佳剜她一眼，“始于颜值，那也该终结于人品了啊。”

左飘飘拍了下蒋邂的肩：“小邂，怎么不说话？”

蒋邂茫然地“啊”了一声。

姚佳戳了下她的脑门：“没脑的吃货，你倒是说句话啊，你不讨厌这种人吗？”

蒋邂嚼着一口的海带，含糊地应道：“嗯，挺讨厌的。”

越接近正午，火锅店里的人越多，氤氲的热气缭绕不散，味儿又大。

那个“举报”她们的男生，没多久就和女朋友结账离开了。

四朵小金花的话题，也终于转移到了别处。

今天这顿饭是她们的毕业散伙饭，四人借着啤酒那点儿微不足道的劲儿，打嘴炮完了后，毫不免俗地开始煽情了。

吃完这顿饭，大家都要天南地北地各奔前程去了。只有蒋邂，极有可能成为唯一一个固守大本营的人。

大三那年，在母亲的撺掇下，蒋邂咬着牙考了张教师资格证。这不，毕业了她妈又催着她回去考教编。蒋邂她爸和她妈的想法正好相左，他鼓励蒋邂去做自己喜欢的事儿，女儿留在大城市工作多好，且不说前途如何，和街坊邻居侃大山的时候，说出去也倍儿有面子。

她爸她妈因为这事儿，一天一小吵，三天一大吵。

后来她爸凭借着“一家之主”的威严，险胜她妈。

蒋大国打电话给她的时候，夫妻俩的战役刚刚结束，蒋大国一脸护驾成功的扬扬得意。

“闺女，就留在帝都吧，老爸支持你，有梦就去闯，有想法就要付诸行动。你妈那边，爸给你顶着。缺钱找爸，咱家米粉店最近生意真不错，不缺钱……”

这通电话断了蒋邂回家的路。

蒋邂没什么特别的梦想，浑浑噩噩地过了四年，学着一点也不感兴趣的财务管理专业，业余时间在一家女频网站上写点扑街的总裁文。

蒋大国那通电话结束后，她坐在阳台上吹着徐徐的清风，嚼着香辣小鱼干思考了很久“梦想”这个词。

会计她不想干，写东西吧，功力浅得次次扑街。留言板偶尔惊现几条评论，都是读者骂她的文狗血辣鸡。靠这玩意儿赚钱，她也不指望。

她能干什么呢？

后来闺密唐不甜点拨她：“你不是挺喜欢写东西吗？但是靠实实在在的写文又养不活你，要不你去当编辑好了。二次元里你是十八线透明小写手，三次元里你是作者们最爱攀附的伯乐小编。然后呢，你以伯乐小编的马甲，去挖掘十八线小透明的你自己。哇，这么一想，你的未来无限光明啊。”

“编辑……吗？”她从来没想过。

“死脑筋，你不是很喜欢看书、写东西吗？对文字肯定比一般人更敏感啊，可以去试试嘛，编辑不行，还可以试试广告行业、新媒体行业……选择那么多，终归是有出路的。”唐不甜还没说够，“而且你不是超喜欢那个知名出品人许时遇吗？还有你的本命千焜啊，国内首屈一指的殿堂级悬疑大师，仔细想想，他们不都和出版行业有关吗？说不定当了编辑可以接触到你的偶像呢。”

蒋邂闷头想了一阵儿，感觉唐不甜说的好像挺有道理的。还把她的偶像和本命拿出来做文章，这么一想，这个方向确实还挺诱人的。

反正她没目标，干哪行不是干，还不如挑个更适合自己的。

隔天，蒋邂就动手写新简历，刚开始还士气满满，写着写着就泄了气儿。

乏善可陈的实践经历，擦着合格边的成绩。

奖学金，不存在的。

学生干部，没她份儿。

后来经唐不甜点拨说：“搞文学的人，最喜欢讲情怀了，只要可着劲儿写，可着劲儿抒发，说不定人家一感动，直接拍板了呢。”

有道理。

最后，蒋邂写了一封长达三千字的自荐信，洋洋洒洒，全是肺腑之词，从自己小时候攒零花钱买《读者》杂志，到长大后省生活费买经典畅销书，从读书时写作文被语文老师骂狗屁不通，到现在文章被刊登到各种杂志报纸……

当天，蒋邂就把自己的简历和自荐信打包一起发送给了帝都的各大出版公司、出版社、工作室，少儿的、青春的、社科的，和文字沾亲带故了的她一个也没落下。

不到一周，她收到了不少单位和企业的面试通知。

前些天，已经面试完一家做社科的公众号运营团队、一家搞 IP 孵化的传媒公司，一个让等结果，一个直接拍板了，说她随时可以来上班。

拍板的是那家做社科文学的。

社科文学是什么？顾名思义，社会科普，蒋邂对社科文学的大致印象全是中学时期做阅读理解遗留下来的。

对于长期沉浸在无脑网文里的蒋邂来说，那是相当枯燥的。

于是又继续一家一家面试。

直到她收到“十年九遇”公司的面试通知，擦了擦眼，不够，又擦一遍。

然后，她在宿舍乐得蹦了三尺高。

关于“十年九遇”这家公司，业内的说法很多，基本都是溢美之词。其中有一条业界人士达成的共识——“十年九遇”是出版界的一朵高岭之花。

“十年九遇”是两年前成立的，创始人叫许时遇。对于这个名字背后贴着的各种标签，蒋邂如数家珍。

前阅朗传媒集团旗下阅青春杂志明星主编、前“沉鱼之家文化有限公司”策划总监、知名作家经纪人……

两年前，许时遇从“沉鱼之家”离职，跳出来单干，没多久就创立了“十年九遇”。

决定单干这事儿，许时遇是在微博上发布的。

那一阵儿蒋邂刷微博的时候，感觉出版行业里的氛围莫名变得诡异起来。“十年九遇”这四个字被业内很多双眼睛盯着。蛋糕就那么大，多一个人出来，就要分走一杯羹，谁也不乐意啊。

何况“许时遇”这三个字，就是出版界的“磁铁”，稍微有点眼力见儿的作者，都喜欢跟着他跑。

结果，“十年九遇”刚成立那会儿，不少出版公司开始耍流氓，作家捆绑，合同陷阱，疯抢资源……

总之，使出版界闹腾了一阵儿。

最后，当“十年九遇”第一本书上市时，短短一小时内便打破了线上线下销售纪录。半年内，近十次加印，销量迄今已突破六百万册，而线上线下所有渠道加起来，退货率不到百分之一。

当“十年九遇”成立一周年时，行业媒体做了一个极其惊人的数据总结：一年六本书，总码洋超过3个亿，总销量突破一千万册，还有一本被引出国外。本本卖出电子、有声和影视版权……

出版圈里的那些老前辈，一个个都羡慕嫉妒恨。

在电子阅读、网文疯狂占领市场，纸质出版日趋萎靡的今天，“十年九遇”取得这个成绩，抛开眼红这一点来说，它让无数心灰意冷的出版人，又看到了春天。

这样一个人，蒋邂怎能不喜欢？

这样一家公司，她又怎能不抓住机会？

揣着无比忐忑的心情，蒋邂来到了“十年九遇”的办公楼。耸入云端的写字楼抬头望去，脑袋和脖子要仰成九十度。在楼下大厅登记完后，蒋邂低头理了理衣襟，往电梯的方向走。

出了电梯，找到“十年九遇”所在的楼层。前台是直冲着门口的，一眼就看见了公司背景墙上凹凸出“十年九遇”四个字，艺术感很强。下面是公司的Logo，而设计也很巧妙，“十”和“九”两个数字的结合，像“丸”不是“丸”，说“卂”又不是“卂”。很抽象，乍一看，还挺像甲骨文。

平时只能在书脊上看到的Logo，此刻就在眼前，被暖白色的射灯映照着，真实得有些虚幻，蒋邂的心突然怦怦怦地狂跳起来。

距离两点还有十五分钟，于是蒋邂退了几步，蹲在一个角落里。从口袋里摸出一块口香糖，开始嚼。不行，还是很紧张，她环顾四周，发现没有人，这里又是公司的视线盲区。

她揉了揉自己的肩膀，开始做扩胸运动。

“一二三四，五六七八。二二三四，五六七八。三二三四，五六七八。四二……”

“借过。”“啪”的一声，蒋邂伸展的手臂，被人用手拍下。

声音又凉又淡。

那人从她右边走过。

白色连帽卫衣，走路懒懒的，食指上钩着一份打包的饭盒，前后晃荡，香味缥缈，时有时无。

蒋邂往左缩了一步，目光追随着那人。结果，她看着那人……慢慢地走进了“十年九遇”。

她心里“咕咚”一下。

完蛋了！

蒋邂在门外抱头冷静了三秒钟。

如果刚才进去那人是“十年九遇”的客户什么的，还好。如果是员工，或者就是面试她的HR或者未来上司，她等于是直接被判死刑了。

“唐不甜，都怪你！说什么紧张就做扩胸运动，因为你，我人生的第一份工作就要不战而败了！”蒋邂泪流满面地捶墙，一下，两下，三下……

“是蒋邂吗？”前方传来一道清亮的女声。

“是我。”蒋邂缩着脖子举起手。

“进来吧。”

蒋邂抱着“十年九遇”一日游的心情，低头跟着面前漂亮的小姐姐走了进去。

经过前台来到公共办公区，雅致文艺的调调扑面而来。

蒋邂的目光不敢太造次，漂亮小姐姐介绍到哪儿，她的视线便挪向哪儿。

一路上，偶尔会迎上一些工作人员的打量目光，她都会弯眼朝人笑笑。

一圈下来，蒋邂的脑子里基本形成了一张公司的内部布局图。

最后，漂亮小姐姐领着她在一间敞着玻璃门的会议室门口驻足，说道:“一会儿你就在这儿进行笔试、面试。”

蒋邂蓦地想起方才在门外遇到的卫衣男，也不知那人在“十年九遇”是个什么身份，便脱口而出问了句：“姐姐，一会儿是您面试我吗？”

漂亮小姐姐说：“是我。”

蒋邂竟觉一颗微悬在半空中的心落了地。

漂亮小姐姐这会儿才自我介绍道：“我姓黎，黎漫，是‘十年九遇’的运营兼人事，你以后可以叫我漫姐。”

蒋邂颇有眼力见儿，紧跟着就叫了声："漫姐。"

黎漫笑了笑："今天只是粗略地带你参观了一圈，如果笔试、面试没都有问题的话，以后有的是机会好好熟悉。你先在会议室坐一下，我处理完手头上的一些工作就过来找你。"

"好，您先忙。"

黎漫离去后，蒋邂也没闲着，会议室的一角放着一个置物架，上头放着一本"十年九遇"的介绍手册。她拿起，拉了把会议椅出来，闷头看着。

和她来面试之前做的相关功课相差无几，甚至比网上那些夸夸其谈的风评更实在些。

挺务实的一家公司。

等黎漫拿着笔试的卷子过来，已是二十分钟后。

"不好意思，久等了。我们的考试时间是一小时。"黎漫将卷子递给她，微笑道，"一个小时后我过来收卷，好好做，加油。"

黎漫留下卷子便撤了，蒋邂将卷子铺开。

多年来的应试教育也没让蒋邂修炼成一个应试体，想到笔试，她很是忐忑，但是人来了，怎么着也得竭尽全力。她先是粗略地将卷子上的题目都扫了一遍，题目都很活，和读书时古板的卷面全然不同，她的信心就这么无缘由地多了几分。

笔在指尖灵活地转了一圈后，蒋邂开始埋头答题。

一墙之隔的总裁办公室。

许时遇一边吃着腊肠瘦肉煲仔饭，一边看着电脑屏幕。他的 MacBook 连接着隔壁会议室的监控装置。他此刻观摩的影像，毫无疑问就是蒋邂的面试直播。

他手边还放着一份简历和自荐信。

这些是三天前黎漫打印出来交给他的。还说，虽然简历没什么亮点，但里边的自荐信还挺有意思的。让他看一眼，做个定夺。

他看了。

文笔不错，但有明显的强凑篇幅嫌疑，字里行间全是在吹彩虹屁。

随手就要扔进垃圾篓，许时遇的余光扫到了最后几行字。

"如果'十年九遇'能够录用我，不论是哪家出版大咖来挖墙脚，我也有敢于说‘不’的坚定决心！”

许时遇：“……”

“数字化的汹涌发展，导致现在的出版行业不断萎缩。如何打破‘夕阳产业’这一令人痛心的标签？路在何方？请容我骄傲地回答你，路在脚下，在我等拥有无限情怀的人的脚下！！！”

许时遇：“……”

看着那令人窒息的一连串感叹号，许时遇十分怀疑，屏幕里这个又胖又蠢还敢在“十年九遇”门外做广播体操的笨蛋，自己真的没有筛掉她的简历吗？以及，他没有忘记，这个笨蛋一天前还朝他眨过眼。

第二章 居然是大老板

蒋邂事先和唐不甜约好面试完一起喝奶茶，结束后，她心情不佳地去赴约。

她比唐不甜早到，随便点了杯冷饮，给唐不甜发了条微信消息后，一边刷着手机，一边有一搭没一搭地嘬几口。

没一会儿，唐不甜捧着一杯波霸奶茶走了过来，在她对面坐下：“看样子面试不太顺利啊。”

蒋邂抬起头，露出一张苦瓜脸。

“说说。”

蒋邂一脸麻木。

唐不甜问：“见到你偶像了吗？”

“许时遇吗？”蒋邂摇头，“没有看见。”

“也对，大神的芳容，哪那么容易被你看到？”

许时遇在微博上，算是出版行业里难得的大V，早几年的认证是“知名作家经纪人”，两年前改了，成了“‘十年九遇’创始人”。

他的微博主页很干净，除了转发公司项目的广告，没一句多余的东西，不像同行业里的其他大佬那样，总爱分享自己的创业和管理心得，相反很是冷感低调，是圈内人人钦慕的神话人物。

粉丝基数也是一大世纪谜题，直逼娱乐圈大咖们，成为拥有上百万粉丝的微博大V。

多少人心心念念一睹大神芳容啊，可惜都没有机会。

“回归正题，说说你的面试经历吧。”

蒋邂流水账似的向唐不甜叙述了一遍自己的面试经历。

黎漫问的问题主要集中在图书的内容策划、包装和营销三个方面，蒋邂使出了吃奶的劲儿，几乎是把自己纸上谈兵的功夫发挥到了极致，到最后，黎漫听完，忽然一个收尾，落脚点放在了公司的某本畅销书上，蒋邂直接蒙在了原地。

她仗着自己做的功课，夸夸其谈了一大堆，结果抹的都是万金油，人家一开始就是有特指的。就像学生时期，英语老师不遗余力地在课堂上指着她的脑门，教育她“a”和“the”的区别。

归根结底，她这个面试过程是牛头不对马嘴，还啰里啰唆一大堆，估计那位漂亮的漫姐听得也是云里雾里吧。

自己真是太不争气了。

蒋邂懊恼得将吸管都嘬瘪了。

唐不甜说：“我倒觉得你不至于这么灰心丧气，听你讲了这么一大堆，还挺口若悬河的啊，能说总比哑口无言好，那位 HR 怎么说？”

蒋邂说：“这些 HR 啊，不显山不露水的，完全看不出来他们什么态度，只说让我等结果。”她摇头深深地叹了口气，“还是我太年轻啊。喝完这杯奶茶，我就能重整旗鼓，此处不留爷，自有留爷处，继续投简历继续面试呗，还能一毕业就失业不成？”

唐不甜拍拍她的肩：“好样儿的！”

一周过去，蒋邂又面试了几家公司。

学校规定的离校日期越来越近，当务之急，她必须尽快把工作的事情确定下来，租一间离公司比较近的房子。

接连面试下来，蒋邂又通过了一家杂志社和广告公司的面试。都是些名不见经传的小工作室，蒋邂觉得自己不能再贪心之后的面试了，小工作室就小工作室，总比挑来拣去最后一场空来得好。

辅导员不止一次地把她叫去做思想工作，明里暗里表示她的就业速度影响到了他们学院的就业率。

蒋邂也觉得自己不该眼高手低，找来找去还增加自己的焦虑情绪，最后她抓了阄，天意丢给了她一个答案——那就去杂志社吧。

工作确定了，接下来就是找房子。

原本找房子这事儿，蒋邂是要拉上唐不甜一起的。

唐不甜在帝都芦水区公安分局工作，是一名小小的经侦警察，专门打击经济犯罪的。在公安局这种地方工作，忙起来转成个陀螺，闲下来，又可以躺成一条无脑的咸鱼。

唐不甜最近忙得像个陀螺。

蒋邂想了想，觉得不能耽误了警察闺密除暴安良，找房子这种小事，她一个人很快就可以搞定的。没吃过猪肉，还是见过猪跑的。

直到她在各种各样的原因下止步于签约之前，房租、合租室友养猫、工地噪声过大……跟着中介东奔西跑了一天后，她差点就要自闭了。

而中介中途接了一个回头客的电话，趁此机会溜得杳无音信。

到最后，太阳都要打西边落下了，房子的事还没着落。

蒋邂整个人饿得前胸贴后背，找房子事小，饿死事大。

她走了几步，在就近的路边摊买了一堆烧烤，蹲在路边撸了起来。没多大一会儿，烤串上的油就把纸袋给浸透了，蒋邂的虎口顿时被油黏得油腻腻的。

那场景，好不凄凉，让人萌生出一种想在面前放个钵的冲动。

世道艰难哪。

撸到中途，蒋邂乍一抬头，隔着马路，她与对面工地上正在扒拉盒饭的农民工遥遥相望，颇有一番“同是天涯沦落人”之感。

她眼神儿好，又瞥见农民工身后的施工重地阻隔墙上贴满了各种各样的小广告，最耀眼的莫过于“房屋低价出租”，她利索地解决完剩下的烤串儿，胡乱擦了擦嘴和手，直奔马路对面。

马路的另一边，行人如流，城市灯火逐一亮起。

“怎么了？”傅九昕驻足，循着同伴的视线看向马路对面。

许时遇扬了扬下巴：“看见对面那个踮着脚看小广告的小胖子了吗？”

“嗯。”傅九昕看到了，点头，“她怎么了？”

许时遇嘴角弯了弯：“毛恋恋不是一直对自己在公司的地位深感不满吗？她估计要敲锣打鼓地庆祝一波，在公司智商倒数第一的她，即将退位让贤。”

毛恋恋是公司的一位设计师，公司公认的变种二哈，除了在美工上独具匠心外，其他方面，用许时遇的话来说，约等于智障。

纵使习惯了他无时无刻的毒舌，傅九昕还是忍不住隔着衬衣戳了下他的窄腰：“坏嘴。”

许时遇轻笑，长手用力一搂，把傅九昕往自己怀里扣紧了几分：“过来。”

“很近了。”

“脸。”

傅九昕照做。

许时遇瞅准她的唇，咬吻了一下，很快离开。

“这才是‘坏嘴’。”

傅九昕下午来东云区参加一个美术沙龙，许时遇过来接她一起吃晚餐。J大和“十年九遇”都位于芦水区，而芦水区和东云区又分别位于帝都的西北和东南。

太阳都下山了，一个女生从帝都西北跑到帝都东南，只是为了看贴在施工重地阻隔墙上的租房小广告？

未免太闲得慌？

上车之后，许时遇问傅九昕：“J大今年的毕业生离校时间是不是快到了？”

傅九昕在J大美术学院担任讲师。蒋邂是J大今年的应届毕业生。

“嗯，不到一周了。”

许时遇侧头，透过车外的左后视镜看了一眼蒋邂，然后发动车子，一边将车慢慢从停车位里倒出来，一边说道：“黎大姐现在办事真是越来越磨叽了。”

傅九昕愣了一下，随即明白过来：“要不要给黎漫打个电话，让她赶紧通知一下人家，万一她房子找好了，这不空欢喜一场吗？”

许时遇将车子顺利倒出停车位，驶上车水马龙的街道。

“为什么要通知？白租了房子，不就几个钱打水漂。被我‘十年九遇’录用，不应该是天大的欢喜吗？这帝都最好的房子押一付三，都不够贿赂我的。”

傅九昕白他一眼：“分明能阻止的啊。”

道路顺畅，车速加快。

许时遇眉眼淡淡道：“不归我操心。”

不远处，正对着手机输入小广告上的联系方式的蒋邂，打了个重重的喷嚏。

电话那头的房东说今天太晚了有事，约了第二天见面。隔日，蒋邂又早早地起了床，再次从帝都西北跑到帝都东南。

下了公交车，蒋邂用手机导航了好一阵儿，终于到达了房东约定的地点。

一个比较偏僻的小区，来的路上弯弯绕绕，好在她方向感强，过来的时候，路线已经记得八九不离十。

不过这小区，年代感太强了，颇有一番城中村的味道。蒋邂随意拿手机一拍，都带有当年胶卷相机浓浓的复古怀旧色彩。若不是置身其中，她真不敢相信帝都还存在这样的地方。

她跟着房东去看房子。

是一普通的小平房，原本是房东家里的停车库，现在空置了出来专门出租给附近的上班族。房子里面用毛玻璃的推拉门做隔断，隔出卫生间和洗漱池，

看完房间之后，蒋邂还算满意，和房东砍了砍价，最终签了合同，按了手印，用微信转了账。房东把钥匙扔给她后，叮嘱了几句就回家带孩子去了。

房东一走，蒋邂强行地把银行卡余额数字驱逐出大脑。她欢欢喜喜地参观了一遍自己的蜗居，想着房子要换个湖蓝色窗帘，再买一个温暖又护眼的台灯，床头要贴一张超大的海报，是贴权志龙，还是贴易烊千玺呢……

蒋邂正想得浑然忘我呢，手机来电了。

是个陌生号码，她滑动屏幕接起电话。

“蒋邂是吗？我是黎漫。”

一分钟后。

蒋邂冲出小平房，身后的门都忘了锁，如呼啦啦小旋风一样奔向小区门口，那是房东离去的方向。

“方……方……方女士！”她跑得上气不接下气。

方女士掉转头：“怎么了？”

蒋邂弓着身子扶着膝盖，气喘吁吁：“你……你能……不能退还我的房租啊？”

周一，蒋邂入职“十年九遇”。

和面试那天相比，她今天的心情不能同日而语。撇开兴奋不说，她紧张的程度上了不止一个台阶。如果现在给她一架梯子，踩着就可以上天了。

作为新人，良好表现的第一点就是——早到。

蒋邂来到公司的时候，公司还没有什么人。

公共的办公区格局错落，员工的工位上，被各种办公用品塞得满满当当。液晶电脑、三联文件栏、眼药水、水杯、笔筒、熊脑袋的捶背棒，以及三三两两被挤到角落里用以明目的绿植。

和上次的拘谨相比，蒋邂大胆了许多，目光仔细地打量着周围的环境。离她最近的一个工位上，没有明显的个人用品，想来是留给新晋员工的位置，桌上堆满了一摞摞的书、一叠叠的文件，还有……那个像书又不是书，摞成堆的玩意儿是什么呢？

“这个是打样。”现场唯一的同事说，“是印厂送过来的打印样本。”

“哦……”蒋邂似懂非懂，“谢谢。”

“不用。”李舒走过来，帮她把一张办公桌上的样本一摞摞搬到地下，“这应该就是你的工位了，你先坐这儿吧。”

原来是个面冷心热的主儿。

蒋邂问：“你叫什么啊？”

对方的态度依旧不冷不热：“我叫李舒。”

没多久，公司的员工陆陆续续到齐了。蒋邂见者有份地打招呼，有的很热情地回应她，有的只是冷淡地点点头。她几眼就能辨出，这个团队很不乏有个性的伙伴们。

黎漫到的时候，蒋邂心头竟滑过一丝亲切感。毕竟在这之前，她只和黎漫接触过，其他的人，她现在还陌生得很，多多少少感到有点局促。

一看到黎漫，蒋邂腾地一下从座位上弹起来，迎面走向她。

黎漫似乎在想事情，有点出神地往运营办走着，身边突兀地冒出个人，她被吓了一跳：“走路没声音，你吓死我了。”

“不好意思啊，漫姐。”

黎漫问：“吃早餐了吗？”

“吃了。”

蒋邂跟着她一路走进了运营办。

蒋邂这才问正事：“漫姐，我是想问，我今天该做什么？”

“这个啊……”黎漫刚开了个话头，电话响了，“小邂，你先回工位吧，我先接个电话，一会儿我过去找你。”

从运营办出来，蒋邂去了一趟卫生间，经过前台的时候，门口处忽然“叮”的一声响，有人走了进来，裹着一道淡淡的极好闻的香味。

蒋邂身为底层平民阶级，只能依女人的直觉判断，这应当是一款她身边尚无人用得起的高级香水。

而且还是男士的。

蒋邂扭头，果然是个男人。

黑色连帽卫衣，两只白晃晃的耳机插在耳朵里，耳机线藏在衣服里头，消失了一大截后，又在修长的脖颈处现身，继而缠上他的耳郭。

他走路散漫，手上还拎着一份正冒着热气的早餐。

蒋邂脑子里“轰隆”一声响，紧接着，她看见许多人和他打招呼，前台的小姐姐第一个问好：“许总，早上好。”

许时遇轻轻“嗯”了一声，慵懒至极的调儿。

蒋邂僵在原地，甚至忘了和他打招呼，而那人似乎也没有注意到她，径直往那间……也就是昨天黎漫给她介绍的总裁办公室的方向走去。

暴击啊！

她维持着一种被雷劈的状态走回工位，发了好一会儿的呆，直到QQ响起。

黎漫给她发了一条消息：“你先打开电脑随便上一会儿网，等我吃完早餐给你做个简要的岗前培训。”

蒋邂僵硬地回了一个字：“好。”

蒋邂很郁闷，回想起她们四朵金花吃毕业散伙饭那天，偷带酒被他举报，又回想起面试那天自己在电梯间做扩胸运动时的傻样被他撞见，她现在只想抱头逃走。

到最后她只能安慰自己，许时遇说不定根本就不记得她了，人家刚才走过去的时候，连个眼角余光都没有给自己呢。

蒋邂到底是个心大的主儿，在搬出了孔子那套“既来之，则安之”的理论后，她决定自我稀释掉一切黑色记忆，从此专心致志做一个打工族。

简要的岗前培训结束后，黎漫带着她来到喜宝面前，喜宝全名叫张喜宝，是公司的一名策划编辑，是许时遇当年亲自带出来的人，如今也算是编辑圈内的一名佼佼者。蒋邂一直是知道她的。

接下来，她主要是跟着喜宝学习做书。

蒋邂在看到喜宝的那一刻，心很安。喜宝身材略肥硕，长相亲切，一团和气，让人莫名生出几分平易之感。

黎漫简明扼要地向她们互相介绍了一下对方。

蒋邂朝喜宝的方向略略上前一步，微笑颔首：“您好。”

喜宝未语先笑，露出八颗明晃晃的大白牙，笑完才开口：“说什么‘您’啊？”翻了个白眼，“我看起来很老吗？”

蒋邂也是个嘴甜的：“您看起来不老，但您资质不是在那儿摆着嘛。”

喜宝听得咯咯笑。

毕竟是入职第一天，两人彼此还不熟，没有过多寒暄，喜宝先是加了她的QQ和微信，然后分别把她拉入了公司的QQ群和微信群。

被拉进去的那一刻，蒋邂被群名给吓了一大跳。

——许老大天下第一帅。

蒋邂左边坐着内敛的李舒，对面坐着和气的喜宝，她左瞧瞧，前瞧瞧，想要确定这个看起来特别不正经的名字真是“十年九遇”货真价实的内部交流群吗？

喜宝见她眼珠子滴溜溜地乱转，明白过来，用口型说了句：“暴君赐名，违者——”

她做了个抹脖子的动作，约等于：杀无赦。

蒋邂怀疑地看了一眼一旁安静做事的李舒，李舒努努嘴，耸耸肩，以作回应。

蒋邂又通过群成员，暗戳戳地点开许时遇的头像，看到许时遇的微信名后，轰隆轰隆，三观巨塌。

——一枚每天都担心被劫色的帅哥。

蒋邂低声嘀咕了一句：“这么自恋啊……”

喜宝耳尖：“可不是。”

“我可以加他吗？”蒋邂鬼使神差脱口而出。

喜宝、李舒皆是一愣。

蒋邂亡羊补牢道：“许时遇一直是我偶像来着，加偶像的私人账号，不都是小粉丝们特别乐衷的事吗？”说完还“嘿嘿”地干笑了两声。

喜宝说：“等过了三个月试用期，你再加老大吧。”

“哦，好。”原本她问出那句话就未经大脑，出了口，才发现太不妥了。

喜宝继续道：“要是你试用期都没过，现在就算加了，到时候也会被他无情拉黑的。与其到时候被拉黑，还不如一开始就没得到过……”

这话听起来好像有点怪怪的？

喜宝把话补充完整：“他的账号。”

貌似还是有些怪？

喜宝似乎也觉出了不对劲儿：“哎呀，呸呸呸，我不是说你不会通过试用期啦，就是论证说明一下而已……”

蒋邂：“……”

见越描越黑，喜宝索性换了种解释：“前一个妹子，入职第一天，就加了老大，对于来公司入职的小伙伴，老大一般都来者不拒的。结果你猜这么着，这妹子，试用期半个月都没过，就被老大给开了。”

“为什么？”

“那个妹子做编辑的天赋是有的，不然也过不了‘十年九遇’的笔试、面试。但是她心思不正，打暴君的主意，你说她不是找死吗？明明是我带她，可私下里，她每天都要找各种理由私聊老大，后来老大烦了，小窗口找我，你知道老板说了什么吗？”

蒋邂八卦之心熊熊燃烧：“说了什么？”

喜宝答：“暴君那话真是酷毙了，他说，在工作里随便挑根刺儿，让她滚。”

蒋邂：“……”

“前车之鉴太多了，别怪我没提醒你哈。”

蒋邂狂点头：“受教了，受教了。”

上班第一天，聊太多工作以外的事，对新员工来说，并不是什么好事，整得自己不像是来上班的，而是来深掘八卦的一样。

视线回归电脑屏幕，蒋邂看见黎漫老早在群里艾特了自己，广而告之了编辑部新员工入职的消息。紧随其后的，全是清一色的撒花消息：

运营办黎漫：今日新入职员工，编辑部文字编辑@中二少女欢乐多。

发行部窦小洋：欢迎。

设计师毛恋恋：啊，欢迎你呀！

财务罗梦：你好哇，欢迎欢迎。

文编张喜宝：小邂，把你的群名片改一下吧。

……

蒋邂迅速地改了自己的群名片，然后在群里和大家打招呼：“大家好，我是新来的文字编辑蒋邂，今后请多多关照。”后头跟着三个可爱的表情。

因小萌新的到来，群里的消息还在不断激增。

文编李舒：“欢迎。”

设计师毛恋恋：“你看起来很可爱哦！”

文编蒋邂：“么么哒。”

财务罗梦：“您好您好，看到我了吗？”

文编蒋邂：“看到你了！”

……

中途插进来一个新的 ID。

插画师傅九昕：“你好，蒋邂，欢迎你啊。”

她侧头问李舒：“傅九昕是？”

李舒直言不讳：“老板的女朋友。”

蒋邂：“哦。”

那天在片片鱼自助火锅店里，和许时遇一起吃饭的那个女人，就是她吧。

回想一下女人的面容，有点模糊的印象，似乎气质很好来着。

这么说来，傅九昕是他们的老板娘没错了。蒋邂立马回复：“谢谢。”

插画师傅九昕：“不客气。”

谈话框里又是一阵刷屏，就在蒋邂一点一点沉溺进大家营造的欢脱气氛中时，一条大煞风景的消息从天而降。

沃维什莫・拿莫帅：“各位，嫌手头上事情不够多是吧？”

群里刹那间陷入寂静。

蒋邂：“……”将目光投向喜宝。

对面喜宝的脸色呈现出被压迫式的扭曲，蒋邂顿时明白过来，这位“沃维什莫•拿莫帅”大概就是许时遇了，她在心里掂量了下，敲字发送：“许总好。”

群里安静如鸡。

好一阵儿后。

沃维什莫·拿莫帅回："九点半，周一例会。"

蒋邂："……"

紧接着，群里一溜消息都是——

"老大威武。"

"遵命。"

"臣遵旨。"

"收到了，老大最帅。"

"OK，已收到。"

……

蒋邂紧跟队列："好的，许总。"

谈话框里再也没出现沃维什莫·拿莫帅的消息。

蒋邂问一旁的李舒："这个 ID 的意思是？"

李舒一脸无波无澜地答："我为什么那么帅。"

蒋邂："……"

距离开会还有十分钟，蒋邂绕过办公桌，踱着小碎步到喜宝跟前，问喜宝自己是否需要准备些什么。

"嗨！今天是你入职第一天，没那么严苛，你旁听着就行，会后我再给你说工作。"

"好的。"

见喜宝还在回复紧急的消息，蒋邂没在她旁边干杵着，回到自己的工位拿了本笔记本和一支黑色水笔就往会议室走。

她去会议室的途中必然要经过总裁办公室，大概是许时遇就是卫衣男的这件事对她冲击太大，以至于她走到总裁办公室门口的时候，不自觉地顿住了脚步。

就这么几秒钟的工夫，就让她遭了"报复"。

门突然从里面打开了，那股高级香水的味道跟着门开门合的动作，钻进了她的鼻尖。

什么香水能保持极淡不刺激的香气，辐射范围还挺大呢？

蒋邂的思维发散了一秒后瞬间收回，后知后觉地吓了一大跳。

许时遇大概也没想到门外会立着这么一个人，跟尊雕塑似的，他冷冷淡淡地问：“有事儿？”

蒋邂猛地摇头：“正好路过。”

许时遇面无表情地扯了扯嘴角，拎着自己的 MacBook 不带搭理地往前走了。

蒋邂再一次后知后觉，亡羊补牢般地在他身后喊了一句：“许总好。”

前面的人信步依旧，恍若未闻。

“十年九遇”的例会定在每周一，与会人员主要是公司各部门高层和一些核心员工，编辑部作为图书公司的骨干部门之一，是个例外，全员都要参与。

公司开会的时候，不讲究什么职位高低、依序而坐，除了许时遇坐在掌舵者的一号位置外，其余人要么先来后到，要么见缝插针，随性得很。

此刻，一张椭圆状的樱桃木会议桌周边坐了一圈人，三三两两脑袋凑脑袋交头接耳，说说笑笑。

许时遇用笔头敲了下会议桌：“开会。”

走神的回过神来了，聊天的安静下来了。

蒋邂翻开会议记录本，又掰下水笔笔筒，罩在笔尾当笔帽，低头写上今天的日期，然后看向许时遇，她目光懵懂，对会议特别期待。

这是职场新人的普遍形态。

目光撞上，是许时遇扫了她一眼。

他语气平平地开口：“公司今天来了一位新人，先做个自我介绍，大家伙认一下脸。”

蒋邂心脏一抽，不知道还有这一茬。虽在半个小时前，她在群里已经问候过“十年九遇”的小伙伴了，氛围也相当和谐。但她从小就有发言恐惧症，一旦成为多人视线焦点的核心，她的语言系统很容易死机。

坐她旁边的毛恋恋见她不语，用手指戳了戳她的手臂：“老大让你做自我介绍呢。”

蒋邂回神，尽量克制自己的紧张，扫了在场的人一圈，说：“大家好，我姓蒋，单名一个邂，邂逅的邂。J大商学院财务管理专业，今年的应届毕业生。”

有人忽然笑了。

蒋邂没反应过来自己哪里出错了，继续说：“很高兴能被‘十年九遇’录用，你们都是我很羡慕、很崇拜的人，希望大家多多关照。”

说完，蒋邂停下扫了大家一眼，大家都没什么反应。

许时遇抬眼："完了？"

蒋邂讷讷点头。

大家这才开始拍手鼓掌，脸上带着笑，齐齐看向她，热情仿佛是一瞬间喷涌而出。

黎漫："欢迎你，蒋邂。"

窦小洋："你好可爱。"

罗梦："以后就是同事了，不用这么紧张的。"

毛恋恋："是啊，做个自我介绍都紧张成这样，连话都快说不清了，你这胆子可不行哦。"

坐蒋邂对面的喜宝摇头："自我介绍太传统了，这样不行，做咱们这行的，从脚趾头到头发根，都要散发着忠于创新的品质。"她隔空拍了拍蒋邂的肩，"小邂啊，未来任重而道远。"

许时遇又用笔敲了下桌子，眼色唰唰唰掠过众人："互相问候完了吗？"

众人："完了完了完了……"

许时遇："可以正式开会了？"

众人："可以可以可以……"

许时遇用笔一指，言简意赅进入正题："好，从喜宝开始。"

会议这才拉开帷幕。

会议先是每个人汇报一下上周的工作，对上周的工作做一个简明扼要的总结，接着规划出这周的工作计划，最后，反映工作所遇的困难。

蒋邂初来乍到，又是职场新人，懂得不多，只能竖着耳朵听。

不论是黎漫、李舒、罗梦、窦小洋，还是喜宝和毛恋恋，谈及自己的工作时都是满面自信，和先前侃大山时随意的画风完全不同，每个人都话语严谨，把自己的工作以一、二、三……的顺序一条一条罗列汇报，拆解分析，再合并总结。

会议氛围渐渐严肃。

当喜宝说到自己手头上的工作时，许时遇和她的项目安排出现了分歧。喜宝目前有一部叫《星流之役》的科幻小说在走流程，这部小说有六十余万字，共分三册出版，各册篇幅已定好，原本该进入校对流程了，现在却卡在出版形式上。许时遇认为以丛书的形式成套出版，三册共享一个书号更好，喜宝提出异议，坚持要一本一本来。

现场分歧比较大，两党人数各占一半，一时之间，竟没有讨论出个结果。

如今专制的领导一抓一大把，蒋邂还真拿不准“十年九遇”是不是也搞“一人独大”那一套。

最终，许时遇并没有非坚持自己的不可，他让喜宝两天内出一版方案给他，到时候再做定夺。

蒋邂心想，她既然是跟着喜宝做事，那她这几天的工作应该是看《星流之役》吧。

她正有些期待地想着，听到许时遇喊到她的名字：“蒋邂？”

蒋邂猛然回过神，不自觉地弹了下身子：“是。”

许时遇头也不抬地看着面前的MacBook：“到你了。”

“啊？”蒋邂指了指自己，有点蒙，“我吗？”

“嗯。”依旧没抬头。

蒋邂破罐子破摔，正准备说话。

喜宝抢先一步：“老大，她今天刚入职，手上还没工作安排呢。”

蒋邂深深地呼出一口气，在心里感叹喜宝真是救苦救难的观世音菩萨。

许时遇终于抬起他那金贵的头：“合着开会前半小时，你们光搁那儿问好呢？”

蒋邂的脸瞬间就发烫了，看向自己的救世主，没想到救世主她老人家却是老虎脸上捋虎须：“这不是带着新同事参观了一圈嘛。”

“屁大点地儿，当这儿是旅游胜地呢？”

看来老大今天脾气不是太好。

大家噤若寒蝉。

喜宝不是一般的胆大包天，居然还能接着说：“许总您说的是，我记着了，下不为例。以后要是再有新同事来报到，一定免了问候和参观环节，让新同事感受到咱‘十年九遇’工作至上的文化氛围，报到第一天第一秒，马不停蹄地投入战斗中。”

众人：“……”

蒋邂：“……”

眼见着许时遇皮笑肉不笑地扯了下嘴角：“不错，公民言论自由的权利你倒是用得很好。”转而看向罗梦，“骡子，这个月的账可要好好算了。”

罗梦是公司的财务经理。

蒋邂有点蒙，看见罗梦朝喜宝摇头摊手。紧接着，喜宝做了几下切腹的动作后，又把手里那把虚无的切腹刀冲向许时遇。

许时遇微微偏头："罗梦……"

"别别别！"喜宝的脸霎时垮了下来，赶忙认错，"宇宙超级无敌第一帅的老大，您大人有大量，我错了，我真的错了，我下次再也不敢了。求你别再扣我奖金了，真没的扣了……"

许时遇："所以？"

喜宝求生欲爆发："所以该有的环节要有，在把控范围内的效率必须提高。"

许时遇的头又往罗梦的方向偏了过去。

喜宝都快哭了："所以不能酸领导，不能对领导做无礼的动作。"

许时遇鼻腔里轻轻哼出一声气儿，这才收回视线。

喜宝往后一瘫，靠在了椅背上，仿佛浑身被掏空。

蒋邂低头，笔尖抵着桌上的会议记录本，下意识写下两个词：自恋、唯我独尊。

继而回想起在片片鱼自助火锅店里的那件事，蒋邂心中生出无限感慨。

第三章 你该减肥了

待大家把手上的工作汇报完后，许时遇把一些比较重要的问题拎了出来，和大家探讨解决方案，又安排好了对应的负责人的执行计划后，他往会议椅上一靠，笔一扔：“好，今天还有一个问题，我们抠出来谈谈。榜单各位都看了吧？说说《国王必死》为什么会被一本网红书挤下了新书热卖第一？三天了，买榜也该下来了吧？”

许时遇反感一切网红书，除了蒋邂外，公司里的人全都知道这件事情。

网红出书，且不说是否代笔，大部分书的内容价值并不高，纯粹依赖作者本身的热度而赚一波流量钱。就跟时下的流量 IP 剧一样，所有的营销工作在策划阶段就已完成。在出版行业，这一种投机的营销并不少见，可偏偏就入不了许时遇的眼。

现在就有一本这样的网红书骑他头上了，他能忍？

黎漫率先开口：“我们的书卖得还是很不错的，和我们预期的销量、涨幅差不多。这本网红书卖得好，主要是因为作者的脑残粉实在是太多了。”

“很红？”许时遇问。

毛恋恋：“可不是，窦小洋都是这个网红的粉丝呢。”

许时遇的眼睛落到窦小洋身上：“你买了？”

窦小洋略心虚地点点头。

许时遇表示不解：“你买美容书干什么？”

喜宝：“女神的书，当然要支持咯。”

窦小洋“嘿嘿”笑了两声，抬手指了指自己的额头：“昨儿个，刚冒了一颗痘。”

许时遇扬手，低空扔过来一支笔，不偏不倚砸在窦小洋肩上：“叛徒。”

黎漫说：“许总，可能还有一个原因，但也影响不大，不过你听了可能会不舒服。”

“说。”

黎漫措辞：“知乎上昨天刚被顶上来一个匿名的帖子，恶意抹黑我们‘十年九遇’。”

“怎么说？”

“《国王必死》是我们公司做的第一本公版书，也是许总你入行以来做的第一本公版书。对方恶意揣测，说我们做这本书没有作者稿酬，是为了降低图书前期成本，提升利润空间。甚至把这个问题夸张到说你忘了初心，已经沦为一个顶着空洞的情怀卖书的商人的地步。”

许时遇呵笑一声：“就这样？”

“就这样，对方想举例论证也找不到啊。但是这个帖子微信、微博上的转发量、点赞量还挺多，不少读者还在下面撕起来了。最关键的是，你之前的老东家沉鱼还四处点赞。”

喜宝哼一声：“落井下石。”

毛恋恋：“就是就是，眼红呗。”

黎漫说：“现在的键盘侠们，一个个以门外汉的身份到处贩卖对陌生领域的观点，全是些傻子。”

许时遇问：“你刚才说，《国王必死》的销量目前是预期涨幅？”

黎漫答：“是的。”

许时遇的指尖在会议桌上敲了敲，看向众人：“帖子我不管，碍我眼的是那本网红书，接下来这周的工作目标大家都知道了？”

众人沉默。

“听到了没？”

黎漫作为运营总监，不可避免地第一个直面问题：“许总，球小喵现在的签售会开得如火如荼的，线上线下，我们目前都比不过。再说了，《国王必死》这本书的受众相比我们之前做的书小了很多。”球小喵就是目前那个火得没边的女主播，那本美容书的作者。

李舒作为《国王必死》的责编，也开口附和：“许总，漫姐说得对。与网红书比较，硬性条件我们拼不过。再者，《国王必死》作为西方的传统文学，意义放之今天，共鸣感已经打了折扣。除非配合网站搞低价活动，但是现在时机不对啊，而且单是为了把球小喵的书挤下去，把一本本可以7折卖的书，5折卖了出去，我们也不划算。”

许时遇：“做包邮呢？”

发行经理窦小洋说：“网站那边难说，到头来成本都是我们自己担，太高了，扛不住。”

“所以，你们就甘愿看着一本言之无物的书骑在我们头上？”许时遇说，“就走薄利多销这个法子，窦小洋你和黎漫配合下。”

黎漫和窦小洋对视一眼，一前一后地应了声。

喜宝这时提议：“老大，要不，你也开个直播？别说球小喵了，什么小狗、小猪碾压他们不在话下！”

许时遇轻飘飘扫了她一眼，喜宝讪讪地闭上了嘴。

不多时，许时遇的目光停在蒋邂身上：“你呢？”

“啊？”蒋邂尚处在半痴呆状态，“我吗？”

许时遇：“有什么想法？”

所有人的目光聚到她身上，蒋邂有点不好意思地说：“我也没想到。”

众人目光齐刷刷撤退，运营和责编都无计可施，她一个小萌新要是能有法子，才奇怪呢。

不多时，许时遇宣布散会，散会前说：“大家把手头上的工作做好，脑子闲下来的时候也别懈怠，好好想想还有什么别的解决方案，凡方案被采用并实施有效的人，这个月奖金翻倍。”

许时遇说完往外走，走了两步，发现大家还坐在身后，原地不动。

他无奈停步：“今天晚上，公司聚餐。”

“哦……”一阵欢呼响起，会议椅吭吭哧哧撞到一块儿，大伙儿都起身了。

这是“十年九遇”新员工入职的不成文约定：新人入职，集体宰老板一顿。

从会议室出来，蒋邂自觉地跟在喜宝后头，等她给自己安排工作。中途，蒋邂问喜宝：“什么是公版书啊？”

相当小儿科的问题，然而面对小萌新，喜宝自然要耐心解释。

“就是书的版权不受保护，公共的，只要没进行版权登记，谁都可以出。

从国内著作法来看，公版书的作者都是死了五十年以上的。”

蒋邂：“谢谢喜宝，我明白了。”

喜宝：“你跟着我做什么？”

“等你给我安排工作啊。”

“你回去坐着吧，你要做的事儿，我一会儿发给你。”

“好的。”

蒋邂刚回到自己的座位上坐下，QQ 便一闪一闪，有新消息进入。蒋邂点开，是喜宝给她发了一个邮箱，并附上了该邮箱的密码。从邮箱的拼音声母缩写来看，这应该是“十年九遇”的企业邮箱。

喜宝还交代：“这周之内，回复完邮箱里所有的稿子。不懂的地方问我。”

蒋邂：“好的。”

蒋邂打开邮箱的登录界面，对面的喜宝忽然蹭过来一脑袋，问：“能进‘十年九遇’，基本的看稿能力还是有的吧？”

蒋邂有些语塞，这个能力的标准她还真不知道。不过她看过不少小说，自己以前也会写点，至于审稿，她虽然没做过，但是她被编辑回复过啊。

“我先看着吧，遇到问题再问你。”蒋邂斟酌后回答。

喜宝点头，说：“看稿这回事，还和个人口味有关，俗话说，一千个读者就有一千个哈姆雷特。对你胃口了，过，不对，退。审稿的时候，不要有负担，不要想着我或者老大可能对这个稿子感兴趣，这种想法是大忌。如果你不爱它，往上交了，即便是我和老大都过了审，最后做这本书的人是你，你能保证自己百分之百想把它做好吗？”

蒋邂若有所思地点点头。

喜宝又说：“还有一点，所有你犹疑不定的，可做可不做的，都不做。”

蒋邂支吾开口：“万一，我因此错过了好稿子呢？”

“你看吧，刚给你说的第一点，你就忘了。照你这么想，‘十年九遇’得错过了多少好稿子啊。”喜宝说，“你要知道，你犹豫，肯定是因为它有最直观的缺陷，不然你犹豫什么？”

喜宝倾身过来，拍了拍她的肩：“好好看吧。”

“嗯。”

当蒋邂进入到收件箱的时候，差点没从椅子上滑下来。

未读邮件有 117 封。

正当她怀疑人生之时，耳机内发出“叮”的一声响。

蒋邂一瞧，邮箱显示，未读邮件 +1。

蒋邂头一偏，卒。

下午六点半，到了下班时间。

同事们陆陆续续关电脑，蒋邂还一眼不眨地盯着电脑，噼里啪啦地敲字回复邮件。

“看得怎么样了？”对面的喜宝已经关了电脑，站起身，手提包挎在了手腕上。

蒋邂还在敲字：“前面人设铺垫过猛，读者容易感到唐突。”

喜宝走过来，凑到电脑跟前。

蒋邂正在敲：“男女主对白，强行尬聊，剧情明显拖沓。”

喜宝哈哈大笑，“小邂，你还有点可爱呢。”

蒋邂被 Word 页面折磨了一天，抬头时，眼神无光，反应都慢了半拍：“下班时间到了？”

喜宝俯身，强行把她的电脑关了。

“哎，我还没回复完呢。”

“存草稿箱里了。”喜宝看了一下表，“正常时间是六点下班，我们已经义务工作半小时了。”

“可是……”

“别可是了。”喜宝问，“今天看了几篇稿子？”

蒋邂比了个“七”。

喜宝点点头，和她估计的差不多：“今天没打断你，是让你先按自己的节奏走一波。隔段时间就听到你的键盘噼里啪啦响一次，你应该是每篇投稿都一字不落地看完，还兢兢业业地给人回复好几百字的那种吧？”

“不是这样吗？”

“我们不需要这样。”

不远处，许时遇办公室的门从里面打开，他走了出来，一身利落，左手掂着一只手机，右手转着一个钥匙圈。

大伙儿都在大厅里等着他，见了他，纷纷起身。

喜宝拽上蒋邂一起。

“先吃饭，饿死事大。”

“走咯，许总请客，大餐走起。”

“我都饿得前胸贴后背了！”

“免费的晚餐，老板万岁！”

……

许时遇漫不经心地转着钥匙走在前，喜宝拽着蒋邂就在他后边。

喜宝说：“你是没看邮箱里的发件箱吧？你进去看一下我和李舒是怎么回的，你以后就怎么回。每一篇稿子也不用作者给你投了多少，你就看多少。有些稿子，看个两三行就可以毙掉了。我们又不是搞写作培训班的，用不着那么费心费力给那些淘汰掉的稿子写审阅建议。”

蒋邂问：“言简意赅地退稿，应该会很打击作者吧，万一对方因此放弃写作了怎么办？”

喜宝答：“做编辑，最重要的一个特质，就是客观。退了就是退了，那是因为你火候不够，这是稿子反映出来的客观事实。火候不够，那就继续练。如果编辑回复的多与少，冷淡与热情，就能把作者写作的激情给磨灭了。那我只能说，这样的作者不要也罢。”

蒋邂还在琢磨，前面钩着钥匙懒散走着的许时遇，听了个全程：“说得不错。”

喜宝见人说人话：“哪有，是您教得好。”

一行人走到电梯间，没一会儿电梯就来了。

电梯里空荡荡的，大家嘻嘻哈哈地往里走，很快就把电梯塞了个满满当当，剩下的一拨人继续等。

进电梯后，大家都在讨论待会儿要点什么，被提名的菜品，一个比一个贵。

电梯刚往下降了两层，电梯门开了，进来一个穿着绿色工作服、手抬一个大画框的工作人员。所有人被迫往后挪，挪着挪着，蒋邂的后背撞上一堵肉墙。

温热，结实。

来自男人的胸膛。

蒋邂猛一扭头，许时遇正居高临下地看着她，眉毛紧紧皱着。

蒋邂的脸腾地一下烧得火辣辣的。

太近了。

她甚至发现，许时遇的眉毛是修过的，很顺，很浓，虽有修整，但并无半点阴柔感。

“对……对不起。”蒋邂赶忙把脸扭了回来。

许时遇皱眉未消：“远点。”

蒋邂：“……”

在毫无半点缝隙的逼仄环境里，她涨红了大半个脸，艰难地往前挪了几寸，前头的毛恋恋大叫：“小邂，别挤，别挤，啊喂，我的胸都要被挤扁了！”

蒋邂只能停了下来，上半身微微弓着，尽量给身后的许时遇让出位置。

谁知许时遇并未领情。

蒋邂站得累极了，听身后的许时遇幽幽说了句：“蒋邂是吧？你该减肥了。”

“……”

刚才在电梯里的时候，蒋邂听大伙儿说要去一家叫作“喜坊”的饭馆吃饭。喜坊就在“十年九遇”所在写字楼的对面，下楼之后，过条小马路，就到了。

到了饭馆的门口，许时遇停下步子，朝众人说：“里边吵，你们先点菜，我打个电话就进来。”

除了蒋邂外，一行人不约而同地发出“哦哦哦”“哟哟哟”的不明叫声。

见她发愣，黎漫钩着她的手臂往里走。

“许总给女朋友打电话呢。”

“……哦。”

找了间清雅的包间，大家纷纷落座。菜单在众人之手后。蒋邂发现，所有人点菜的时候都毫不客气，只看菜品，不看价钱。传到她的时候，她翻了片刻，点了一个中等价位的“含羞丸子”。

喜宝一眼就看出她的拘束：“小邂，你就点一个？”言下之意是，她点菜积极性和她的体形不成正比。

蒋邂：“反正你们点了那么多，我可以吃你们点的啊，这么多人，吃不完的啊。”

结果毛恋恋两手攀蒋邂肩上，和喜宝统一战线，要挟她：“快，再点两个。”

“啊？”还带这样的啊？

“老大请客，不吃白不吃，吃不完的话，打包就是啊。”

说得在理。

蒋邂翻开菜单，又点了份“炸灌汤丸子”和“三色鸡鱼丸”。

喜宝随口一问：“你这么喜欢吃丸子？”

蒋邂：“我很喜欢吃圆滚滚的东西，看着就让人食欲大增。”

大伙儿笑闹起来，包厢门被人推开，力道还挺猛，凭空蹿出一道风，许时遇冷着声音道：“得了得了，别来了，稀罕！”

挂了电话，许时遇看向众人，嗓音中的冷意还没完全退去：“还没点完？”

菜品单正在蒋邂手里，蒋邂想着他还没点，递给他：“许总，给你。”

许时遇没接，径直对服务员说：“可以了，拿走吧。”

蒋邂和身边的毛恋恋对视一眼，讪讪地撇嘴。

包间的氛围突然让人有点发毛。

许总这是和女朋友吵架了？

蒋邂心想，那这顿饭就尴尬了。

静了几秒钟，蒋邂发现尴尬的只有自己，其他人压根儿就没有要避讳这个问题的意思。

黎漫啧啧两声：“我们的许总，这是又被人放鸽子了？”

罗梦：“这比放鸽子还惨绝人寰，傅小姐是直接回绝了您吧？”

喜宝：“您真是好惨一男的。”

毛恋恋：“许总，我是真建议您别在这棵树上再吊着了，您看我怎么样？”

蒋邂：“……”

这些人当真是老虎头上撩须不带怕的。

连窦小洋、李舒都跟着表达了一番自己对许时遇的同情。

许时遇正用热水烫着碗筷，头微低，斧削般的侧脸，舌尖在腮帮处顶出一块凸起：“不牢各位操心，等你们有对象了再来挤对我。”

这一打单身狗顿时被戳到了痛处。

喜宝：“老大，我们单身是因为谁啊？每天辛辛苦苦没得浪是为了谁啊？这行业阴盛阳衰的，找个对象多不容易。”

毛恋恋：“是啊是啊，我们好歹也是凭本事单身的。”

黎漫：“老板，我们这是好心关心您的终身大事，您见过像我们这么关心老板感情生活的员工吗？”

许时遇把碗里的热水倒进装水槽里："我谢谢你们啊。"

"喜坊"的上菜速度很快，没一会儿菜就上齐了。

喜宝最先举起杯子，动作畅快地推到中央："来，为我们编辑部新添一分子而干杯。"

所有的杯子被齐刷刷推到中央，聚在一块儿，杯子相撞，清脆作响。

每个人都在说"欢迎新同事"，蒋邂听见许时遇也说了，就清清淡淡的俩字："欢迎。"

蒋邂举起杯子，仰头一饮而尽，然后将空杯子推到大伙儿中央："谢谢你们！"

接着大家齐齐仰头，把杯里的饮料或酒一口闷了。

笑闹间，有人起了个头，说："祝你顺利通过试用期。"

然后一个两个地——

"祝！"

"祝！"

"祝！"

……

蒋邂扫视了一圈，在心里说：很高兴认识你们。

聚餐结束，浩浩荡荡一行人又徒步走到距离"喜坊"最近的KTV。KTV装潢不错，满目奢侈又低调的金黄。

许时遇要了间最大的豪华包间，一推开包厢的门，一群人嗷着嗓子直扑点歌屏。蒋邂很喜欢唱歌，噌噌噌跟着大家挤上前。点歌屏前被人里三层外三层地围住，蒋邂找不到缝隙，索性叠在了喜宝身上。

喜宝大声叫了起来："蒋邂你个猪！别趴我身上，老娘要废了！"

蒋邂恶作剧地往下压了一下。

喜宝尖叫："蒋！邂！"

"我是不是该减肥了？"

"你才知道吗？"

蒋邂挠了挠鼻子，直起身子，不经意间，余光扫到坐在沙发上的许时遇。他的指尖在手机上敲着，从他脸上不加掩饰的怒气可以看出，他和傅九昕尚未言和。

毛恋恋在身后叫她："小邂，你要点什么歌？我给你点！"

蒋邂连报了一串歌名，怀旧的、流行的、抒情的、摇滚的。

窦小洋："行啊你，麦霸。"

话筒已经被人拿了起来，柔缓的前奏响了起来。包间内灯光跳跃闪耀，像在与黑暗玩猫捉老鼠的游戏。

服务员送来摆放精致的水果拼盘。

蒋邂跑过去吃水果，手即将要触到那片令人垂涎的西瓜时，对面多出来一只手，很明显目标和她一致。

这只手骨骼分明，修长有力，筋络突出，手腕上戴着一款黑色的男士表。

她自觉地缩回手，西瓜自然被许时遇拈走。

她又伸手去拿另一片，手还未触及目标，许时遇突然开口道："旁边有牙签。"

……蒋邂讶异了，你用的也是手好吗？

只许州官放火，不许百姓点灯！

许时遇嚼着西瓜："点歌屏多脏，你不知道吗？"

我没点点歌屏啊，是毛毛给我点的歌好吗？

手机有多脏你又知道吗？

蒋邂低头噘了下嘴："哦。"然后伸手去拿矮几上的牙签。

KTV 里就是这样，无论是谁，唱抒情的歌，能温柔深情得滴出水来，激起人一身的鸡皮疙瘩。一旦切换到动感歌曲，一个个的，又疯了似的鬼哭狼嚎。

就这么来来回回切换了几轮歌，话筒递到了蒋邂手上。

她嚼完嘴里的食物，咳了咳嗓子，像小学生参加演讲比赛时那样，端正身子，说："谢谢大家来现场参加我的演唱会，谢谢，非常感谢！接下来，一首《追光者》送给大家！"

许时遇夹了块西瓜扔嘴里，面无表情地咧了下嘴，然后环胸往身后一靠。

众人："……"

三秒钟后。

喜宝："靠，这就是传说中的戏精？"

毛恋恋："怎么办？我好想打她！"

黎漫：“这什么操作？”

窦小洋捂着肚子哈哈直乐。

罗梦：“我怀疑我们新招了个小学生。”

……

前奏结束，关了原声的唱腔在包厢内蔓延开。

“如果说你是海上的烟火，我是浪花的泡沫，某一刻你的光照亮了我。如果说你是遥远的星河，耀眼得让人想哭，我是追逐着你的眼眸，总在孤单时候眺望夜空……”

喜宝又惊叹了一声：“咱们还做什么书啊，督促她减肥，然后包装她成为大明星吧，我要做她的经纪人！”

窦小洋：“天哪，好好听！”

毛恋恋：“咱们向老大上书呗，把公司转型成娱乐公司，正好咱们是孵化 IP 的源头，可以……”

一根牙签砸在毛恋恋的背上：“白日梦做得这么美，干脆别上班了。”

许时遇仰头，又一块西瓜投进他嘴里。

毛恋恋的手在沙发上一摸，找到凶器：“哎哟，老大你这是谋杀啊！”

那边的蒋邂还在唱：“我可以跟在你身后，像影子追着光梦游；我可以等在这路口，不管你会不会经过……”

包厢内气氛好到没边，灯光跳跃，闪烁晃眼。蒋邂的目光在空间内巡回流转着，每次转到许时遇的方向时，他总是在低头玩手机。

而且脸色还越来越差了。

“如果说你是夏夜的萤火，孩子们为你唱歌，那么我是想要画你的手。你看我多么渺小一个我，因为你有梦可做，也许你不会为我停留，那就让我站在你的背后……”

蒋邂举着话筒，唱得深情款款，看见许时遇对着手机低骂了一句什么，然后站起身，走出了包厢。

第四章 没想到你还算是个宝

蒋邂又唱了两首歌，但她吃多了水果和饮料，有点尿急。她和喜宝他们招呼了一声，出去找卫生间了。她没头苍蝇似的在这一层绕了一圈，卫生间没找到，倒看到了一个熟悉的身影。

这一排包厢的尽头拐角处，站着两个人，一个是许时遇，一个是……

她见过她一次，这个女人是傅九昕。

她还是来了啊。

傅九昕贴墙而立，神色有些焦灼，好像在跟面前的男人解释什么，时不时用手去抓他的胳膊，看起来是在讨好、在道歉。

她一抓他的胳膊，他就用另一只手把她的手拂开，单单这个动作，两人玩得乐此不疲。

蒋邂躲在墙角里看着，心想男女之间闹别扭，都这么幼稚的啊。还是赶紧去找卫生间吧，她就要憋死了。

蒋邂刚转身，忽然听到路的尽头传来一声闷响，是肉体撞击墙壁的声音。

她疑惑地掉转头，看见眼前的场景后，整个人生生愣住。

面前的两个人在接吻，战况激烈。

许时遇一手钳着傅九昕的腰，一手摁住她的肩，把她压在墙上亲吻。

像是有什么东西在自己的心上刮了一下，蒋邂的心脏突然狂跳起来，连带着身体里所有的脉搏都被刺激了。她什么声音也听不见了。只听见自己的心脏在“扑通扑通”剧烈地跳动着。

蒋邂站在原地，如火中烧。

上一秒两人还吵着架，这一秒就吻上了。现在的年轻人谈恋爱都这么没逻辑的吗？

我还是赶紧逃吧。

蒋邂心想，一定是自己太久没恋爱了，所以乍一看到这样的场景，心脏被刺激了一把。她拍了拍自己的脑袋，清醒点啊宝贝，春天早就过去了！

说遁就遁。

蒋邂赶忙掉转方向。

在服务员的提示下，蒋邂终于找到了卫生间。等她回到包厢的时候，所有人都在，许时遇也回来了，当然了，他的身边还多了一个人。

傅九昕朝她扬手打招呼："你好。"

不知为何，想起刚才看到的那一幕，蒋邂莫名觉得脸发热，眼神有点躲闪。

"你好。"她朝他俩点点头，迅速经过他们面前，最后在喜宝身边坐下。

"上个厕所怎么这么久？"喜宝问。

"厕所有点难找。"

她凑到喜宝耳根，低声问："她什么时候来的？"她指傅九昕。

"比你前一脚。"喜宝说完，叹了口气。

蒋邂问："怎么了？"

喜宝兀自嘀咕："照我说，既然知道吵了会和好，那为什么要吵呢？一开始就和和气气不好吗？这么多年了，这种模式我们都看腻味了。"

蒋邂嗅到八卦："他们在一起多少年了啊？又为什么经常吵架？"

喜宝默了一会儿，觉得说也无妨。于是她就拉着蒋邂缩到角落里，压低声音，简单概括了一下许时遇和傅九昕的故事。

傅九昕还是研究生的时候，跟着导师去许时遇的学校办了一场公益画展，两人就此认识了，一来二去的，越来越熟，就谈起了恋爱。许时遇当时还是大三，傅九昕已经研二了，比他大三岁。头两年还挺甜蜜的，后来两人之间的问题越来越多，性格上的、家庭间的、感情观各方面……不管大事小事，总能吵起来。

"可是她……看起来很温柔啊。"蒋邂不解。

"温柔的人就不会吵架了吗？像我们这种外向的人，吵架是撒泼打滚，一哭二闹三上吊，而傅九昕这样的，吵架后，就开启她那套冷暴力系统。老大不知道多少次被她气得吐血了，气了索性就不理了呗。结果啊……”喜宝说，“见老大不理她，她又软下去了，主动过来找老大求和。你说说，人怎么能这么复杂呢？”

蒋邂扫了一眼他们的方向。

不说别的，仅看外在，这两人还真是郎才女貌。

蒋邂唱完歌回到学校宿舍，已经晚上十点多了。唐不甜打来电话，问她第一天上班感觉如何，蒋邂流水账地把一整天的经过和感受说给她听，末了，无比兴奋地表决心：“我今天超开心，我决定了，以后一定要好好工作！为‘十年九遇’，发光发热！奉献自己！”

唐不甜一盆冷水浇下来：“别兴奋这么早，先过了三个月试用期再说吧！”

“……”隔着屏幕，蒋邂朝她翻了个白眼，“你是不是我朋友啊？”

“朋友才会一针见血地戳穿你！让你好有点自知之明。”

“我谢谢你啊，朋！友！”

两人又聊了一阵儿，说到房子的事。过了这周，蒋邂就不能住学校宿舍了，但是房子目前还没着落。

“明天你下班之后，我去宿舍给你搬东西，你这些天先住我家，周末我陪你去找房子。”

“不甜。”

“干吗？”

“宝宝爱你。”

“……滚蛋！”

第二天上班，蒋邂感觉神清气爽，想起昨天喜宝对她说的话，她进入邮箱，翻了翻发件箱，着重看了下喜宝和李舒给作者投稿的回复，还真不是一般的简单。

三两行就断人生死。

创作不易，一个人不仅要对抗孤独，还要抵挡得住编辑的绝情寡义。

蒋邂又往下翻了几页，似乎有乱入党，画风清奇，和喜宝、李舒的审稿风格完全不一定。犀利毒舌，一棍子打死，丝毫不给面子。

“作者本人都没搞清楚人物关系吧，退了。”

“当前局势下，还敢写养成？想‘进去’吗？退了。”

“首章都是肉，容我猜一下，下一章是带球跑？此文一章死，退了。”

……

蒋邂凌乱了几秒，细一琢磨，然后问对面的喜宝：“邮箱里的稿子，许总也会看吗？”

喜宝瞅着电脑，头也不抬地回：“偶尔恶趣味来了会看。真希望他多点这样的时间，可以给我和李舒减轻不少工作量。”

很明显，这样的时候并不多。

喜宝：“但他通常看了一两篇，就受不了了，说是辣眼睛。”

蒋邂觉得怪好笑的，问：“我们公司所有的稿子，不管是好还是坏，都会回是吧？”

她见过太多出版公司、杂志社的约稿函上都写着：若是半个月内无回复，则自动视为退稿，投稿者可另行处理稿件。

喜宝：“是啊，公司每天收到的稿子太多了。你今天打开，多了多少封？”

蒋邂：“十五封。”

“还会更多的。”喜宝说，“当初我和李舒商量着说，如果稿子太多，我们看不过来，半个月内没回复稿件消息的话，作者可另行处理稿子。但是老大坚持，无论稿件是好是坏，我们要给人一个交代，这就相当于一种仪式，无论任何事，都要有始有终。哪怕我们的退稿答复犀利尖锐，又或者冷漠讥诮，至少说明，我们没有无视任何一篇稿子。”

旁边的李舒突然插话：“许总以前说，我们不留情面的答复，可以淘汰掉一批意志不坚定的作者。”

蒋邂细细品了一下这句话。

回归邮箱，她开始认真看稿子。结合了喜宝昨天给的意见，又坚持了一定的自我审稿风格后，蒋邂今天的看稿速度快了不少。

不是每一篇稿子，她都必须看完，但是每一篇稿子，她都要回复得认真且合格。

这是她对自己审稿的要求。

审稿这件单一的工作，蒋邂一直做到周四，邮箱里的稿子虽然依旧呈递增趋势，但是基数已经不大了。明天再加把劲，顶多再加个把小时的班，完全搞定它，不是难事。

下班的时候，喜宝走到她身边，拍了下她的肩膀：“走，带你撸串去。”

“就我俩？”

“嗯，就我俩。”

两人打完卡，出了公司门，一路上欢快地哼着小曲。许时遇还没走进电梯间，就听到两个女人在玩歌曲接龙。

他迈大了步伐走进去，两个女人却毫无反应，扯嗓子扯到浑然忘我。

他咬了下唇，屈指敲了敲一旁瓷实的墙壁。

“给你们拉个音响过来，你们都能开演唱会了是吧？！”

蒋邂蓦地便止了音，喜宝号完最后一声，也朝许时遇看了过来：“老大，您今天这么早下班呢？”

许时遇“嗯”了一声。

喜宝又问：“和昕姐约会？”

许时遇扫她一眼：“我印度洋的。”意思是太平洋是你家的你也管不着。

喜宝白眼一翻，冲蒋邂说：“可别又被人放鸽子咯！”

电梯“叮”的一响，三人前后进入。

许时遇倚着电梯壁专注发短信，没搭理喜宝的“以下犯上”。

蒋邂用余光瞄了他一眼，就一眼，还没来得及收回，他恰好抬眸，漆黑的眼睛不由分说地撞上她的目光。蒋邂顿时有种被人当场捉奸的尴尬，她竭力地装出一副自然随意的样子挪开自己的眼神，问喜宝：“我们去哪儿吃啊？”

喜宝答：“刚不是和你说了吗？”

蒋邂：“……”

她实在是没脸看许时遇现在是什么表情了。

终于结束了令人窒息的三人电梯行。

一层一到，蒋邂率先走了出来，电梯门合上前，两人满面笑容地冲着电梯里的许时遇挥了挥手。

喜宝：“老大，约会顺利。”

许时遇没应。

蒋邂：“许总，你开车的时候注意安全。”

许时遇轻轻“嗯”了一声。

喜宝问蒋邂：“他怎么不搭理我？”

蒋邂说：“你说呢？造反分子。”

喜宝冲她龇牙。

电梯门已经合上，电梯去往负一层停车场。

许时遇歪头若有所思了一阵，电梯又是“叮”的一声，他回过神，走出电梯，给傅九昕打电话。

出了写字楼，蒋邂跟着喜宝坐了一站公交，又步行了百来步，进了一家生意火爆的串串烧烤店。

外面烟熏火燎，进去了才发现别有洞天。各种精巧的设计隔绝了厨房和外面的烟雾，店内清朗而雅致。

蒋邂和喜宝秉持着吃多少点多少的原则，点完了餐。先是瞎聊了一会儿，慢慢地，蒋邂就察觉到喜宝的这顿饭别有用心。

蒋邂也不和她绕弯弯了：“喜宝，你是不是有问题要问我？”

喜宝说不惊讶是假的：“你怎么知道？”

“你话题找得太刻意了，不像你平时的风格。”

喜宝汗颜：“枉为前辈。”

蒋邂笑说：“其实主要是因为我们也不算熟，你作为公司的老员工也没必要约我吃饭拉拢感情，该拉拢感情的是我这样的新员工才对吧？所以我猜你约我吃饭应该是有事情要问。”她顿了顿，“该不会是……”后半句“我要被委婉劝退吧”蒋邂没忍心说出口。

喜宝的脸上闪过一丝复杂的神色，她叹了口气，说：“你的审稿回复很认真，我甚至为此特意翻看了相应的投稿附件，现在有一个很严重的问题……”

喜宝停顿了一阵。

蒋邂决定起身去拿瓶酒提前告慰几天后的离别。

喜宝忽然捧腹，憋不住地笑了：“不是我说你也太㞞了吧，这么不经吓！”

蒋邂一脸蒙：“啊？”

“你等我把话说完，”喜宝笑够了才说，“这个严重的问题就是，你审稿审得这么认真，相形见绌之下，我和李舒真的很没面子的。”

愣了三秒后，蒋邂原地暴走，“喜宝！！！”

对面的人一脸无辜地眨眨眼：“在啊。”

“你吓死我了！”

两人笑成一团。

喜宝说："小邂，今天请你吃饭，确实是要说工作的。"

蒋邂点头："嗯。"

"本来应该是明天下班后和你系统地谈一下你这周的工作情况的，但是周五下午我、李舒和老大要开一个项目会，时间上说不准，下班了也不一定能结束，所以就放到今天好了。"

只要不是被辞退，蒋邂就放心了。

喜宝进入主题："就是想问下你这几天审稿的感受。嗯……好像没有一篇过稿？"

蒋邂想了一会儿，说："要说感受的话，是有一些的。公司目前收到的投稿都偏低龄化，作品的成熟度也参差不齐。不少作者都是冲动型写作，凭借着一时打的那管鸡血，写了个日天日地的开头，要么虎头蛇尾，要么用力过猛，空有一腔写鸿篇巨著的热情，却没有支撑自己野心的雄韬伟略。简言之就是缺乏墨水和技巧，倒是颇有一番蛮劲。"

喜宝单手在桌底下点开手机录音，进一步问："你觉得千焜是个什么样的作家？"

蒋邂眼睛里闪出晶亮的光："我本命。"

"是吗？"

"嗯嗯！"她重重地点了下头，"我粉他好久了，来'十年九遇'也有一部分原因是来自于他。"

"我相信日后你认识了他，会……"

"会怎样？"

喜宝想起自己的手机尚在录音，愣是违心说了句："会更加崇拜他、喜欢他，想要成为他。"

蒋邂问："你怎么说得有点咬牙切齿呢？"

"有吗？"喜宝的面部扭曲了一下，"可能是因为他实在是太好了。"

蒋邂不疑有他："也是。说起来很有意思，我第一次知道他是因为我妹妹的语文试卷，试卷上节选了他一部长篇作品中的片段，那部分的主旨大概就是让我们在复杂世界里如何区分善恶。我和我那天真烂漫的妹妹发表了半天自己的见解，结果一对答案，居然全错，被我妹妹嘲笑了半天，我难以置信，就决定开始了解千焜这个人，想知道作者本人的立场到底是怎样的。"

蒋邂喝了口水，继续道：“后来，在他的一次文字专访中，他提到了自己的表达初衷，那一瞬间，我确定自己是对的。喜宝，你懂那种自己的所思所想被证明是正确的时候的那种心情吗？对于那个时候的我来说，能被肯定太难得了，哪怕这种肯定一定程度上是自我赋予的。不过自那之后，我把千焜所有的书都看完了，我承认自己受他的影响很多，他影响了我对很多人和事的认知。”

喜宝说：“没想到背后还有这样的故事。”

“是吧？哈哈，源头居然来自于一张试卷。”

喜宝问：“如果让你用三个词评价千焜，你会用哪三个词？”

蒋邂不假思索地答：“赤子之心，胸怀沟壑。”顿了顿，带了点疑问的语气，“德艺双馨？”

喜宝听完最后一个词，笑得有点高深莫测：“只缘不是山中人啊。”

“什么？”

“没什么。”喜宝说，“你非常棒。”

蒋邂问：“这顿饭不会就是为了聊千焜吧？”

喜宝说：“当然不是，我们回到正题……不是说到你这几天审稿的想法吗？再说说。”

“哦。”

原来刚才只是扯远了而已。

喜宝低头悄悄看了眼录音，还在录。

周五。

这周的最后一个工作日。

下午四点，除蒋邂外，编辑部所有员工自觉进入会议室开会，随后许时遇也进去了，还单手托着他的MacBook。

会议室的门自动合上，蒋邂瞥一眼后，收起自己那点不值一提的好奇心，继续专注看稿子。

会议室内。

会议正式开始前，喜宝扔给许时遇一个U盘。

“喏，你要的。”喜宝说，“给你拷里头了，微信上还给你发了一份音频文件。”

许时遇接住，放在手边，打开笔记本。

喜宝说："老大，听了可别乐死了？"

许时遇眉毛拧出一个问号。

喜宝兀自摇头："就您这驴脾气，怎么会有粉丝呢？真是百思不得其解。"

许时遇："喜宝，要不这会你别参加了吧？我看你不是很想继续待在这里的样子。"

喜宝："老大，今天可多问题要聊了，咱别浪费时间了，赶紧进入正题吧。"

项目会一直开到下午七点半才结束，喜宝从会议室出来，发现蒋邂还没下班。她走过去，拍了拍蒋邂的肩："还没看完呢？"

"快了。"蒋邂的声音里透着些微的疲惫。

看稿很耗神，尤其是看那种所有字都认识，堆砌在一起却不明所以的稿子时，更是耗神。

蒋邂又说了句："喜宝，我这儿有一篇稿子，内容还不错！"

"不容易。"喜宝一边说着，一边往自己的工位走，"不过稿子现在只是过了一审，后面还有两轮审核。"

蒋邂"嗯"一声："我知道。"

"你记得填选题申报表，填完发给我。"开了一场耗时耗精力的会，喜宝也累了，她收拾了一下东西，招呼和她一样也在收拾东西的李舒，"李舒，咱们一起呗，你今晚想吃啥？我要饿死了。"

不多时，两人挽着手往外走，喜宝临走前，叮嘱蒋邂："你别忙太晚了，早点回去，周末愉快。"

李舒也回头和她叮嘱了声。

蒋邂冲她们挥手："你们快去吃饭吧！周末愉快！"

喜宝和李舒走后，蒋邂继续投入到工作中，她又花了差不多一小时，审完剩下的两篇稿子。做完这些，她放松地呼出一口气，伸了个懒腰。拿出手机看了眼时间，八点半，不早不晚。想到那篇过了一审的稿子，蒋邂心情实在是好，打开白天喜宝发给她的选题申报表。

内容分析、目标市场分析、目标读者分析、选题亮点和出版思考……

蒋邂有点蒙。

没人指导她一下吗？

蒋邂坐在电脑前，抓耳挠腮地想了一阵。

她觉得这篇稿子很好看，可是好在哪里呢，她忽然又失去了提取其精髓的能力。填选题申报表的内容，对后期的二审、三审肯定有影响。要如何写，才能让喜宝和许时遇看到时，对此评上一句言之有据呢？

绞尽脑汁想了一会儿，毫无进展。

蒋邂揉了揉肩，心想先放松一下。

公司的电脑声音不能外放，又没有可以连接的音响，于是蒋邂打开手机的音乐软件，临时下载了一首《小苹果》。

网速太快，进度条“唰”的一下横向飙到结尾。

前奏响了出来，蒋邂把声音开到最大。忽然想到隔壁办公室可能有人在加班什么的，她又忙不迭调小音量，先摁了暂停。

把手机放在工作桌上后，蒋邂抻了抻衣服，重复了几个热身运动后，她走到桌边，点了一下手机。

前奏继续。

蒋邂迅速跑到大厅中央，摆了个岿然不动的Pose。

前奏结束，正曲开始。

蒋邂跟着歌声一起唱，身子慢慢扭动起来。

“我种下一颗种子，终于长出了果实，今天是个伟大日子。摘下星星送给你，拽下月亮送给你，让太阳每天为你升起……”

步伐踢踢踏踏，随着歌曲进入高潮，一切越来越有节奏，蒋邂双手时而拍掌，时而比画，时而挥舞。

“你是我的小呀小苹果儿，怎么爱你都不嫌多，红红的小脸儿温暖我的心窝，照亮我生命的火，火火火火火——”

蒋邂越跳越兴奋，也越来越进入状态。

直到某间办公室的门，“砰”的一下被人由里面打开。

许时遇出现在了公共办公区的门口，整张脸上都写满了——火火火火火。

第五章 无心插柳

蒋邂吓得三魂丢了七魄，几乎是一瞬间就闭了嘴，然后看着许时遇，慢半拍地一点一点收回刚才张扬的动作。

四目相对。

只剩下手机里还在唱：“春天又来到了花开满山坡，种下希望就会收获，你是我的小呀小苹果儿，怎么爱你都不嫌多……”

蒋邂愣了一秒，飞速跑到自己的办公桌前，在手机屏幕上按下暂停键。然后转身，看向许时遇，低头主动认错：“许总，对不起，我不知道你还在办……”

他的脸色已经没有刚出来时那么臭了，没什么表情地问了句：“没和喜宝她们一起下班？”

这不是废话吗？

“吃晚饭了吗？”

这也是废话啊。

“活还没干完？”

三个问题，一个接一个，蒋邂好不容易回上一句：“没。”

“把需要的文件打包回去再做，现在下去吃饭。”许时遇说着往外走，走了几步，感觉身后没动静，转身，“怎么，不吃？”

蒋邂反应过来：“许总，你请我吃吗？”

“不然呢？”许时遇轻嗤一声，“要不你请我？”

蒋邂摇头。

他继续往外走。

蒋邂跟上，走了几步：“等一下！许总！”

许时遇没停，只是说“楼下左边第三家木桶饭，文件打包好了，直接下来。”

“嗯。”蒋邂后知后觉地添了句，“谢谢许总！”

蒋邂把周末在家可能会用到的文件打包好，拷进U盘里，挎上包，关灯，关门，然后下楼了。不费吹灰之力地找到卖木桶饭的那家小店，也毫不费眼力地看到了许时遇。他松松垮垮地坐在木椅子上，没什么坐姿地低着头玩手机。

蒋邂走了过去。

“靠，什么水平？”

“弱鸡！”

“靠！兄弟！靠靠靠……傻子不认路啊！我靠！”不多时，游戏结束，许时遇气得差点把手机扬出去，一抬头，看见蒋邂，愣了一秒，想起来是自己叫她下来吃饭的。

他目光继续落回手机上：“想吃什么，自己过去点。”

蒋邂走到窗口处，仰头扫了眼贴在窗口上方的木桶饭菜系，叫了份最贵的姜丝肉蟹。她平时都舍不得吃这么贵的菜，就连唐不甜请客，她都想着要替对方节省，可是现在怎么就一点罪恶感都没有呢。

大概是因为资本家就是用来剥削的。

“你好，姜丝肉蟹，一份38。”

蒋邂“昂”了一声，试探性地问：“必须现在就付吗？”

服务员：“嗯，是的，我们都是点菜的时候，就直接付款的。”

蒋邂凑近服务员，压低声音：“那个……”头往后偏了偏，“后面那个，在玩手机的男人，我和他一起的。”

女服务员秒懂：“那你让他过来付一下吧。”

“……”蒋邂打着商量，“就不能吃完了再付吗？”

“实在是不好意思。”

蒋邂放弃：“好吧。”

她揪着包包的肩带，慢悠悠走到许时遇旁边。

余光瞥见有人靠近，许时遇抬起头，看着她。

“那个……”

没等她说完，许时遇直接站了起来走向窗口。

“多少？”

“先生，那位女士的姜丝肉蟹38元。”

许时遇滑开手机，忽然，打开微信的手一顿，歪头略一思索，自己的那份辣椒炒肉，好像是25。

他抬头扫了一眼菜系的价位表。

呵……

许时遇回到座位，蒋邂抬头，冲向他：“许总，谢谢你请我吃饭，我平时都舍不得吃这么贵的木桶饭。”

她决定用最坦诚的目光迎接他的嘲讽。

事实告诉她，这种一上来就坦诚的讨好方式，真的没用错。许时遇淡淡地瞟了她一眼，了事。

她适时地找了个话题：“许总，你刚才在玩《王者荣耀》吗？”

许时遇：“不然？难道玩《消消乐》？”

“……”这人就不能好好说话吗？

都是全民游戏，《王者荣耀》好高级哦！蒋邂腹诽。

“在办公室跳舞的感受怎么样？”

提及此，蒋邂免不了有些尴尬，摸了摸鼻子，厚着脸皮答：“挺好的，如果许总你不突然出现的话。”

“你确定你没进错公司？这么爱唱爱跳，不是应该进娱乐圈？”

蒋邂挠挠头发：“其实我也挺想的，就是我太重量级了，在娱乐圈里，应该容易被挤对吧。”一语双关。

许时遇呵笑一声：“‘十年九遇’这么小，真是委屈你了。”

蒋邂：“……”

两份木桶饭都端上来了。

两人各自吃着。

许时遇吃得慢条斯理，蒋邂则……说得好听点，是大快朵颐；说得中性点，是狼吞虎咽；说得难听点，这年代哪他妈进来的难民？

蒋邂一边大口大口地扒着饭，一边嚼着饭含混不清地抬头对许时遇说：“许总好好吃，好吃到想哭了。”

许时遇：“注意断句。”

蒋邂没反应过来。

许时遇又添了一句："或者你换个主语吧。"

蒋邂这才恍然大悟："是饭好好吃！"

许时遇配合地扯了扯嘴角："只是一份 38 块钱的木桶饭而已。"

蒋邂那双眼睛闪过一丝狡黠："38 块钱，对你来说不贵咯？"

许时遇无语："不贵。"

"那我可以再来一份吗？"

许时遇看了她一眼，起身走去窗口了。

蒋邂默默地看着许时遇此刻的背影，真是无与伦比的高大伟岸。一瞬间，她实在是没办法将他与当初在片片鱼自助火锅店里遇见的那个冷漠无情的没品男联系到一起。

许时遇直接抱着一份木桶饭回来了，推到她面前。

"吃慢点。"嫌弃的口吻。

"谢谢许总！"雀跃的语气。

许时遇问："刚才你在办公室跳的舞，是《小苹果》的舞蹈？"

"是啊。"

"我之前怎么没见过？"

他一个表侄女，放寒假在他家待过一段时间，他只要一回家就被《小苹果》的魔音贯耳，小女孩每天在他面前蹦蹦跳跳，真是要命的记忆。

"哦，这个啊。"蒋邂一边吃着饭，一边说，"《小苹果》的舞蹈有很多个版本的，我跳的这个是我们家小区里大爷大妈的广场舞版本。"

许时遇："……"

蒋邂问："有什么问题吗？"

许时遇的嘴角抽搐了一下："真接地气。"

蒋邂不以为意，忽然想到了什么重要的问题，趁着此刻气氛正好，一并问了。

"许总，我能不能问你一个工作上的问题？"

"你问。"

"就是……那个选题申报表，该怎么填？有没有什么技巧或是模板？"蒋邂问得有点胆战心惊，生怕问题太傻，对方直接丢给她"该工作你无法胜任"的残酷答复。

许时遇难得没有露出嘲讽的表情，只是问："有稿子过一审了？"

蒋邂点头。

“这周你审了多少稿子？”七点半开完项目会后，许时遇在办公室里听完了喜宝给他的音频。

新人谈话是公司里的老规矩，了解新人的工作接受程度、适应能力，最重要的，要了解新人对出版行业的敏锐度和情感付出。这样的谈话，不定期、不定时、不定内容。

多次谈话下来，这个员工是逐渐深入，还是日趋散漫，随着三个月试用期一到，也差不多就能见分晓。

“十年九遇”不完全靠面上功夫决定一个人的去与留。他们需要的，是带着赚钱的野心和做书的情怀并驾齐驱的时代出版人。

许时遇听完音频后，觉得这个新人还不错。尤其是那三个成语，评价得非常务实。

蒋邂从善如流答：“将近200篇了。”

许时遇微一点头，明知故问：“喜宝找你聊过了吗？”

“是的。”

“她怎么评价你的审稿水平？”许时遇继续明知故问。

蒋邂一张脸顿时灿烂得跟朵花似的，完全没考虑到在老板面前需要谦虚：“她说我做得不错。”

“……”许时遇不以为然地嗤笑一声，“审稿能力既然合格，那作品的文本和数据分析有什么难？”

蒋邂：“额……”

许时遇：“退稿意见反馈给作者，是揭短。填选题申报表递交给上级，就是概述过稿理由，是扬长。短和长相对，平时怎么给作者退稿的，选题表反着来就是了。选题申报表是过稿理由的细化栏，其中的内容要点就是文本分析，市场和受众只管客观地罗列数据和展望前景，亮点更是宽泛，可以是作品中扎到你心头的那个点，也可以是游离在作品之外的编辑个人的感受。”末了，还随着优雅的吃相，添问一句，“难吗？”

蒋邂的脑子还是有点混沌，但又有些豁然开朗，懵懵懂懂地摇头：“不难不难。”

许时遇继续说：“你往上递交的稿子，如果想要更加吸引我和喜宝，还可以做更多的附加分析，比如，作品其他版权的开发潜质如何，版权输出的可能性有多大，活跃销售的生命周期有多长，诸如此类，这些都是衡量一个作品所能掀起的市场购买力的重要指标。”

“哦。”蒋邂受教地点了点头，而后又有些疑惑地问，“许总，如果我们做的书，卖不出去会怎样？”

“市场购买力”这个词，让蒋邂感到许时遇不只是一个出版人，更是一个生意人、资本家。

许时遇眯着眼说：“会感觉很罪恶吧。”

“为什么？”

许时遇换回那副调侃人的语气：“你说呢？俄罗斯亚马逊的树白给我们砍的？纸浆是外国友人白给我们运进来的？纸张也是有人白给我们做好运到印刷厂的？”

蒋邂无视他的毒舌，觍着脸不耻下问：“我们国家自己没有纸浆吗？”

“有啊。”许时遇反问，“学过地理吗？”

蒋邂怯怯地点头，直觉会被他嘲笑。

“中国的植被覆盖率有多少，知道吗？”

额，忘了。

许时遇：“11 年的数据是 70%。”

蒋邂吐槽：“好老的数据啊，不过这不是挺多的吗？”

她的无知似乎在许时遇的意料之中：“草地、灌木丛这些低矮植被不算，咱们国家的森林植被覆盖率在全球是拉低平均值的。”许时遇说，“就是因为这样，我们国家许多特种纸和高档纸的制作必须依赖于进口纸浆，就连国内大部分普通纸张的纸浆质量也远不如国外。”

蒋邂恍然：“受教。”

“所以，你说，做好的书不卖出去，是不是浪费资源？”

“嗯，是的。”从善如流。

许时遇似乎吃饱了，放下筷子往椅背上一靠，嘴角勾出一抹似有若无的笑：“还有一个原因。”

蒋邂好奇：“啥原因？”

“我们公司没有处理退货的仓库。”

蒋邂知道，国内目前的出版市场，“十年九遇”的退货率几乎可以忽略不计，但是作为出版商，没有自己的仓库……

不管你的书再怎么卖得好，也不太合理吧。

蒋邂正纳闷着，许时遇轻笑着说："就那点退货量，送送朋友，做做活动，往家里的车库一扔，还不够？我是钱多得有烧是吧，还租个仓库？"

蒋邂："……"

吃完饭，许时遇回了公司，蒋邂则要回唐不甜家。

回来后，蒋邂凭借许时遇的那些指点，把选题申报表填完了。唐不甜还在警局加班，要晚点回来。唐妈妈给她煮了一碗蛋花甜酒，蒋邂吃得身子热极了，洗了个澡，抽了本唐不甜书架上的书，边看边等她。

唐不甜加班到晚上十二点多，一推开房间的门，就看见蒋邂趴在床上睡成一头死猪，口水全糊在了她的书上，气得她险些惊叫出声。她甚为嫌弃地拨开死猪的脸，把书抽出来，又替她掖好被子，然后去卸妆洗漱了。

在别人家住，最忌讳赖床。翌日一早，蒋邂早早地起来了，一旁的唐不甜还睡得死死的，口水糊了她睡衣一袖子，她煞是嫌弃地用袖子在熟睡的唐不甜脸上蹭了蹭，这才愉快地刷牙洗漱去了。

帮唐妈妈做完早餐，蒋邂不得不开启狂轰滥炸模式催唐不甜起床，谁让这货答应了今天陪她去找房子呢。

唐不甜满脸怨念地从床上爬起来，两人一同吃完早餐后，出门找房子。

这些天蒋邂挤着零零碎碎的时间在网上找了不少房源，就等着周末到了打电话给房东或是中介，到时候直奔目的地看房子。

唐不甜的家位于芦水区，"十年九遇"也位于芦水区。距离"十年九遇"不远处，是芦水区与星眠区的交界地带，所以芦水区和星眠区的房子蒋邂都有看。

Pass 了芦水区的两处房源后，蒋邂和唐不甜奔往星眠区。由于有地铁直达，这一趟两人选择坐地铁，六站距离，二十分钟左右的时间。

蒋邂正绘声绘色地和唐不甜吐槽着许时遇的傲娇，余光瞥见与自己隔了几米远的座位处一个年轻女生动作鬼祟、表情心虚。仔细一看，她左手边的位置上，放着一本千焜的《不眠者》。蒋邂眼尖，一眼就看见《不眠者》的书封左上角贴着"地铁图书漂流月"的定制专属标签。

"地铁图书漂流月"活动是帝都图书馆半个月前开始组织的，闻讯，帝都大部分的出版商纷纷参与进来，免费提供漂流书。

“十年九遇”给这个活动免费投了 1000 册的图书。

活动的口号是——诚信漂流，传递书香。

如果她没猜错的话，那位女生，对她座位上的那本漂流书产生了占为己有的念头。但是她没有当机立断地把书偷偷塞进自己的包里，看表情，心理斗争应该还挺激烈。

蒋邂一直盯着她。

唐不甜注意到蒋邂戒备的模样，顺着她的视线望过去。

额。

这年头，社会风气真是越来越不好了。

又一站到了，女生心理斗争结束，邪恶占了上风。她速度飞快地把书往肩上的帆布包里一塞，起身冲向徐徐展开的地铁门。

蒋邂蓄势待发很久了，几乎是她把手塞进书包的一瞬间，蒋邂就像只伺机已久的猎豹一样直扑过去，堵住了女生逃窜的出路，速度堪称敏捷。

而与此同时，唐不甜好整以暇地在她身后打开了手机摄像头。

临近傍晚，蒋邂终于确定好了房子，和房东签完了合同。

房子在星眠区，是蒋邂货比三家后才确定下来的。距离“十年九遇”八站公交，不算近也不是特别远。

房子是合租。

蒋邂去看房子时，四个室友都在，人都很 nice，很客气的那种 nice。大家打完招呼后，各回各屋，互不干涉。

蒋邂孤身一人在外闯荡，谁不是随遇而安，不需要太多交情。停停走走，转眼就再无交集。牵扯那么多，何必呢。

周日，唐不甜帮着蒋邂搬家。

中途，蒋邂问：“你今天抽什么风？”

今日的唐不甜似乎被魂穿，时不时傻乐一下，弄得蒋邂莫名其妙。

唐不甜答：“我在想啊，你要是减肥成功，我就叫你美小邂。”

蒋邂白眼一翻：“这倒不用，你平时少叫我胖小邂就成了。”

“我那是提醒你该减肥了。”

“谢谢啊，不劳烦。”蒋邂说，“不过话说，被叫美小邂，天上又不会掉金子。”

“不会掉金子，说不定会掉男朋友啊。”唐不甜和蒋邂一起抻开床单，“胖小邂，我可不怕揭你伤疤啊，你别忘了，当初余光就是嫌弃你胖才劈腿的。”

蒋邂揪着枕头的一角，往里塞，神色有些愤愤：“就是因为我胖了，我就该被抛弃吗？胖子怎么了，胖子就得不到爱情了吗？”

“好好好。”唐不甜败下阵，“不和你理论这个。我就问你，你还记得你十八岁那年立下的宏愿吗？”

蒋邂在她十八岁那年的春天，做了一个梦，梦里的她同时交往了七个男友：霸道总裁、制服机长、温润的教授、深情的痞子……

简直就是梦幻版的《扑通扑通LOVE》。

梦醒后，蒋邂立志要在二十六岁之前集齐七个男友，这样她就可以召唤命中注定的真正男神了。

唐不甜无数次吐槽她：“就算你真集齐了七个男友，你未来的男神能接受自己的老婆有七个前男友吗？”

如此玛丽苏的幻想，注定要被现实强压一头。

二十二岁的蒋邂，目前只交往过一个男友，一个花心大萝卜，一只从不加班、猝死无望的程序猿。

被程序猿余光劈腿抛弃后，蒋邂依然行走在实现宏愿的道路上。只是她另辟蹊径，换了一种方式：写文。

等她写够七篇不同男主的言情网文，她的男神就会驾着七彩祥云来到她面前了。

唐不甜对此也吐槽过：“如此与众不同的自欺欺人，非常人所能思及。”

就是因为当初那个神奇的梦，蒋邂爱上看书以及决定写文，到现在进了“十年九遇”工作。如今她看来，这一切都是老天在指路。

蒋邂当然知道所谓的“宏愿”是指什么：“记得啊，所以我会好好码字，好好当编辑啊。”

唐不甜顺口问：“你多久没码字了？”

蒋邂有点心虚地答：“我发现码字没有当编辑好玩。”

唐不甜看过蒋邂写的总裁文，事实摆明，广大混迹网文圈的读者的眼光是雪亮的——蒋邂不火是正常的。

唐不甜下结论：“所以，看书、写文，之前种种，如今看来，都成了你进驻出版圈的垫脚石咯？”

蒋邂发出“叮”的一声：“答对了！”

两人把一切收拾好，已是下午两点。

蒋邂住的地方，很有烟火气，一楼一溜儿都是小餐馆。把祖国各地的特色美食凑得差不多，诸如武汉热干面、兰州拉面和南昌瓦罐汤等。

蒋邂请唐不甜吃的是云南过桥米线。

其间，唐不甜看她的眼神透着古怪。

解决完这顿迟到的午餐后，唐不甜回家前，当着蒋邂的面，给她发了条短信。短信内容是一个微博登录账号，还有该微博的登录密码。

蒋邂纳了闷了：“你给我你的微博账号做什么？”

“你登录看看不就知道了。”

蒋邂复制、粘贴唐不甜给的号，进入微博。刚登上，手机一阵狂振，若不是“嗡嗡”声入耳，蒋邂还以为自己得帕金森了呢。

仔细一看，差点把她吓傻。

唐不甜什么时候变成网红了？

新增粉丝 2 万 +。

新增消息 10 万 +。

蒋邂点开消息，直接蒙圈了。

网友 A：“给这位胖胖的小姐姐疯狂打电话！也太有正义感、太有原则了吧！”

网友 B：“妈耶！小虎妞好可爱！”

网友 C：“嗷！给大家科普一下，这本《不眠者》是我千焜大神五年前的旧作，沉鱼出品，江州出版社出版。”

网友 D：“为什么要给偷书小贼打马赛克，这种人就应该曝光！”

网友 E：“划重点！小虎妞说《国王必死》是她们公司出品的，那不是我时哥的‘十年九遇’吗？！”

网友 F：“在此呼吁大家，让图书诚信漂流，传递书香。还请各位同胞别再因为素质问题在公众场合给中国人招黑了。”

网友 G：“这位小胖子，恭喜你，你火了。”

……

消息一直在激增中，比她平时在网上刷剧时满屏的弹幕还要可怕。

刷了一箩筐评论，蒋邂不难推测出原博的内容如何。蒋邂忍着暴打唐不甜一顿的冲动，心情十分复杂地点进唐不甜发的原博：

今天和朋友坐地铁去找房子，在帝都地铁 4 号线上，看到了这一幕。如果没记错的话，帝都这次的“地铁图书漂流月”活动，规定之一是不能取走阅读。传递阅读是一项很有意义的阅读推广活动，希望大家都能坚持图书漂流“诚信·分享·传播”的理念。如果喜欢，买书就好了，撑死不就两杯奶茶的价钱吗？看在小妹妹还年轻的分儿上，大家理性评论，拒绝网暴。至于那位风一般的小天使，我们为她疯狂爆灯！

下面还配有一个一分钟左右的短视频。

蒋邂捂着眼，哀怨地点了进去。

只见她速度惊人，如旋风一般“咻”的一下挤过人潮，揪住了年轻女生的衣服：“同学！书留下！”

被拽住的女生吓得身子一抖，转身看了蒋邂一眼。

蒋邂表现很和善：“同学，你这种行为是不对的。”

女生的脸顿时涨得通红，片刻也不停留地把书往地上一扔，飞快地跑了。

蒋邂捡起书，放回原位。

旁边一位中年人突然带头鼓起了掌。

蒋邂十分不好意思，她的本意并不想让那位女生难堪，但是动作过猛确实惊动了同车厢的一些乘客。

她摆摆手：“别这样，小事而已。”

一位年轻女生说：“这不是小事。其实刚才我也看到了，但我没站出来，你真勇敢。”

蒋邂的脸微微红起，说道：“我就是做书的，我不站出来，说不过去呀。”

另一学生模样的女生开口：“哇，我是一只书虫，能问一句您是哪家图书公司的吗？”

蒋邂脑子一动，打了个广告：“最近刚上市的那本《国王必死》，就是我们出的。”

谁知道，唐不甜这么一拍，往微博上这么一传，还真成广告了。不少网友质疑，这个视频本身就是炒作。

不管舆论如何被带偏，广告效果还是有的，总之是无心插柳柳成荫了。

晚上回到家，蒋邂接到黎漫的电话。黎漫一改往常的镇定，声音亢奋道：“小邂，我们的《国王必死》成新书热卖榜第一了！”

第六章 悲伤的节假日

周一例会。

所有人都很高兴，许时遇的心情也不错。会议正式开始前，蒋邂被大家簇拥着讲事情经过。许时遇坐在正座上，跷着二郎腿，吊着眼梢没说话。

一群女生叽里呱啦叫个不停，难得没被他嫌烦。

喜宝："小邂，你太可爱了！"

蒋邂心说：太羞耻才比较对吧？

"你知道我最喜欢这个视频哪一处吗？"

蒋邂心说：还有喜欢的地方？

见蒋邂一脸麻木的样子，喜宝冲着大家说："你们瞧视频一开始，她那矫捷的小身板，咻——像只小豹子似的，人还没反应过来呢，她就蹿过去了。"

毛恋恋也赞叹不已："就像在拍动作片一样。"

罗梦比了个大拇指："够虎，我服。"

黎漫："小邂，真该感谢你那个朋友。"眼神瞅向许时遇，"话说，咱们公司应该请人家吃顿饭吧。"

蒋邂摆手："不用不用，她就是无心插柳，闹着玩的。"

窦小洋："小邂，你代替人家拒绝，不作数的。万一你朋友乐得接受呢？"

蒋邂一琢磨，以唐不甜爱占便宜的程度，这顿饭，她怕是恨不得坐火箭飞过来吃。她刚一犹豫，许时遇将椅子转向罗梦，交代道："这个月，以新书加印一万册的绩效给她算。"

说完，许时遇又将椅子转了回来，冲向众人："至于蒋邂要拿这个绩效，请她朋友吃鲍鱼海鲜，还是麻辣小面，那都是她自己的事了。”

众人讷讷。

许时遇微笑：“有意见吗？”

蒋邂虽然不知道加印一万册的绩效有多少，但是她非常赞同这种方式。许时遇一问完，她立马举手：“我没意见，许总高明！”

众人：套路失败。

这次会议和以往一样，总结上周工作，规划下周工作，解决一些大家想法上存在出入的问题。上周一喜宝提出的《星流之役》出版形式问题，许时遇通过了喜宝的方案，分三册依次出版，一册一个书号。

蒋邂心想：大家背地里叫他暴君，但是这位暴君也没有特别专制嘛。只要你写的方案足以说服他，让他缴械倒戈也不是不可能的。

会议开到最后，蒋邂发现被自己列在会议本上的待办事项还不少，与刚开始的适应期相比，她接收的未知越来越多，被分配的任务也越来越重。

不过，她作为新人，多干点活也无可厚非。新人嘛，要不畏惧成长，把活多当成一种荣幸，欢喜地接受，用心地履行。

会议结束后，许时遇回到办公室，刚坐下，打开 MacBook 之前，忽然想起喜宝他们在会议开始前的对话。他往椅背上一靠，打开手机上的微博。

他不喜欢微博这个平台，太混乱，谁都可以乱说话，却不是所有人都能对自己所说的话负责。可是社会在变，自媒体飞速发展，数字化时代，不论哪行哪业，要想取得长足发展，或多或少要依赖这些用户量庞大的自媒体平台。

他未能免俗，他的本质是个商人，他依赖消费者而活。

Po 主 @ 糖不甜发的那则短视频，许时遇昨天就看过了。他还顺手用 @ 许时遇这个号点了个赞。

原博底下顿时惊现一大堆让人啼笑皆非的评论，诸如——

“小虎妞已被她家老板认领。”

“主人已盖戳。”

“官方承认了哦。”

……

许时遇嗤笑一声：“无聊。”

他又把视频看了一遍，本来之前还没注意，刚才在会议前被喜宝他们一提醒。现在再看时，许时遇多掺了几分注意力看视频的前几秒。

没一会儿，许时遇捏着手机，偏头笑了出来。

接近结尾时，蒋邂说："我就是做书的，我不站出来，说不过去呀。"

许时遇退出视频。

这个小胖子，蛮有意思的。

他转而切换到千焜号，转发了这条微博。

许时遇懒得看评论，很快退出，网络的热闹他从不过多参与。若非参与不可，那也一定是为了把这种哗众取宠的热闹转化为图书的购买力。

六月底，临近端午节。

"十年九遇"给员工的福利非常不错，还处在试用期的蒋邂，没有受到与正式员工不同的对待。公司给每个人都发了粽子，还有一个足够令蒋邂大吃一惊的红包。

下午下班后，连续三天都是休息。蒋邂还是学生的时候，常听人说，放假的前一天下午，上班族都是无心工作的。大半天过去了，蒋邂发现，"十年九遇"内氛围如常，同事们都兢兢业业，各司其职，并没有松懈地刷网页，也没有闲聊假期计划。文编部甚至将本该周五进行的项目会，挪到了今天。

看着喜宝、李舒揣着会议记录本进会议室的时候，蒋邂的好奇心非常高涨。

这个神神秘秘的项目会是在讨论什么呢？

不知道她转正了之后，有没有参与进去的资格。

意识到自己想太多了，蒋邂拍了拍自己的脑袋，收回目光。

回看电脑时，发现工作 QQ 上有人申请添加自己为好友。

自从上次的地铁视频事件后，蒋邂在微博上申请了一个工作号。

工作号注册的当天，蒋邂发了一条求作者勾搭的动态。这条微博被"十年九遇"官方微博转发认领后，蒋邂的评论区很快就被一大拨粉丝占领。几天时间内，被关注量以火箭的速度从零上涨到万。

从此，蒋邂每天的工作任务比喜宝和李舒多了一条——在企鹅号上和作者"纠缠不休"。

对此，喜宝呵呵一笑："自讨苦吃。"

就连李舒都笑着拍拍她的肩，意思是"好自为之"。

于是，蒋邂每天都要在工作量未减的情况下，匀出不少时间放在和作者交流上。比如现在，又有新来的作者申请加为好友了。

蒋邂打开申请框，点击“同意”。

下午六点，下班时间一到。除了还在会议室里开会的三人和坐在工位上的蒋邂外，所有人都准时打卡下班。

这大概就是为什么白天上班的时候，大伙儿都心照不宣默默工作的原因。

只有把这周该做完的工作完成了，假期才能无所挂念，等着时间一到，便能毫无负担地投身到节假日的喜悦中。

六点半，许时遇和文编部的项目会结束。喜宝和李舒如风一样地从会议室里跑出来，三下五除二地关电脑，收拾东西。

听到动静，蒋邂揉着太阳穴地从电脑前抬起头来：“这么着急？赶车回家吗？”

李舒心思细腻，发现她精神有点不济：“怎么？身体不舒服吗？”

难得冰山女李舒会关心人。

蒋邂摇头：“我没事。”

喜宝一边往包里塞着眼药水、肩颈酸痛贴等小玩意儿，一边说：“乐天派胖小邂，她哪有那么容易不开心啊。”

大概是觉得非常有道理，李舒没说话了，继续垂头收拾桌上的东西。

临走前，喜宝还不忘对蒋邂吐槽道：“我晚上七点半的高铁回济南，李舒八点半的飞机飞沈阳，我俩的时间都赶死了。暴君太没人性了，开个会居然拖了半小时。”

蒋邂哼唧一声：“我也想回家。”

喜宝说：“你家太远了，三天假回去太折腾，听我的，宝贝儿，你就和朋友在帝都好好吃吃喝喝逛逛，怎么浪怎么来。”

李舒也说：“过出假期该有的样子来。”

蒋邂无精打采地“嗯”了一声，提醒道：“你俩别叨叨了，赶紧的吧。”

喜宝“昂”了一声，看了手机一眼，拽着李舒就走：“车还有一百米就到了，走走走！”

李舒任她拽着。

喜宝走着还不忘回头喊道：“小邂！提前祝你端午安康哦！”

她们一走，蒋邂的目光重新聚焦到电脑上，之前在 QQ 上和那位新加的作者朋扯皮太久，导致她今天还有不少工作没做完。她眨了眨酸涩的双眼，强打起萎靡的精神。

又过了半小时，许时遇从办公室走出来，见大厅内还有人，有点意外。

“还不走？”毕竟所有人都走了。

许时遇的声音很好听，在空旷安静的大厅内传开，如泉水击打青石，出奇纯澈，很是提神。

蒋邂转头看向他：“快了。”

许时遇点点头，提醒道：“下班的时候，记得把门关好。”密码门，关拢即可。

“嗯。”

许时遇往外走。

蒋邂鬼使神差地叫住他：“许总。”

许时遇停住，侧头，他和蒋邂中间隔着一排多宝格，蒋邂只能通过格子的缝隙看到他的脸。

“有事？”他问。

蒋邂问：“许总，您也要赶飞机吗？”他难得这么早下班，估计也要赶在端午节前回家，好和家人共度佳节。

许时遇：“不回，家人都在帝都。”

“哦。”

“您今天下班比平时早。”

许时遇不置可否，手机忽然响起来，他露出浅淡的笑，朝蒋邂扬了扬。

“约会。”

说完片刻不停留地往外走，蒋邂甚至能听到他一边走一边接听电话的声音。

“没想我？”

“……”

“不信。”

“……”

“好，一会儿见。”

“……”

声音渐远，后面他说了什么，蒋邂听不见了。一时间，整个公司空荡荡的，只剩蒋邂一个人。

大脑片刻的放空后，她又想起刚才在QQ上和那位作者的对话。

作者林粒："一眼就能判断出你是个新人编辑。"

好友申请通过后，对话框里突然就蹦出来这句话。这个作者她知道，前段时间有给她投过稿，今天上午蒋邂抽空看了，不知所云，所以便做了退稿处理。

这人的画风和她的作品一样，也是一上来就不知所云，没有任何铺垫。

蒋邂给她发了个标点："？"

作者林粒："审稿粗劣，你点出的问题，你哪怕稍微再耐心一点，往下多看一万字，便不成问题。"

蒋邂："……"

她保持友好地回复："不好意思，我认为你的作品开篇复杂，文字佶屈聱牙，让我感到阅读困难，无法理解。"

对方很快又回复："你本身格局如此，你不喜欢看《浮士德》，《浮士德》就写得不好吗？歌德就不厉害了吗？"

蒋邂："……"

"我的这篇稿子早已被'华泰图书'看中，只是因欣赏许时遇，所以决定给你们'十年九遇'一次机会，是我运气不好，遇上新人审稿。"

蒋邂坐在电脑前，顿时哑口无言。

"华泰图书"，国内最权威的主流文学出版集团。这家文化集团自诞生起有二十多年的历史了，和蒋邂一般大，大部分的当代文人，能上当代文学课本的那种，他们的成书基本诞生或再版于此，也是国内外世界级名著授予简体版权的首选合作方。

她真的因为格局太窄、思维肤浅而错过了一部好作品吗？

蒋邂不及多想，回道："那这样吧，要不我把您的稿子交给我们许总再看一下，再给您答复好吗？"

消息没发出去，对方脾气大，已经把她拉黑了。

蒋邂趴在桌上，像块没有形状的抹布，瘫软如无骨。

端午这天，蒋邂怀疑天上有两个太阳，天气忽然变得很热，下午吃完饭午睡了一会儿，活生生被凉席垫子“烫”醒了。

七月还没到，帝都今年热得有点太快太猛。难道是自己脂肪增多了更耐不住热了？蒋邂站上电子秤，112 斤，比一个月前还瘦了 4 斤。

她站在电子秤上，手机摄像头冲下，对着电子秤的显示栏拍了一张照。然后发朋友圈——

“上称了，瘦了 4 斤，喜大普奔（高兴脸）。”

放假了，朋友圈的好友们果然都很闲，这条动态顿时就收获了一大票的点赞和评论。

荣姿：“小邂，你是最棒（胖）的！”

喜宝:“我实在不理解 161.5 的妹子 112 斤值得你高兴到发朋友圈庆贺(微笑脸）。”

黎漫：“不错，继续加油。”

毛恋恋：“宝宝虽然 158，但是只有 86 斤哦。”

……

蒋邂一条条回复，回到中途，看到蒋大国也给她留言了：“哎哟，我家闺女啊，怎么还瘦了呢？老爸心疼死了。”后面一连串拥抱的表情。

蒋邂好感动，回复：“老爸，邂邂好想你。”

房子里今天特别安静，跟她合租的几个室友都回家了，只剩她一个。

鼻尖莫名泛起一阵酸楚感，在这该合家团圆的节日里，蒋邂有些想家了。

她把手机往床上一扔，准备一个人去吃顿好的，来慰藉孤寂的自己。

蒋邂在小区外的饭店里吃了一顿好的，又百无聊赖地在小区外走着消食，等她回过神来的时候，已经上了一趟公交车。

而且还是一趟去“十年九遇”的公交车。

大概是平时上班上出了惯性。

她自嘲地笑了下，天意让她去加班，那就去吧。反正她下周的工作有点紧凑，因为后三天她要去参加帝都的图书编校知识培训。

刚下公交，接到唐不甜的电话，唐不甜邀她一块出去庆祝端午佳节。

唐不甜是帝都本地人，一到这样那样的节日就会和发小扎堆到一块儿去，蒋邂不太爱凑这样的热闹，便义正词严地拒绝了。

蒋邂一来到公司，就开始了枯燥乏味的《星流之役》改红工作。

改红是作为文字编辑必须接触的内容。也有一些公司，会把校对稿安排给设计师改红。

蒋邂在还没有进入这行的时候，对编辑的认识比较片面，其中最常充斥在大脑中的一个画面就是，低着头，拿着红笔，对着打印本查找错别字、改病句、寻找逻辑漏洞等。

其实远没有这么简单。

编辑分很多种，有的负责营销，有的只管策划，有的只需校对……

像喜宝、李舒他们制作一本书，从头到尾提供的可以说是一条龙服务。从最初的约稿或过稿开始，到最后这本书成功上市，整个过程中，责编就跟工地上的包工头似的，监督并干预着一切。只有中间的校对和后期的营销环节，可能会被分担出去一部分。

责编是做书的参与者，也是自己的监督者。

但她现在还是个初级者。

改红是一项枯燥的工作。

蒋邂需要将外包的校对老师寄过来的二校稿子，照着上面修订出来的错误，在 ID 文件内进行修改。

蒋邂低头时翻稿子，抬头时敲键盘。手边一本编校知识笔记本，遇到一些难记忆的知识点，就顺手记下，时间不知不觉就这样过去。

中途，蒋邂的手机开始振动。

是微信消息的提示音。

蒋邂打开一看，是蒋大国发来消息问："闺女，你吃饭了吗？"

蒋邂心头泛起一点暖意："吃了。"

"吃的什么啊？"

蒋邂随口报了几个朗朗上口的家常菜。

"好！吃得好爸爸就放心了。邂邂，一个人在外面，千万别委屈了自己，尤其是一日三餐，想吃什么，就吃什么，别亏待自己的胃，别老想着省钱，知道吗？"

蒋邂："知道。"

蒋大国："知道就好，知道老爸就放心了。"

蒋大国又问了一大串问题，蒋邂一一作答。最后蒋大国又叮嘱了她一些生活上要注意的事，挺婆婆妈妈的，但在这花好月圆的佳节里，对于身在异地的蒋邂来说，听着却格外慰藉。

挂下电话，蒋邂的注意力再难完全地集中在工作上。和蒋大国的通话，让她的心情通畅不少。但也更想家了。

得到的安抚，貌似并没有抵消掉所有的委屈。还是有很多很多的酸楚积压在心底，缠成一团化不开的孤独的雾。

第七章 被丢在高速上

蒋邂走到大厅的书架前，书架上陈列着各式各样的书。她随手抽了一本诗集一翻，竟是首极其应景的表达乡愁的小诗。

直接把满心惆怅的蒋邂给看出了眼泪。

这下可好了，眼泪忽然就稀里哗啦地往下流，止也止不住。

蒋邂把诗集册子用力一扣，放回书架，转身往大厅内的懒人沙发上一扑，将头埋了进去。

懒人沙发瞬间变了形，扭曲得没了之前规矩的形象。

某个爱哭鬼开始毫无逻辑地叨叨。

“呜呜呜想我爸我妈了！想回家！”

“毕业怎么就这么猝不及防呢？我都还没有做好准备。”

“我大概不太适合这个行业吧，格局低，没品位，连个稿子都看不懂。”

“哦，我还可能是个人见人嫌的倒霉蛋，怎么能煮个面都把碗给摔了？去你妈的‘碎碎平安’！”

……

蒋邂越说越委屈，越说越苦闷，再加上此刻正值假期，整栋写字楼里也不见得有几个人影，干脆就放飞自我了。到最后，她哭到浑然忘我，嗷起了嗓子。

然而天不遂人意。

一声遥远得像是来自天边的轻咳声打断了她的 solo。

蒋邂猛地从懒人沙发里抬起头，看向不知何时站在公司门口的许时遇。

窘——这是闯进她脑子里第一个也是唯一的字。

蒋邂飞速地抹了把盈在眼睫上的眼泪，乖乖坐起来喊人："许总。"

许时遇慢悠悠地走到她面前。

许时遇站着，她坐着，这好像不太像话，于是她又慌慌张张站起来，非常自觉地道歉："许总，对不起。"

许时遇抬眸静静地瞥了她一眼，蒋邂阅历尚浅，不好分辨他的态度如何。只见他拉了张椅子在她面前坐下。二郎腿悠哉地跷起，摆出一副要教训人的架势。

蒋邂心底发慌。

不出所料。

他说话了："你是不是觉得公司的隔音效果特好？"

蒋邂将头埋了又埋："不是。"

"抬头。"语气虽淡，却是命令的口吻。

蒋邂有点紧张，吞了吞口水，豁出去了，一抬头，对上许时遇漆黑如深井的眼。

他看着她："那你哭就哭，还挑地儿啊？"

蒋邂："……"

许时遇这人吧，不说话还好，一说话，那股刻薄劲使劲往人耳朵和心里钻。

蒋邂咬了咬唇，说："我来公司，原本是来工作的。"

许时遇说："这么说，我还要夸你敬业了？"

"不用。"蒋邂摆摆手。

能不能不要这么毒舌？要杀要刮随你便，说话能直接点不？许总！

反正她神经病的一面，早被他看个彻底了。她怎么就这么倒霉，做扩胸运动，他拎个早饭走过；跳《小苹果》，他忽然从办公室里冒出来；就连哭鼻子，还能被他给撞上。

老天是给了他一张"胖小邂糗事"门票吧。

一声清脆的响指，蒋邂回过神来。

"听领导批评，还敢走神？"

蒋邂要哭了，仿佛已经预见了自己即将拎着包袱灰溜溜滚回家乡的下场。

她一脸虔诚道："许总，我错了，我下次再也不会犯这种愚蠢的错误了。"

许时遇轻笑："什么错误？"

蒋邂顿了顿，难为情地说："再也不会不分场合地做操、跳舞和大哭。"

许时遇轻笑声更甚："就这样？"

额，还没完？

蒋邂歪着头绞尽脑汁。

眼前的许时遇好整以暇地坐着，等着她继续说。一个激灵，蒋邂身躯一震，怕是那一番神经质的自言自语被他听了个全套。

她这是做了什么孽啊，人生从不闪耀就算了，那些拔高平庸值的糗态倒是一集都不被人落下。

好吧。

她认栽就是。

蒋邂支吾了一会儿，开口："许总，你肯定也听出来了，工作上，我犯了大错误。"

许时遇点点头，手上翻着那本被她翻过的诗集册子，头也不抬地说："说说看。"

蒋邂脸颊抽了抽："是这样的，有一位叫林粒的作者，往'十年九遇'的邮箱里投了一篇叫作《平庸时代》的稿子。稿子是我审的，我看了两万字左右……"挠挠头发，语气自责，"没太看懂，也缺乏继续看下去的意愿，就……就直接退稿了。"

许时遇静静地听完，也没泄露什么表情，依旧自在地翻着诗集。

他不说话，意思是让她继续？

蒋邂自作主张地理解着。

"后来林粒加我QQ私聊，驳斥了我的退稿意见。她说……说我格局太低，明明是看不懂《浮士德》，却说《浮士德》写得不好。"蒋邂越说声音越低，"她还说，《平庸时代》这篇稿子是要被'华泰图书'签下的，只是因为欣赏许总你，所以才给我们'十年九遇'一次机会。"

许时遇煞有介事地点点头，表示自己在听。

"还有吗？"

"大概就是这样吧。"

许时遇放下诗集，二郎腿卸下，换一条腿交叠，姿态肆意却优雅。

他轻轻"哦"了一声。

蒋邂再次虚心认错："许总，这件事是我的错。她给我发了前五万字，但我只看了两万字就弃文了。我不该这么草率地审稿，下次……下次再也不……不不不，再也不会有下次了！”蒋邂慌不择言，等了一会儿，见他不语，更是心灰意冷，心里早已败下阵来，“如果你要开除我的话，那就开吧，反正……反正……”

“反正什么？”

“反正……”实在是不想承认来着，肤浅就肤浅吧，“反正我当初确实没看完《浮士德》。”

那还是大二时候的事吧，她选修了一门外国文学作品鉴赏，《浮士德》是当时的任课老师的重点推荐书目。

真是屈辱啊，蒋邂想。

她刚说完，许时遇笑了出来，还挺开怀。

蒋邂愣了，风中凌乱。

“我问你。”许时遇正色道，“你没看完《浮士德》，是因为看不懂，还是因为不对你胃口，抑或是你觉得写得不好？”

这不废话嘛，她可不敢亵渎经典。

“当然是不对我胃口啊。”蒋邂回答，“虽然有些理解困难，但至少勉强能理解个表层吧。”

“所以，你觉得你是这位作者口中所说的看不懂《浮士德》却说《浮士德》写得不好的人吗？”

蒋邂摇头否定：“不是。”

“还有一个问题。”许时遇问，“依你的性格，又是新人，被作者这么一刺激，首先就会怀疑自己。你会闷着当这件事没发生吗？”

他自问自答：“应该不会，就算不敢找我，你也会拿着稿子去请教喜宝。但是你没有，你能告诉我，这是为什么吗？”

“许总……”蒋邂下意识地喃喃道。

“嗯？”

“你好像站我？”蒋邂难以置信地问。

许时遇这一串分析下来，貌似是在开导她。

她立马恭维几句道：“许总，你真厉害，没错，我本来是想着给你看看稿子的，但是这个作者，她一声不吭就把我拉黑了，就跟赌气似的。”

许时遇哼笑一声，不足为奇。

“不用理她，这个人人品有问题。”

“……许总，您认识她？”

蒋邂嗅出八卦，林粒好像是许时遇三次元里认识的人？果不其然，许时遇很快就满足了她的八卦欲。

“嗯，算是老朋友了。她性子直，有什么说什么，说白了就是情商低。唯一的一个优点，大概就是挺有骨气的吧。”许时遇似乎回忆了一下，“难得有人被我嫌弃了没文化之后，没有一蹶不振。”

额……

何止是没有一蹶不振，人家这是要威震文坛了好吗？

蒋邂好奇心过旺地问：“许总，她……就是这个林粒，你前女友啊？或是追求者？”

许时遇眸光一转，落在蒋邂脸上。

“你要不要拿个话筒过来采访我一下啊？”

“就八卦一下而已。”

“不好意思，本人追求者太多，不记得她是不是其中之一了。”

“……”

许时遇无视她的无语，回到正题：“不用有什么负担，一部作品能不能签下，讲究天时地利人和。天时地利不对，我兴许还乐意你们争取一下，人不和，哪儿来回哪儿，‘十年九遇’还会差好的作品吗？”

许时遇话说得简单，却让蒋邂心里的灰霾散去大半。

“谢谢许总开导。”

许时遇朝她扯了扯嘴角：“以后审稿吸取教训，别太带入个人喜好。有时候，所谓的不理解、不明白，只是因为你还不够客观。”

醍醐灌顶说不上，但这点道理，在许时遇之前的反问式教育里，她已经悟到了。

她点点头：“我知道了。”

许时遇站起身，把放在手边的诗集放回书架，蒋邂用余光扫到，诗集被他准确地复位。心中诧然于他对书架书目的熟稔程度时，许时遇突然问她：“买过机票吗？”

蒋邂瞳仁微扩，表示不解。

许时遇又问了一遍：“会不会买机票？”

蒋邂丈二和尚摸不着头脑，如实答：“没买过，但是应该会买。”

“假期还有两天，帝都飞南昌的机票，今晚应该还有。”

“许总？”蒋邂似乎要确定什么。

许时遇淡淡地扫她一眼，转身往办公室走，蒋邂看着他修颀的背影，听见他说：“回来公司报销。”

砰！

有串小烟花在心里蓦地炸开了。亮闪闪的，光彩照人，就像小时候和妹妹在后院里争抢着要玩的仙女棒，烟花绽开的瞬间，仿佛看见了天上掉落的星星。

等她反应过来的时候，许时遇已经进了办公室，门也被合上了。

她在原地蹦跶了一下，冲着许时遇办公室的门，难掩激动地喊：“谢谢许总！”

这还不够，她走到门边，小心翼翼地敲了敲门：“许总？”

里面的人没应，蒋邂等了一会儿，将脸凑近门缝。门忽然从里面拉开，许时遇的脸顿时在她面前放大，蒋邂眨了眨眼，愣住。

许时遇后退一步，皱了皱眉，问：“还有事？”

蒋邂也跟着往后缩了一步，刚才距离太近了，近到她发现许时遇的鼻翼左侧有一颗极浅极浅如灰粒般的褐色小痣。

原本想坦诚地看着他的眼睛道一声谢，不知怎么，忽然有阵汹涌的热浪扑上脸颊，蒋邂头一低，左手背到身后，揪着衣服的后摆，她强撑着对上许时遇的眼。

“没什么事，就是……就是谢谢你。”

许时遇不以为意，握着门把手，刚准备把门合上，不经意看到她鲜红欲滴的耳根，瞬间明了，脑中的警铃叮叮作响。

他用舌尖顶了下腮帮，语气不耐：“还不买票，还想不想回家了？”

蒋邂恍然，睁大眼睛“哦”了一声，转身“嗒嗒嗒”走回电脑前去买票。

“砰”的一声，许时遇把门关上，一转身：“靠！”

他往沙发上一坐，给傅九昕发短信。

“我这么帅，你真没一点危机感吗？”

他等了十分钟，短信没等到，门外又传来敲门声。因为经常在办公室里写稿子，他有进门随手反锁的习惯。外人只有敲门的份儿，而他也因此丧失说“请进”的便利，只能纡尊降贵亲自起身去开门。

“烦不烦？”把门拉开时，许时遇语气很坏。

站在门外的蒋邂显然被他的坏语气震慑住了，一时愣愣的。

“说话。”许时遇语气没怎么改善。

蒋邂的声音不由得降低了几个度：“那个……我已经买好票了，马上就去机场。”

“去就去，你跟我说干什么？”

蒋邂呆住，片刻，她赶忙解释：“我就是想再和你道个谢。”

某些时候，人总会抑制不住体内的恶趣味，而说出一些不是那么合时宜的话。比如此刻的许时遇，他偏头轻笑了一声，语气幽幽道：“是纯粹地想道个谢，还是希望我亲自开车送你去机场？”

话一出口，蒋邂顿时石化。

两个人同在一个空间里，其中一个有事要离开了，离开前和另外一个打一声招呼，不是很正常的事吗？为什么会被曲解出这么一层意思？

一阵羞愤感从蒋邂的脚底上升到头发根。

他这是什么意思？

看在他承诺要给自己的机票报销的分儿上，蒋邂告诉自己要稳住、要淡定。

“许总，您真误会了。您继续工作，我这就走，这就走，打扰您了。”她伸手去握外门的把手，企图把门合上后，自己飞速掉头蹿走。

门才拉拢不到三分之一，她的手腕就被许时遇抓住，但又很快松开。

“走吧，我送你。”

蒋邂：“……”

当然不能答应，这样的话，不就坐实了这个子虚乌有的“罪名”吗？

蒋邂在心里翻了个白眼，面上依旧友好地推辞：“许总，真不用，我已经在手机上预约了顺风车，您继续忙您的，不用管我。”

许时遇没搭理她，反锁好办公室的门，兀自往外走。

蒋邂咬牙。

“走不走？”

语气这么差做什么，我又没让你送。

蒋邂跟在他身后，五官皱到一块，冲着他的背影做了个鬼脸。

去机场的路上。

车上开着音乐，一首接一首全是律动感十足的英文歌，若不是许时遇在，蒋邂双手双脚早“沸腾”起来了。

许时遇心情不好，直觉是这么告诉蒋邂的。她本来还想说点什么活跃一下车内的气氛，转念一想，强行尬聊不见得会让气氛更好，索性就低头玩自己的手机了。

歌放了一会儿，中途许时遇用蓝牙接了个电话。

“喂。”

“……”

蒋邂听不见那头的声音，但很快就推测出来，对方应该是傅九昕。

“你说我闹？”许时遇皮笑肉不笑地说，“谁有时间和你闹？”

“……”

蒋邂吓了一跳，状似淡定地继续玩手机，实则所有的感官都在一瞬间变得灵敏起来，尤其是听力。

“是是是，我小孩子，你大三岁真了不起！”

“……”

“画不出来，我的错咯？”许时遇的声音越来越大，“我瓶颈的时候，怨过你没有，不照样事事依你，小心翼翼伺候着？！”

“……”

“分手是吧？好，分就分，老子不伺候了！谁有空和你要死不死地耗着？有本事别哭着回来求我！”许时遇摘下蓝牙耳机，“操”了一声，将耳机狠狠地砸远。

蒋邂僵在后座，一动不动，感觉自己免费观看了一场情侣分手大戏。她默默地望向窗外，心想现在的自己务必是透明的、毫无存在感的。在气头上的人惹不得，最好连他的眼也别碍着。刚想着，蒋邂感觉车轮狠狠在地面上摩擦了一阵，没一会儿，许时遇一声招呼也未打，车子猛地停在了高速路边。

蒋邂预感不妙。

许时遇冷冷道：“下车。”

这是什么意思？

蒋邂觉得自己有必要确定一下：“许总，这……”

“下车！”

外面是机场高速，除了高速飞驰的各类四个轮子的交通工具外，有墨色的天、亮闪闪的星子、皎洁的月，还有轮廓绰约的田野。眼睛尖的人还会发现，田野的段带上还停留着几只胖乎乎的乌鸦。

静谧，幽森，适合拍恐怖片。

蒋邂怕的东西不多，鬼就是其中之一。她死死地握着车门把手，瘪着嘴对许时遇狂摇头。她不想被丢在这种地方，死也不要，她会被吓死的。

“我再说一遍，下车！”许时遇神色凌厉。

“我不！”

“自己搭顺风车。”许时遇说，“我要去喝酒。”

蒋邂摇头：“不，你可以送完我之后再去喝。”

见许时遇没反应，她赶忙补充：“帮人帮到底，送佛送到西。哪有像你这样，随便迁怒无辜者的。再说了，一开始也不是我要你送的。”

许时遇脸色极差：“你再说一遍。”

就在这一刻，蒋邂觉得许时遇的“暴君”外号果然是名不虚传。在这之前，蒋邂对他的印象是反反复复的，推翻又重建，坍塌又峭立。

活了二十二年，蒋邂就没见过像许时遇这样复杂的性格综合体。

开会时，像个挥斥方遒的将军；和女朋友吵架时，又是脾气极差的暴躁狂；偶尔施舍点同情心时，又一副不自知的老好人模样……

就好像他的身体里，住着一个可以随时切换小孩或大人模式的灵魂。

只言片语，概括不了他。

蒋邂好气啊。

看在他失恋了的分儿上，她明明在和他好好讲道理，怎么还把他惹得更怒了？

站在高速边上的蒋邂，看着掉头离去的保时捷，欲哭无泪。

夜晚的高速，环境虽然凄凉，来来往往的车还是不缺的。有车，就有车灯。如果隔远了望着，前赴后继的车辆射出的灯光，可以铺成一条暗金色的荧光带。

趁着鬼还没出现，蒋邂丝毫也不耽搁地拿出手机，预约去机场的顺风车。

哪怕是载猪、装水泥的车她也要上。总之，这种要靠着车灯才能明目的鬼地方，她一分一秒都不要多待。

很快就有人接单，也很快就有车子在她面前停下。开车的人摇下车窗，蒋邂往里张望了一下，是一家三口。

浓浓的安全感。

她不敢怠慢地继续锁定110的待拨号界面，弯身进了车。

五分钟后，许时遇的车开回到原地，路两旁却空无一人。他又顺着机场的方向开了一段距离，为了方便找人，车速远低于高速公路限定的最低时速，可以说是随时有被追尾的可能。

电话没法打，他没蒋邂的手机号。许时遇把车停在路边，停稳后，他狠狠地在方向盘上锤了一拳。

“你真是有病！”无可非议，这个“你”，是说自己无疑了。

想来想去，他给黎漫打了个电话，问她要蒋邂的号码。

不多时，刚下顺风车的蒋邂，正在和车主一家三口道谢，听到包包里手机作响。

是帝都本地的陌生号码。

蒋邂接听：“喂。”

那头声音轻快，许时遇大松一口气：“是我。”

蒋邂莫名其妙：“你谁啊你？”说着往机场大厅内走。

许时遇难得理亏，脾气自然是收敛着的：“是我，许时遇。”

蒋邂手一抖，手机差点摔在地上。先是惊讶，片刻后，一股怒火“噌噌噌”地冒了上来，头发都要气得竖起来了。

算了，看在机票可以报销的分儿上……

满腹的怨气往肚子里咽了下去，蒋邂咬了下唇：“有事吗？”

第八章 帮忙滴眼药水

许时遇没认错更谈不上道歉，撑死就收了点他那臭脾气。

“到机场了？”他问。

蒋邂没直接回答他，而是把手机从耳边挪开，冲向机场的大厅。机场航班的提示音这么大，不怕他听不见。过一会儿，把手机放回耳边，蒋邂听到许时遇说：“回去注意安全。”

这是要挂电话的节奏啊，蒋邂立马叫住他：“等等，许总！”

“嗯？”

现在这个局面，蒋邂占着绝对的理，这种时候，最好谈判了，错过这村没这店。她打着商量：“许总，那个，飞机到了南昌之后，我还要坐大巴……”

许时遇是何等精明的人，瞬间就明白了她打的什么主意，他嗤笑了一下：“敲诈啊？”

蒋邂“嘿嘿”一笑。

许时遇的脑海里回忆起萧瑟又阴森的高速公路，得了，怪他自己，他好气又好笑地舔了下唇：“报了。”

蒋邂乐了一下，又说：“我刚才约顺风车花了十八块五。”

“也报。”

“我回家到了市区，还要坐公交。”

许时遇气笑了：“你们家那坐一趟公交多少钱？”

“两元。”

靠！

“你是穷疯了啊？”

“敲诈”成功的蒋邂坐上飞机时，别提多高兴了。两日囤积的垃圾情绪，随着飞机的起飞，慢慢地丢在朗朗大地上。

飞机飞行平稳时，蒋邂拉开舷窗的遮光板，她坐的位置恰好对着飞机外围的机翼，机翼把厚重墨云下的人间挡去大半。窗外就是星河，浩渺沉寂，像是黑色的幕布上，被人撒满了碾碎的金子。

星空真美。

蒋邂把飞机座椅调倾斜了一些，往后一靠，闭上眼小憩，这一闭，就舍不得睁眼了。

一觉睡醒，空姐在身边提醒，飞机即将抵达昌北机场。

凌晨三点多，蒋邂站在机场大厅外预约快车。这个时间点，还没有可以搭乘回家的机场大巴，她又不甘愿在机场平白耗去三个小时。

她心想，反正许时遇说了他会报销……

很快又在心里自我纠正——是公司报销。

只要注意安全，贵点也不花她自己的钱。

蒋邂十分心安理得地上了车，到家时，接近凌晨五点，天空泛起了鱼肚白。

她家小区地处城市近郊，随着这两年城市化进程加快，城市中心往他们家这块区域扩展，附近建起了小学、大型商场和不少住宅区，由于刚刚落成，大部分还处于空壳状态，不免有些凄凉。

此刻万籁俱寂，一个人影也看不见。蒋邂听着自己的脚步声进入单元楼，拿出钥匙开门，她动作很轻，然而门刚一推开的时候，她才发现自己忘了一件事，蒋大国给家门口装了个报警器，每晚睡觉前都会把报警器打开，只要有人从外推门，报警器就发出尖锐刺耳的报警声。

这玩意儿……任凭蒋邂如何眼疾手快，也无法挽救它不识人脸的过失。

很快，蒋邂就听见卧室内有人匆忙起床的声音，随之有踢踢踏踏的声音响起，里面的人似乎是在找顺手的武器。

蒋邂嗷一声嗓子，大叫：“爸！妈！”

卧室门打开，蒋大国风风火火地冲出来，手里举着一张小凳子，一副要抓贼的架势。张凤紧随其后，表情慌张。

六只眼睛对上，蒋大国和张凤侧头，目光串了个门。

蒋邂说："爸，妈，是我！"

寂静片刻。

蒋大国一撒手，手里的小凳子无辜地被摔在了地上，他迎上前确认来人。

走近了，哟，真是闺女，货真价实。

"小邂？你咋突然回来了？"眼见虽然为实，但蒋大国还是没太回过神来，"现在的火车都提速到这么快了？"

"我坐飞机回来的，昨晚临时决定的。"见爸爸露出疑惑的表情，蒋邂知道他想问什么，立马补充道，"我们公司给报销。"

蒋大国这才完完全全地接受了这个事实，赶忙表达思念之情："我的邂邂啊，可想死爹了！"

"……"蒋邂弱弱地问了句，"爸，如果我是自己花钱买的机票呢？"

蒋大国牛眼一瞪："谁让你滚回来的？！就你一个刚毕业的学生，大手大脚什么鬼毛病？"

蒋邂："……爸，我们公司真给报销。"

蒋大国："哎哟！真是好久没见我们家邂邂小心肝儿了。"

蒋邂最后服气地给她爸点了个赞："爸，您该去当演员，奥斯卡小金人，一拿一个准儿。"

爸爸顾左右而言他："我给你做早餐去，很久没吃老爸做的早餐了吧？"

蒋邂如他所愿地绕过"想念"的话题："嗯，帝都的早餐都是豆浆、油条、豆腐脑，我都吃腻味了，想吃老爸做的肉丝炒粉。"

肉丝炒粉——蒋邂上大学前的常备早餐。

没多久，张凤就端了一盘子蒋大国做的色香味俱全的肉丝炒粉上来。

蒋邂咬了一口，感觉整个人都得到了治愈。

张凤坐到她对面："小邂，在公司待得怎么样啊？"

蒋邂嚼着米粉，含糊道："很好啊，我们公司各方面都挺好的。"

张凤欣慰地点头："也对，这才刚工作多久啊，公司就给报销回家的机票，一般公司可没这待遇。"

蒋邂心说：一般公司也没有这么善变的老板。

张凤拍拍蒋邂的肩："没想到我们家小邂还是挺争气的，想当初我还一直劝你回来考证。"

"妈……你也是为了我好。"

“你知道就好。”

蒋邂“嗯”了一声，没再说什么了。

可能是被客厅和厨房的动静吵到了，很快，哥哥蒋今和妹妹蒋萌也起床了，蒋今还有点懵懵懂懂，坐在客厅沙发上呆愣地看着小半年没回家的妹妹。而蒋萌呢，听了张凤的话，一边往洗手间走，一边唉声叹气地摇头：“这才刚回来，就上演母女情深了。”

刚从厨房出来的蒋大国一眼瞪过去：“说什么呢？赶紧刷牙去，刷完牙吃粉。”

蒋萌哼唧一声：“又吃粉啊。”

蒋大国说：“你看看你姐，在外都吃不到呢，知足点。”

蒋萌：“嘁。”

蒋大国问蒋邂：“邂邂，坐飞机坐了多久啊？累不累？”

蒋邂摇头说：“就两个来小时，不累。”

“这么快啊？从我们这儿坐火车到帝都可要十几个小时呢。”

蒋邂鼻尖泛起一点酸楚感，她扬起头，用右手拍了拍自己左边的肩膀，扫了蒋大国和张凤一眼，信誓旦旦道：“爸，妈，等你们闺女将来挣大钱了，咱出去玩坐什么火车啊，就坐飞机，特价机票不要，经济舱不要，只坐头等舱，怎么舒适怎么来！”

蒋大国一听，高兴坏了：“哎哟，真是亲闺女！”

蒋邂：“可不是吗？”

蒋大国笑得合不拢嘴：“老爸相信你，好好干！”

张凤嘀咕了句：“好好加油吧，要是不行，还可以回来考个公务员。”

蒋邂：“……”

敢情她妈也是个善变的。

蒋邂挠挠鼻子，装作没听见，低头继续吃早餐。这时候，蒋萌洗漱完走过来。

“老妈，你得坚定点。其实姐姐现在所在的公司，还是很厉害的，我们班好多同学都看他们公司做的书。是吧，姐？”最后将目光冲向蒋邂。

蒋邂没搭理她。

她这个妹妹，一天到晚肚子里一堆鬼主意。

感觉自己特仗义的蒋萌在蒋邂面前坐下，邀功道："姐，我跟你说，我们班有好多同学，是许时遇和千焜的迷妹。"

蒋邂预感不妙。

果不其然，蒋萌恬不知耻道："我前几天，向他们保证了一件事。我跟他们说，我姐现在在'十年九遇'工作。那个之前在网上火爆了的地铁视频，我还给他们看了呢。"

蒋邂现在只想原地去世，狠狠地用目光剜了她一眼。

蒋萌对蒋大国说："爸，你都不知道，我们同学知道了之后，可羡慕我了。我觉得忒有面子，然后……"

蒋邂打断她："然后你就放大话说，你姐可以要到许时遇和千焜的签名书，甚至是双签书，还可以随便送人咯？或者是说，你姐可以拍到许时遇和千焜的照片，你可以在同学之间大肆宣传许时遇和大神的容貌了？"

蒋萌被她怼得满脸通红，语气稍稍弱了一点："这……这有错吗？很正常的好不？你是我姐！"

"我是你姐，又不是满足你虚荣心的利器！"

"你怎么把话说得这么严重？"

蒋邂意识到自己确实把话说重了，收敛了点："你好好上学吧，这件事，想都不要想。"

以许时遇那脾性，让他奉献自己的真迹，勉强有可能，但如果拍他的照片，让自己的外在被人品头论足，蒋邂宁愿相信母猪会上树、飞鸟会游泳。

反正这事儿，蒋邂真做不来。

她一个还没过试用期的人，这不是找死吗？再说了，许时遇把她扔在高速公路上这件事，已经被她趁热打铁用"报销"抵消完了，她哪里还有可以"威胁勒索"他的理由？

蒋萌没想到她会拒绝得如此干脆坚定，有些着急了，及时更换目标对象："爸，妈，你们看，就这么屁大点的事儿，姐都不答应，我是不是你们亲生的啊？我是不是她的亲妹妹啊？就是问她老板和作者要个签名而已，张个口的事。再说了，我又不会大肆宣扬，就几个玩得好的朋友，我们之间悄悄地传阅传阅。"

蒋大国听了，有些心软："小邂，我听着，你妹妹的要求也不过分，你看，要不……"

张凤这会儿语气凌厉了些："你就问个签名怎么了？不是说你们公司挺

好的吗？那老板应该也挺好的吧？”

得了，同仇敌忾了！

蒋萌扭头，扬扬得意地看着蒋邂。

蒋邂心里窝火，语气也冲了起来：“你又不喜欢书，要来签名有什么用？要是真想要签名，我给你钱，千焜的书预售的时候，你去抢啊，又不是买不到！”

蒋萌的脸一阵白一阵青。

蒋邂：“其实更想要照片的吧！我告诉你，我们老板长得比你的爱豆好看一万倍，腿也比你爱豆长，但是我就不给你看照片！哼，就吊着你！怎么着，你来打我啊？”

蒋萌瞪大了眼，下一秒，大喊：“爸！妈！你看你们家大女儿！你们这生的是人吗？”

张凤叫开了嗓，冲着起身回房的蒋邂的背影大喊：“蒋邂！听到了没，必须给你妹妹搞到这个签名和照片！”

短暂的假期结束，回到帝都，朝九晚五依旧引领着整个城市的节奏。

每个人都太忙了，职场剧里员工端着水杯在茶水间里分享假期生活的悠闲画面压根儿就是扯淡，真实的场景是，噼里啪啦的键盘声中所有人咬着笔头、拿着文件在公司里东奔西跑。

一天下来，蒋邂忙到昏天黑地。下午下班的时候，毛恋恋和喜宝邀她一块去看七点场的电影，都被她拒绝了。

她今天的工作还没完成。

七点左右，《星流之役》改红结束。她今天的工作总算告一段落。从电脑前移开视线的时候，蒋邂觉得自己的眼睛都要废了。从抽屉里拿出眼药水，滴了两滴，结果全滴在脸蛋上了。

继续滴，这回滴眉毛上了。

接着滴，这回眼睛不给力，在即将大功告成之际，居然条件反射地合上了，这么一番下来，导致眼药水沾得她满睫毛都是。怪她睫毛又长又密，无论蒋邂怎么“挤眉弄眼”，眼药水就是不往眼睛里掉。

最后，蒋邂感觉自己的半个脸蛋都被眼药水滋润了一遍，双眼却还是处于“待浇灌”状态。于是，她决定先闭会儿眼，让眼睛休眠一阵再说。

过了一会儿，有脚步声响起，就在蒋邂的附近。她一睁眼，就看见许时遇站在她不远处，高挑的身影压迫性极强。夏天了，他不再穿连帽的卫衣，改成了白色T恤，就像校园里让人神往的俊俏少年。

许时遇的外形就和他的性格一样，是个复杂的综合体。明明穿着、容颜和大学生一般无二，可是一举一动却自带气场，他就那么单单地在她面前站着，都让她感觉身前立着一座巍峨的高山。连抬头，都变成了一件需要依赖勇气才能完成的事。

“给我。”许时遇伸出手。

蒋邂没反应过来：“嗯？”

“眼药水。”他嘴角弯出一个嘲讽的笑，“蠢。”

蒋邂：“……”

好吧。

蒋邂把眼药水递给他：“喏。”

许时遇接过眼药水，往她的方向走近了一步。

蒋邂脸颊瞬间一烫，她搭在腿上的手，就在他刚才走过来的时候，不小心蹭到了他的膝盖。他穿着五分长的休闲裤，正好遮着膝盖。蒋邂手缩得快，许时遇并未察觉。

但是……这个距离实在是太近了。

蒋邂的脸颊越来越热。

“仰头。”许时遇拧开眼药水的盖子。

蒋邂深吸一口气，仰起头。从下往上看许时遇的脸，那种斧削般的立体感更甚。这种人也太得老天厚待了吧，他这样低着头，都看不到双下巴。

蒋邂还愣愣地在欣赏他的脸，许时遇忽然一皱眉，方才微勾的身子直了起来，语气不耐：“算了，你站起来。”

好吧，他本来就高，她坐着，他站着，海拔差距太大。

蒋邂乖乖站起来，把头扬好。

许时遇看了她一眼，忽然咬唇一笑，头偏开。

蒋邂纳闷，问：“你笑什么啊？”

许时遇说：“搞得像我要亲你一样。”

蒋邂僵住，脸上好不容易消下去的灼热感，刹那间又涌了上来。在暖白灯光的照射下，她瓷白的脸蛋上泛起一片粉嫩的红。

“热？”许时遇问。

蒋邂心跳得厉害，好在尚能伪装：“嗯，好热。”

许时遇用鼻音发出一声轻笑，单手扶住她左边的肩膀：“头仰好，别抖。”

她抖了吗？

稳住！

蒋邂轻轻道：“哦。”

她的脑袋还没安放妥当，一滴眼药水就掉进了她的左眼里。

“你……”眼眶突然湿漉冰凉，蒋邂有点不适，狠狠地眨巴了几下。

“另一只。”

蒋邂微微侧了侧身子，方便他浇灌另一只眼睛。

正当这时，公司大厅的门忽然被人推开，有人唤了声“时遇”。

是傅九昕。

她走了进来，见到里面的情景，明显愣了一下，视线在两人身上来回逡巡，良好的修养让她保持面不改色：“你们……”

许时遇将眼药水瓶往桌上一放，整个人往身后的办公桌上一倚，双手撑在身后：“你怎么来了？”

蒋邂先是一愣：“你们聊。”说着拿起桌上那瓶眼药水，拧好盖子，挤出一丝尴尬的微笑，“我正好下班了。”

她可不想当现场观众，观感体验一点都不好。就比如上次在KTV的洗手间外，她无意间撞见他们激吻……

回想起来，一点都不觉得刺激，也不觉得兴奋。

蒋邂胡乱地把眼镜、手机、眼药水等一堆杂碎扔进包包里，转身就往门口走，许时遇却伸手扼住她的手腕。

“你慌什么？”冷冷的语调。

WTF？？？

蒋邂蒙住，余光瞥见傅九昕的目光落在许时遇抓她的手腕上，内心欲哭无泪：给你们一个安静的环境痛快地解决矛盾不好吗？你上哪里去找这么有眼力见儿的员工？

许时遇松开手，眼神淡漠地落在蒋邂身上，语气凉薄：“待着。”

蒋邂的内心几近崩溃，发出一声：“啊？”

许时遇说：“当个见证人。”

What？！

许时遇掉转目光，看向一直在揣测他们之间举动的傅九昕。

“有事？”

“时遇……”傅九昕开口。

许时遇笑了声：“能有什么事？不是都好说了吗？”

“说好什么了？”

“分手啊，你在这儿装什么不懂？”

装傻失败，傅九昕走近他说道：“你知道我的，我只是喜欢说气话，都不是真心……”说到一半，她卡住了，难为情地看了蒋邂一眼，意欲明显，她希望蒋邂能撤离现场。

许时遇也明白她的欲言又止：“你不用让她走，我认为有必要有人见证一下。”

蒋邂张口欲言：“许总，我……”

“你闭嘴！”许时遇冷声道。

蒋邂：“……”

见他如此坚定，傅九昕不再坚持这一点，索性当蒋邂不存在。她再次上前一步，拉住许时遇的手腕：“时遇……”

“嗯？”许时遇拨开她的手。

傅九昕说：“你成熟一点好不好？”

许时遇给听笑了：“傅九昕，批评人的时候，能不能别每次都用同一个理由？好歹也是一名大学教师，你就这么词穷？”

“我不是在批评你，我就是希望你能理解我。我现在课这么多，画展又在即，可是到目前为止，我连一幅能拿得出手的作品都没有。我承认，这些日子我是有些焦躁了，甚至是忽略了你，这些都是我不对，我道歉。只是……”

许时遇偏头，舌尖顶了下腮帮，笑着打断：“又来了，只是……每次都是同一个套路，先是勇于承认错误，接着一个‘只是’就把问题推到了我的身上。能不能来套新颖点的说辞？就你这个创新能力，你能画出什么好作品？”

最后这句，着实有点打击人。

蒋邂极力地“缩着”，企图降低自己的存在感。话说真该减个肥，体积小一点，存在感或许就能减弱一些了。

“许时遇！”果然，最后一句话杀伤力不小，傅九昕拔高了音量，额角绽出几丝浅浅的筋纹，“你生气就生气，不该否定我。”

“你真是把你的玻璃心保护得越来越好了，就这么点抗打击能力，你还好意思说我不成熟？”

“你别转移话题！”

“哦，好，回归正题。”许时遇一张脸拽得跟个二五八万似的，暴脾气也毫不掩饰了，“傅九昕女士，最后问你一遍，能不能洒脱点，彻底分了？”

傅九昕脸色煞白：“我说的正题不是这个。”

“那是哪个？”许时遇明知故问。

傅九昕闭了下眼，又睁开，望着许时遇的眼睛，神情中藏着几分显而易见的苦楚：“我是说，你不该否定我。”

许时遇随手一抓，抓到一本书，蓦地往地上一砸：“到底谁在转移话题？”

蒋邂被他吓了一跳，身子不自觉地往边角上缩了缩。

傅九昕却对此情形不以为然。

可见，他们之间这样闹也不是一次两次了。

书掉在地上，空气流动牵动纸张自动翻页，先是“唰唰唰”地响了一小阵，再发出脊尖狠戳地板的声音，瓷实而沉重。

许时遇偏头，看了眼落在地下的书，眉毛狠狠皱在一起，忽而偏头质问蒋邂：“谁让你把书放这儿的？”

啊？怎么又躺枪？

她下午改红的间隙，花了几分钟的时间翻了翻绘本，一直专注干同一件事容易产生视觉和心理疲劳，她就是想缓解一下，看完之后，忘了及时放回去而已。

他的表情太可怕，蒋邂一时忘了回答他。许时遇冷飕飕地用目光刮了她一眼，俯身捡起刚刚被他砸在地上的书，封面、封底、内页翻了一会儿，又拍了拍上面沾着的灰尘。见没什么明显的损坏痕迹，才把书放回书架。

蒋邂眼尖地发现，这本书依旧是复归原位，和之前那本小众的诗集一样。哪儿来，归哪儿去。

蒋邂本来被人无辜撒了火，肚子还积了几分怨气，就在这么不足道也的行为里，蒋邂感觉自己发现了某种可贵的东西。

被他怒视，被他质问，她该生气吗？

好像该，可是奇怪了，她就是生不起来这气儿了。

第九章 你还有前男友

放完书的许时遇走了回来，在傅九昕面前停住，继续回到他们之间的正题。

他恢复冷静，问道：“说吧，要怎样你才肯彻底断了？”

傅九昕摇头：“这个问题我们谈过很多次了，我没想过要和你断。”

“死皮赖脸好玩吗？”

“不好玩。”

傅九昕自始至终都非常冷静，许时遇的招式于她而言好像都不管用。她似乎坚信他们之间的感情可以走完一生。

她并不把许时遇的生气当回事，也不把他的严肃当作认真。她把吵架这回事看得太小了，她以为，许时遇是一个她温柔哄一哄就会消气的小孩。

可是，世俗中大部分的爱情，都泯灭于不被正视的争吵里。

她正感慨，傅九昕突然走向许时遇，近了，伸手环住他的腰。许时遇没有推开她，任由她抱着自己。

蒋邂又凌乱了。

还真当她不存了？

傅九昕将脸颊贴在他的脖颈处，轻轻蹭着他的锁骨：“时遇，你也觉得不好玩是吧？那我们就不玩了。”她仰头，旁若无人地在许时遇的下巴上轻轻啄了一口，“我方请求休战，许少爷准吗？”

这下蒋邂更是无地自容了，她愣愣地看着傅九昕。傅九昕身上有种难以言喻的气质，介于娇软和知性、温婉和大气之间。她说话的时候，容易让人陷进她营造的氛围里，还有她那故作讨好的小动作。蒋邂作为一个女孩子，看着都觉得撩拨至极，许时遇一个血气方刚的男人，能在她的石榴裙下对峙这么久，已经很不容易了。

极淡的香水味在空气里涤荡着，缥缈似虚无。

蒋邂的鼻尖被这股似有若无的香味挠得酸酸的，不自觉地低下了头，就在她不知道自己该不该走之际，许时遇一把钩住傅九昕的腰，轻轻一揽，把她带进怀里。蒋邂听到动静，蓦地抬眼，就看见傅九昕那坚挺的胸撞上许时遇的胸口下方，然后紧紧地贴合着、挤压着。

灼热感上涌，蒋邂满脸通红。

许时遇侧头对蒋邂说："你先回去。"

蒋邂如蒙大赦，揪着包包的带子，脚下抹油似的逃离了现场。

她一离开，许时遇双手扣住傅九昕箍在自己腰上的手，就轻轻掰开了。

傅九昕惊道："时遇……"

许时遇淡淡道："给够你面子了，你可以走了？"

傅九昕不理睬，再次上前抱住他的腰："不要。"

帝都的夜晚，热闹喧哗，各种各样的灯光将人间渲染得五彩斑斓。

车水马龙的街道和人流如织的步行街，平行于喧嚣人间。

蒋邂出了公司没走多远，就在步行街的一条路边长椅上坐下。右眼还是有些涩，她拿出眼药水，失败了好几次后，终于成功地将眼药水滴进了眼睛里。她眨巴了几下眼睛坐在原地，看着面前络绎不绝的人流，消化自己紊乱了一路的情绪。

其间，蒋萌打电话过来，问她签名书的事情怎么样了。

蒋邂揪住蒋萌的小辫子："你现在这个时间点不是在上晚自习吗？学校还允许带手机？"

"现在是下课时间，玩会儿手机怎么了？老师又不在。"

"在学校就好好学习，课间想放松就和同学聊聊八卦什么的，玩手机像什么话，挂了电话，给我把手机关机，听到没有！"蒋邂摆出一副家长的做派，"我待会儿查岗。"

蒋萌哼哼："姐，你没事吧？你忘了你的高中是怎样的？要教育人，起码得以身作则吧。我现在上学是什么样，可是照着你当年的模式来的。"

蒋邂：“……”

蒋萌又说：“快上课了，我不说了，反正你记得给我寄千焜和许时遇的双签名图书，必须要是 To 签哦。王眠眠超喜欢千焜和许时遇的，我要给她当生日礼物，你不能忘了！”

感觉像是被这小丫头片子摆了一道，蒋邂真是脑仁儿疼。她原本是铁了心不想遂蒋萌这个伪书迷的意，就连张凤那么强硬的命令，她都左耳进右耳出。然而蒋萌这个小鬼打得一手好感情牌，把王眠眠搬出来作为“要挟”她的筹码。

王眠眠是蒋萌玩得最好的闺密。蒋萌上小学的时候，有一次放学回家，被一个声称是蒋大国好友的中年男人用一点零食忽悠走了。王眠眠的家庭在“不随意跟陌生人走”这方面的教育明显比蒋家称职多了，在校门口正好撞见这一幕的王眠眠，一边偷偷跟踪他们，一边给班主任打电话，班主任又接着给蒋萌的父母打电话确认情况。

蒋家夫妇当时就吓傻了，挂下电话立马报警。

王眠眠跟踪到一个小巷口，看到中年男人一边哄一边把蒋萌塞进车里，车子很快就消失在她的视线里。

后来警方是根据王眠眠对车的描述，还有车子离开的方向才迅速锁定嫌疑人的。

巷子一带都没有装监控，如果少了王眠眠的协助，蒋萌这个没长心眼的熊孩子，早就不知道搁哪儿的深山里当人家的童养媳了。

这事儿之后，王眠眠一家自然就成了蒋家恩人一般的存在。张凤逢年过节，都要提着大包小包给人家送礼去。王眠眠和蒋萌，自此也成了形影不离的好朋友。

到现在，她家老妹还是一如既往地天真犯傻、让人操心。王眠眠和蒋萌正好相反，小姑娘七窍玲珑，精明得跟猴儿一样。

平常蒋大国、张凤工作太忙，蒋邂又离家太远，隔三岔五的就在 QQ 上问问王眠眠蒋萌的近况，末了还要叮嘱王眠眠多照顾照顾她家那位中二病晚期少女。

王眠眠喜欢千焜和许时遇，这事儿不假。大三的暑假，王眠眠来她家找蒋萌玩，看到她满书柜都是千焜的书，一时好奇问了句嘴，就被蒋邂强烈安利了，自此一发不可收拾，把蒋邂家里和千焜有关的书通通借了个遍。

她也是很真诚的一个人，待人友好热情，待物珍惜妥善，蒋邂挺喜欢她的。

所以蒋萌搬出王眠眠这个理由，她算是没法拒绝了。

蒋邂的心情无比郁结。

且不说千焜是何等大神，她有生之年能不能遥遥望上一眼都是未知数。许时遇呢，庐山真面目是见到了，但是这尊大佛她惹不起，也不敢惹。

她怎么就摊上这事儿了呢？

蒋邂不顾形象地往长椅上一躺，烦躁得恨不得打几个滚。

长椅旁边是一个路边花坛，里面的绿植碧绿青翠，粉色花朵紧密地拥簇着，疏影暗香。头顶是灿烂的星河，与人间的万家灯火遥遥呼应。

蒋邂想就这么睡过去，幻想着，一觉醒来手边放着一本许时遇和千焜的双签名图书，并且还是 To 签。

幻想到后来，她脑海里呈现的最后一个画面，竟然是傅九昕搂着许时遇的腰求他不要分手，而许时遇冷淡着说要她离开的场景。

一丝淡得不能再淡的苦楚涌上她的四肢百骸。

意识到自己为什么产生这种情绪的刹那，蒋邂麻利地从长椅上起身，拍了拍身上掉落的几片粉色小花，走向公交站。

周二一整天，蒋邂和许时遇都没什么交集。他早上来公司的时候，蒋邂听到了他经过身后的脚步声，闻到了他常买的那家早餐店里卤粉的香味，但她没有回头。

他似乎真的很忙，可以把自己关在办公室里一整天都不出来，中午的午饭是叫的外卖。

下午六点，蒋邂按时下班，和一向习惯晚归的许时遇更不可能遇上。

蒋邂为自己不着边际的小心思感到可耻，但她擅长自我开导。

每个人一生中会遇到很多很多的人，而人又是情感动物，遇到差劲的人，会讨厌；遇到优秀的人，会滋生好感。这就和孔雀开屏一样，只是人的本能。

认清这一点，蒋邂释怀了很多。

她只要把这种好感归类正确，别让它偏离正常的轨道就好了。

接下来的三天，蒋邂要去参加帝都一年一次的图书编校知识培训，是黎漫给她报的名，培训费由公司报销。正规的图书企业在培养新人编辑方面，都不会错过这种大规模的培训机会。

蒋邂很是高兴，因为她可以借此机会摒除杂念。

和工作期间相比，培训的日子是比较轻松的，但是很枯燥。蒋邂感觉自己回到了学生时代的语文课堂上，老师不厌其烦地讲语法专项练习，病句、错别字、标点符号、段落格式都特别会忽悠人，反复看了一百遍，最后到了考场上，还是一头雾水靠点兵点将决定答案。

她做了大半本的笔记，感觉自己比学生时代都要认真。

也许是这三天的日子过得非常投入，蒋邂发觉自己的心情平静了很多，前几天蠢蠢欲动的情绪暂时偃旗息鼓了。

周五下午，培训结束，晚上还剩一场培训终极测试。当周围的考生都在叫苦不迭时，蒋邂却是非常轻松地应付完了这场考试。

回家的路上，蒋邂踩着月光，脚步轻快。

去你妈的暗生情愫！

谁怕你呢！

照常的周一例会，许时遇在会上通知了一件大事，“十年九遇”需要开发一款属于自己的数字阅读 APP。APP 开发成功并顺利上线后，将由版权部的艾湉负责收回“十年九遇”所有在外的电子版权，往后公司制作的所有图书将会在“十年九遇”自家的阅读软件上独家上架。与此同时，可适当收购或合理分红市场上优质的数字版权。

这是一个纸书唱衰的年代，手机阅读渐渐成为主流。作为一个出版人，若有足够的前瞻性，早该将目光瞅准数字阅读，实现纸质和电子的无缝隙对接。

“十年九遇”成立两年了，并以极快的速度在出版界扎根，照理说，自身 APP 的开发早就该提上日程，不至于到现在才开始。

蒋邂一直以为，许时遇长期把自己囿于纸质出版上，除了情怀使然，也没别的了。现在看来也许并非如此，即便是见识了他那么多并不算美好的一面，她依旧习惯性地把许时遇未知的一面美化。

他是出版人，也是资本家，他的情怀需要建立在足够的资本之上。

坐在蒋邂旁边的喜宝听到这个消息后，兴奋地冲许时遇说：“您老终于开窍了，想当初我和窦小洋提出这个想法，您二话不说就否决了。所以臣斗胆问问，您这回是在哪儿受刺激了吗？”

许时遇掉过头来，眼色一扫，喜宝脑袋一缩，嘀咕了一句便不吭声了。

黎漫提出：“许总，如果这样的话，我们得准备招一批负责后台运营的小伙伴了。就我们现在的人员配置，再稍加一点活，都将不堪重负。”

许时遇说：“这个你们不用管，这层楼另一半的办公区到时候会被我租下来，朗文集团KM团队的负责人高铭轩最近刚离职，我已经给他抛橄榄枝了。”

黎漫惊喜道：“他啊，听说过，在线阅读这块儿，他运营做得非常出色。朗文作为现今国内最大的移动互联网网络书城，除了负责产品更新这一块儿的技术团队外，KM运营团队也功不可没。但是，我听说高铭轩并不是朗文最早一批的合伙人，在后期分股上，因为功劳和所得不对等，便和朗文产生了利益分歧……许总，你要把人家挖过来，血本可得下足了。”

许时遇轻笑：“劳您费心了。”

黎漫忙摆手：“不敢不敢。”

毛恋恋狗腿道：“老大亲自出手，哪有不成功的啊。”

许时遇不理会她的奉承，用笔头敲敲桌子：“‘十年九遇’阅读器的开发，整体需求上我已经和‘时恋科技’谈得差不多了。毛恋恋、蒋邂，明天上午，你们两个跟我一起出一趟外勤，我们和‘时恋科技’还有很多细节问题需要详谈。”

毛恋恋和蒋邂异口同声：“我？”

许时遇说：“毛恋恋你本身就是做设计的，UI设计上多少懂一些，明天让你过去和‘时恋’的UI设计师碰个面，熟悉一下，以后和‘时恋’在UI设计上的沟通，由你负责。”

毛恋恋点头：“好的。”

许时遇将头偏向蒋邂，说：“你，跟着学习。”

蒋邂“哦”了一声。

许时遇见她神色恹恹的，眉目一顿，问：“没吃早饭？”

“吃了。”

“那就打起点精神。”许时遇站起身，第一个往外走，“散会。”

散会后，大伙儿一窝蜂起身，蒋邂走在最后，待所有人出去之后，喜宝往门框处一倚，单脚抻着，挡住了会议室的出口。

“小邂，你怎么了？三天培训把你训傻了啊？”

蒋邂摇头：“不是，培训学到了挺多的。”

“真是好学生，想当初我和李舒都是睡过来的。编校这一块儿，有外包的校对团队在做，所以我们当责编的，不一定要掌握得很精细，保证好底子就行。”

“嗯,我知道,不过我真的学得还挺好的,上课认真听了,笔记认真做了。”

“那你怎么心情不佳?”

蒋邂迟疑了一下,到底还是开口:“我不太想去‘时恋科技’,我……我前男友在那儿工作。”

喜宝讶然道:“什么?你还有前男友?”

蒋邂吓了一大跳,赶紧捂住喜宝的嘴:“你这么大声做什么?”

蒋邂扫了方圆几米一圈,幸亏大家都在忙自己的事,没人注意到喜宝这惊人的一呼。

蒋邂瞪她一眼:“我看着就这么像没有前男友的人啊?”

喜宝损人损到底:“像。”

“不带你这样‘狗眼看人低’的!”

“谁?你说谁是狗呢?”

蒋邂乐了:“汪!汪!汪!我是狗行了吧?”

喜宝甚为满意:“这还差不多。”说完,单刀直入地发问,“你的那个前男友……你还喜欢他吗?”

蒋邂还挺认真地想了一下:“不喜欢了。”

“既然都不喜欢了,那你怕什么?”

“万一遇上了,多尴尬啊。”

“狭路相逢勇者胜,不是我说你,你就是尿。”

蒋邂歪着头不反驳。

喜宝拍拍她的肩:“如果真遇上了,教你个方法,四个字——视而不见。”

蒋邂杵在原地想了一阵儿,并不觉得这个建议对自己有用。

真是怕什么来什么,生活就像个有思想的小孩一样,隔三岔五就要戏弄人。

第二天上午,蒋邂准时到公司,刚把早餐吃完就和毛恋恋一起坐上了许时遇的车,十点左右,到达“时恋科技”的办公大楼。

“时恋科技”是业内比较成熟的科技公司,软件、硬件都做,主攻软件,尤其在 APP 的委托开发项目上,业绩非常突出。

许时遇在来之前和“时恋”打了招呼,他们的产品经理一直在门口守候。见了他们赶忙迎上来,热情问候。

许时遇和“时恋”的产品经理显然是见过多次的，非常熟稔，省了握手的环节。不过对方的礼仪很是周到，友好地将手伸向蒋邂。

“你好，张辽。”

这么正式？

蒋邂没经历过这种场合，怔愣不已。身边的毛恋恋抬手在她背上一拍，在她耳边轻语：“握手啊。”

蒋邂慢半拍地将手递出去：“你好你好，我叫蒋邂。”

对方微微一笑，点点头，又将手礼貌地伸向毛恋恋：“这位？”

“你好，‘十年九遇’设计师，毛恋恋。”

蒋邂窘，年轻识浅，说的就是她这种新的不能再新的新人了。

“进来吧，设计师、程序员们都已经在等着了。”

许时遇和张辽走在前面，客套地聊着合作事宜。蒋邂和毛恋恋则跟在后头。

毛恋恋挽着蒋邂的手问：“刚才愣着了是吧？”

蒋邂怪不好意思地摸了摸耳朵：“嗯。”

“你这算是很好的了，你知道我刚工作那会儿，第一次跟着我们领导出去谈合作，多尴尬吗？”

蒋邂乐得听故事：“多尴尬啊？”

毛恋恋不堪回首道：“对方友好地朝我伸出手，你好，张三。我摇头，你好你好，我不叫张三我姓毛名恋恋。”

蒋邂“扑哧”一笑，扶着她的手臂：“哈哈哈哈哈哈……”

笑声好不矜持，引得走在前方的两个男人一前一后回头。

许时遇用眼神发出警告，蒋邂和他的目光一撞上，立马把嘴一捂。

张辽和身侧的许时遇说：“你们公司的员工真可爱。”

许时遇说：“刚入职没多久，没轻没重。”

张辽笑言：“没有没有，可爱得紧。”

“时恋科技”的装潢和“十年九遇”是两种截然不同的风格，出版行业比较崇尚文艺风，所以“十年九遇”的办公区走的是简约文艺的路线。而“时恋科技”截然相反，蒋邂一跨进他们的公共办公区，扑面而来一股硬核质感。

没有过多的参观时间，张辽带着他们直奔技术部。

毛恋恋方才营造的开心一刻的氛围渐渐退去，时有时无的担忧感不定期涌上心头。墨菲那张乌鸦嘴曾说，如果你担心某种情况发生，那么它就有可能发生。

“时恋”的技术部门分三个：技术一部、二部和三部。

蒋邂只求他们要去的技术部里没有余光。

怀着诚惶诚恐的心情到了目的地，蒋邂先是抻着脖子四处扫视了一圈，神似兔子误入狼窝忐忑打量环境的样子。

没看到前男友这号生物的存在，蒋邂悬着的心这才着了地。

许时遇领着毛恋恋和这次合作的 UI 设计师打了招呼，然后走到另一边继续和张辽分析 APP 的需求。

蒋邂谨记自己这次是来学习的，于是找了一个适中的位置，竖着耳朵听两方的交谈内容。

许时遇和张辽主要在谈客户的需求问题，他要求在吸纳市场阅读 APP 所有优势的同时，尽可能简化用户的操作难度。他还提出，必须在现有的巧妙构思上，再探索出更多的“十年九遇”独有的读者专享模式。

比如，除了按照女频男频、出版原创、特价免费、推理言情等常规分类找书外，首级页面还可以划分出一种按照春夏秋冬四季找书的类别。

曾有一些不官方的心理学报道过，四季变换对人的阅读习惯存在一定的影响。

蒋邂暗想：她到了冬天就喜欢看甜甜的小暖文，影响大概也就这么大了吧。

这种思维比较小众，浪费程序，为难程序员。

不过这只是许时遇和张辽大量碰撞交流中不值一提的小火花。

真正让蒋邂眼睛冒金光的是许时遇交付给张辽的一个最硬性的要求。

“这是一个人人都乐于为知识付费的时代。在同等内容下，比起数字阅读，我更崇尚纸质带来的体验。所以‘十年九遇’的数字阅读平台，不管读者需不需要，我必须往里注入一点我的个人需求，强硬的，不容拒绝。”

张辽摇头失笑：“谁不能拒绝？”

“你们。”许时遇嘴角一扬，“还有读者。”

高端人士之间的交流，互相感染，然后一不小心，就引爆了旁人的热血。

蒋邂清晰地感觉，生命的脉动感无比强烈。

“你的个人需求是什么？”张辽问。

“通过数字阅读，引导纸质购买。”他继而总结，“引流。”

第十章 墨菲定律有毒

许时遇的想法很强硬，也很简单。

他要求读者在从免费试读进入付费阅读时，系统自动弹出购买纸质书的引导语，语音提示也必须纳入进来。“时恋”只管技术，内容由“十年九遇”提供。有一点，不管是内容还是技术上，严格把控一个“度”，在尽可能不引起读者反感的前提下，把引流功能做到最佳。

难度上再加一层，如果读者被“说服”，系统可自行进入下一步，线上购买链接轻盈可爱地弹出来。

轻盈可爱？

若不是有场合限制，蒋邂觉得自己就要轻盈可爱地笑出来了。

许时遇的要求越提越抽象，他拍了拍张辽的肩，说：“这个功能本身你就把它看作一个活泼本真的小孩。正在看电子书的读者是小孩的妈妈。小孩想要玩具了就和妈妈撒娇，我喜欢这本书，我现在就要买这本书，我要把这本书送给最好的朋友小明，等等。撒娇不行，还可以撒泼打滚卖萌，这个技术你们应付下来，不难吧？”

身处创意行业的张辽，清奇的想法听过很多，他略略一歪头，再次摇头失笑：“会把我们技术一部的这群毛头小子给耗死。”

“成不成？”

“你是大佬，你说成就成。”

许时遇顶着腮帮笑，微一偏头，余光看见一道崇拜之情溢于言表的目光，他抬手，招呼蒋邂：“过来。”

蒋邂挪着步子走向他们，在他和张辽面前站定。

许时遇问："都听到了？"

蒋邂点头："嗯嗯。"

"有没有什么想法？说出来。"

蒋邂脱口便问："撒娇卖萌可以，撒泼打滚不会引起读者反感吗？不是说要避讳这一点吗？"

许时遇还没说话，一旁的张辽倒先笑了出来。

"小姑娘，真是可爱。"

蒋邂心说，我很正经的，哪里可爱了？

许时遇眼尾微扬："当一个人足够可爱，值得人舍命怜惜时，他所有的撒泼耍横，都会让人心软。"

蒋邂怔住。

"明白吗？"

不等她回答，许时遇转身，慢慢走远，跟随张辽去往休息区喝茶。张辽一边走，嘴上还在笑语："现在的年轻人，真是可爱得很呢。"

"可爱"不见得是个褒义词，尤其是放在她这样初出茅庐的职场新人身上，"可爱"等同于稚嫩、浅薄、天真。

偏偏这人还用上瘾了。

蒋邂不满地"哼"了一声，但也很快就反应过来，她的确是过于肤浅了，想法过于表层，未经大脑的深度加工，就被自己提溜出来。主动把弱点摊开，让对方瞧瞧自己有多愚蠢。

她觉得自己真是傻得头顶都冒气儿了。

如果引流功能是一个小孩，读者是小孩的妈妈，小孩这个形象只要设计到位，不管它用什么方式吵着闹着要礼物，当妈妈的都是会心软的啊。

反感在这样的角色定位中，根本不成立。

不知不觉到了午餐时间，原本张辽提议出去下馆子，结果脚步刚迈出"时恋"的大楼，张辽接到助理的电话，说是他们直接负责的一款 APP 系统出问题了，出现反吞客户系统币的现象，客户投诉铺天盖地。张辽十分歉疚地塞给许时遇一张员工饭卡："实在是抱歉了，公司的餐厅在负一层，如果不介意的话，许总要不委身尝尝我们这儿的饭，口味还是不错的。大餐的话，我下次一定补上。”

许时遇一个“不”字刚到嘴边，张辽已经火急火燎地先走一步了。

蒋邂和毛恋恋对视一眼。

许时遇将卡揣兜里：“走吧，去尝尝。”

负一层餐厅。

环境还不错，光线不足，灯光来补。各类饭菜的香味串在一块儿，倒也不算难闻。

他们仨人中，只有许时遇持卡，而每个窗口都是不同的菜品，各个窗口都配有一个刷卡机。他们谁要取什么菜，许时遇必须跟在一旁刷卡。米饭则是免费的，去主食区自取。

毛恋恋最先取完菜，许时遇替她刷卡时，她还美滋滋地说：“老板跟在后头给自己刷卡的感觉，真不错啊。”

“哦？”许时遇说，“我怎么记得我刚才刷的这份是蒋邂的。”

毛恋恋眉毛颤颤一抖，紧紧护住自己的托盘，飞速地溜了。

此时的蒋邂驻守在猪蹄的窗口，脚步不动，等许时遇走了过来，她嘴里吸溜了一下口水，指着生鲜灯下的卤猪蹄说：“我要吃这个。”

许时遇顺着她的手势，瞧了一眼她的手，嗯，和那猪蹄有几分神似。

许时遇帮她刷了卡后，蒋邂取完菜就捧着托盘去找毛恋恋了。

许时遇走往自己中意的窗口，刚走几步，听到身后有人唤了声“蒋邂”，还是一道男声。

“邂邂？”

蒋邂身影微顿，当作没听见。

许时遇继续往前走。

那厢。

余光端着餐盘快步赶上蒋邂：“邂邂，怎么走这么快？”

蒋邂咬了一下唇，这才侧过头露出几分讶异的神情：“是你啊，余光。”

“嗯，你怎么来我们公司了？”

“工作需要。”言下之意很明显，和你没有半毛钱关系。她用下巴指了指毛恋恋的方向，“那儿看到没？是我同事。”

余光扫了一眼她示意的方向，目光落回她脸上：“介意吗？我过去跟你们一块儿坐？”

蒋邂这就尴尬了，拒绝吧，显得自己小气拘谨，说不定他还以为自己忘不了他，不敢面对他呢；答应吧，她又确实不想看到这张脸。

毛恋恋此时不合时宜地在招手：“这边，小邂。”

蒋邂决定再顽强地抗争一下：“我们大老板也在，有点不方便，不好意思。”她又示意了一下许时遇所在的方向，搬出许时遇这个救兵。

余光竟不以为意，反倒说：“你还和当初一样，以前怵老师、怵长辈，现在工作了怵老板。嗬，这有什么，大家坐一块儿吃个饭而已，就当凑个桌，你说是吧？”

这都哪儿跟哪儿，蒋邂索性不答了，径直朝毛恋恋的方向走过去。余光跟上，一边走一边和蒋邂搭话：“你现在在哪儿高就？没想到你们公司能和‘时恋’有项目合作。”

“没想到？”蒋邂有些不满了，合着你还不知道我在哪儿就职，就已经变相说我所在的公司高攀你们“时恋”了？

余光意识到自己措辞有些不对：“我不是那个意思，我就是觉得能在这儿遇见你，感觉很意外，也很有缘。”

蒋邂心说：孽缘。

到了餐桌的位置，毛恋恋见到蒋邂过来了，身边还跟了一个人，打招呼道：“你好，你是？”

余光和蒋邂一一放下餐盘，落座，余光坐在了蒋邂身边。

毛恋恋坐他们对面。

余光道：“你好，我和邂邂是校友，比她大一级，现在在‘时恋‘就职。”

邂邂？这么亲昵的称呼，毛恋恋琢磨出味儿来，意味深长地看了蒋邂一眼。都说女人是极其敏感的生物体，只一眼，毛恋恋就能察觉到蒋邂的不自在，那种不经意间流露出反感的不自在。

但那毕竟是人家过去的事，她作为局外人，不清楚前情概要，所以不站立场，表现也就不冷不热。

余光依旧执着于刚才那个问题：“贵公司是？”

毛恋恋嘴真快：“十年九遇。”

余光“哦”一声：“做出版的啊，我有听过，还买过你们家的书。”他侧头看向默默扒饭不说话的蒋邂，“你以前就对这方面很感兴趣，没想到最后还真进这行了。邂邂，我真替你高兴。”

蒋邂不冷不热道："我自己也没想到。"

这时候许时遇端着托盘过来了，目光极淡地扫了眼前的一男一女后，在毛恋恋身边坐下。

余光很快站了起来，一脸笑意地伸出手，率先打招呼："许总，您好。"

蒋邂猛地侧头看他，这何止只是听过。

许时遇抬眼，静了几秒才放下手中方才拿起的筷子，伸出手和他简短地握了下："你好。"

余光做了个自我介绍，许时遇礼貌性地点了一下头，但并没有回以一个内容含量等同的自我介绍，只是慢条斯理地吃着饭。

食堂里声音嘈杂，有些吵闹，他们这桌也不安静。余光这人挺能说，关键是特别会投其所好，围绕着"十年九遇"的几本畅销书侃侃而谈，发表着自己的见解，说到点上，许时遇还会点头回应他几句。甚至在书的封面和内芯设计上，他也能发表一些恰到好处的看法，毛恋恋和他也能聊得上。

蒋邂是全程最安静的一个，因此，也是饭盘子解决得最快的一个。

眼见着她托盘上各个小碗里的饭菜快没了，余光问道："还想吃点什么，我去帮你取。"

蒋邂心说：你有饭卡你了不起。

"不用了，我已经吃饱了。"

"这个饭量，你确定吃饱了吗？"余光看着她说，"不过瞧着，和以前相比，你是真的瘦了不少。"

"嗯，真饱了。"

余光从兜里掏出自己的饭卡，递给她："别不好意思，想吃就去拿，喏，饭卡给你。"

蒋邂很想说：难道我就长了一张看起来饭量很大的脸？

她是真的饱了啊。

她推了回去："我没不好意思，是真不用了。"

对面的许时遇适时开口："余先生，她平时饭量就这么大，再强塞，就是强人所难了。我这儿有一张饭卡，如果她还想吃，找我便是。"

有人把话说到这个份儿上，余光瞬间感觉到自己的做法确实有些不妥，他还在以他过去的眼光看她，顿觉悻悻："也好。"

一时间，蒋邂真想把许时遇奉为自己的大哥。她抬头，朝许时遇的方向笑眯眯地看了一眼，正撞上许时遇抬起眼来，他没什么表情地从口袋里摸出那张张辽给的那张饭卡，然后往她的方向轻轻一推：“放你这儿。”

蒋邂愣了一下。

与此同时，对面的毛恋恋给她一个眼神，似乎在说：瞧，咱老大可会护犊子了。

是啊。蒋邂接过饭卡，心说，可会了。

旁边的余光静静地侧头看了她一会儿。

回程的时候，已是下午。

“小邂，他真是你前男友啊？”毛恋恋果不其然八卦起来。

蒋邂没有回避问题：“嗯，大学时候的。”

“分手挺久了？”

蒋邂没想到她还会深问，毛恋恋一问完也觉得自己有点唐突，赶忙补上一句：“我是看你挺坦然的。”

“是吗？”

“当然，而且……你好像挺讨厌他的？”

蒋邂不着痕迹地抬眸看了一眼驾驶座上专注开车的人，然后压低声音：“我也没有很坦然吧，虽然不喜欢了，但看到他还是会觉得难过。”

“你俩为什么分手？”毛恋恋跟着压低声音，“不会是因为他劈腿吧？”

“他有没有劈腿我不知道，但当初他提出和我分手的理由是怪我太胖，很让人啼笑皆非吧？他让我减肥，我不减，吵了一架，然后就一拍两散了呗。起初我以为只是彼此冷战一段时间就会和好了，没想到过了差不多一个月，看到他和另一个女生手挽手出双入对。那时候我才恍然大悟，原来我们真的分手了。”

毛恋恋叹一口气：“这还不明显嘛，当一个人变心的时候，他一定会绞尽脑汁想出一个分手的理由，哪怕那个理由很牵强。不过往另一个方面想，早些和这样的男人分手就是及时止损，不然可真是浪费时间、浪费感情。”

“其实后来我也想过，我应该也没有那么喜欢他。真正地喜欢一个人，应该会为了对方，努力地把自己变成他喜欢的样子。”

“你这么说也没错，不过也有人说爱就是包容对方所有的一切，不管是优点还是缺点。怎么说呢？这些爱情观都各有各的道理吧，就看两个人之间适合哪种模式。”毛恋恋话锋一转，“你这个前男友啊，表面上看起来修养才干恰到好处，但若深看细节，内心的小九九挺多的一个人。”

她拍了拍蒋邂的肩："所以啊，没什么好遗憾的。总有一天，你会遇到一个你愿意为他去改变，而他并不需要你为他去改变的人。"

车内陷入短暂的寂静。

许时遇从鼻息里发出一丝气音，做了个点评："你活得挺明白的。"

蒋邂听到他的声音，为自己默哀。得了，他还是听了个全程。

"可不是。"

"但也没见你找上对象啊。"

"老！大！"

许时遇没理会她的奓毛，偏了偏头，冲蒋邂说："你学着点。"

之后的日子，"十年九遇"和"时恋"又针对合作事宜碰了好几次头，许时遇再也没让她跟着了。而蒋邂又开启了一拨新的忙碌，她除了学习做书的流程外，还要学会操作简鑫系统。这是"十年九遇"刚引进的一套系统，一本书从签约到上市到稿酬发放，乃至后期的加印，每完成一个步骤，都需要在系统内进行实时更新，方便流程跟踪，有利于公司一体化运作和高层监督。

其间，蒋萌无数次打电话来问她签名的事，等到距离王眠眠的生日还剩十天半月的时候，蒋邂也被她催得有些心神不宁了。

下午下班后，蒋邂路过一家二十四小时书店，踌躇一番后，进去买了一本千焜的书。

第二天，她揣着这本书来上班，惴惴不安了一整天，许时遇却没有来公司。

又过了一天，许时遇依旧没来。但是他在"许老大天下第一帅"的群里突然诈了下尸，叮嘱所有人："少聊骚，认真工作。"

蒋邂这一天的工作状态便出奇认真且高效。

第三天，公司有人开始议论他接连三天的缺席。最具可信度的版本是，许时遇陪女朋友出国玩去了，傅九昕九月中旬有一场省级规模的交流性画展，但是她还没有能拿得出手的作品，貌似是陷入了瓶颈期，许时遇便带着她出国散心找找灵感。

一周后，到了八月，天气越来越热，看着外头当空的烈日，大家不约而同放弃出门觅食，吃起了公司统一订制的盒饭。蒋邂的胃口渐不如前，中午吃饭的时候，喜宝戳了戳她的饭盒里的米饭，诧异感叹："你最近厌食症状有点明显。"

旁边的毛恋恋也说："小邂，你最近是不是瘦了？"

蒋邂："夏天嘛，胃口下降很正常。"

喜宝托着下巴打量了蒋邂一阵："真瘦了，下一百一了吧？"

蒋邂："晚上回去上个秤。"

毛恋恋："我有点惶恐，你这相貌，体重下去了，说不定能让人惊艳一把。"

喜宝："那为啥要惶恐？"

蒋邂笑："她怕我篡了她公司司花的地位。"

喜宝一口米饭差点没喷对面俩傻妞一脸，从自己饭盒里挑了两块肉，给她们一人夹了一块："来，多吃肉，少说点傻话。"

吃完饭，流程编辑在群里公布了出版社最新下达的一批书号，《星流之役》的书号也下来了，到时候CIP一下来，一切都完备的话，就可以安排下厂，并且开启预售。然而喜宝和毛恋恋还在磨这本书的封面设计稿，从设计师办公室时不时传出的爆分贝音量来看，蒋邂真担心下一秒里面就会成为命案现场。

《星流之役》这个项目，她和喜宝分工十分明确，喜宝负责封面，她跟进内文。相对喜宝的工作来说，她跟进的部分技术含量较低。三个校次已完成，出版社也已经返稿。在内文的校对上，目前就只剩下最后一个步骤了。

公司所有的项目在完成三个校次和出版社返稿修订后，还要进行一次最终审，负责最终审的人是许时遇，而且最终审必须是看打印的纸质稿，不能只看电子版。喜宝让她问下许时遇归期，不能因为他而耽误项目进度。

蒋邂在QQ上私聊许时遇，说明了一下情况，到了晚上临睡前，才收到他的回复："明天回。"

蒋邂盯着手机屏看了一会儿，敲下"晚安"两个字，在即将发出去之前，却又删掉了。

她郁闷地抛开手机，起身掀开窗帘的一角，皎洁的月光将清辉洒在远处的枝头，小区内月光与灯火辉映，有一种影影绰绰的含羞美。

蒋邂将窗帘拉拢，关上灯，合上眼，但心久久不能平静，

和黑暗斗争了很久，她忽然想起什么，打开灯跳下床，从旮旯里找出电子秤，然后把自己扒光了赤脚踩上去，净体重109斤。

瘦下来，任重而道远。

瘦成傅九昕那个段位，如同死宅们站在珠穆朗玛峰脚下，仰着头，只想

发出一声要命的呐喊。

翌日。

罗梦在QQ上私戳了蒋邂："来一下。"

蒋邂顶着一双国宝眼就去了财务部，罗梦敲她脑袋："瞅瞅，瞅瞅你这系统录的，闭着眼来的吧，照你这个录法，咱们公司明天直接关门好了。"

脑袋往前一凑，蒋邂倒吸一口凉气，简鑫系统上《星流之役》每笔费用的录入全部多出了一个零。

蒋邂很愧疚地搡着罗梦的肩膀道歉，罗梦被她摇得双眼昏花："哎，停停停，也不是啥大事，得亏还没月结，不然到时候改起来那才叫麻烦，你赶紧去改了。"

蒋邂同学挂着一张自责的脸从财务部出来，一抬头就看见了好久不见人影的许时遇。他经过办公大厅，径直往自己办公室的方向走去，侧脸冷淡。

每个人都在各自的工位上忙碌，听见有人经过的动静，抬眼投去短暂的一瞥，继续该干啥干啥。

他外出回来，在大家眼里是一件如此稀松平常的事。所以当她意识到自己的目光逗留过久时，羞耻心如海浪般，荡起又坠落，好是一番折腾。

临近中午，等那一番让自己羞耻的心思渐渐潮落，她才捧起那份早已打印好的《星流之役》的内文去敲他办公室的门。

"请进。"淡如水的声音。

这一回他没有特地起身来开门，门是半掩着的，蒋邂轻轻往里推了一点，留出一条可空自己挤进去的缝隙。

估摸是囤积了太多的工作，许时遇一直在低头看文件。蒋邂走到他办公桌前，把一沓纸质稿放下，交代道："许总，这是《星流之役》需要终审的稿子。"

他头也未抬，淡淡道："好。"过了一会儿，他没有听到脚步挪动的声音，抬起头。

"还有事？"

他抬头的时候，两道眉不自觉地往中间收拢，然后在眉心两边聚出一个纹路淡淡的一撇一捺，竟是个很好看的"八"字。

蒋邂原本给了五秒的时间留给自己纠结，没想到他这么快就发问，她那纠结的神情还没来得及收敛，就被他一眼望了去。也罢，大不了被拒绝："许总，我有一个请求。”

他的电脑消息响个不停，很快就看向电脑回复消息去了：“说。”

“我妹妹有一个朋友，很喜欢千焜，也很喜欢你，想要一本你俩的双签名书。最近她要过生日了嘛，所以……”

“书给我。”

蒋邂一瞬间有点蒙：“啊？”

许时遇脑仁有点疼：“签名啊。”

她连“哦”了好几声：“在我桌上，我去拿。”然后飞速蹿出他的办公室，十秒后，又蹿了回来把书放在他办公桌上。

“谢谢许总，您俩什么时候签完了，尽早告诉我，我妹她朋友的生日没剩几天了。”说完就准备走，她感觉自己今天打扰他太多。

“跑那么快干什么？”许时遇一开口，刚转身的蒋邂又不明所以地把身子转了回来。只见许时遇翻开那本书，“唰唰唰”不过三秒钟，两个名字迅速签完，字迹纤长如柔软的长龙，瞬间以定格之势盘踞于杏黄色的特种环衬纸上。

许时遇合上书，语气淡淡：“拿走。”

蒋邂嘴角抽搐地提醒道：“许总，我说的是您和千焜的双签名。”

“难道我签的不是？”

“您如果不想麻烦千焜，我自然是不会强求的，但您也没必要仿签啊。”

许时遇的眉间再次聚出一个“八”字：“转身，往前走三步，柜子与你胸部等高的那一层，左边第四个文件夹。”

蒋邂被“胸部等高”四个字闹红了脸，只好转身以作掩饰，按照他的提示从文件夹中抽出一份文件。这是千焜某本书的著作权许可合同，蒋邂翻开第一页，太阳穴突突一跳，今天又倒吸了一口凉气。

甲方真实姓名：许时遇。

作者署名：千焜。

作为千焜的死忠粉，乍一知道了这么劲爆的信息，让她一时消化怎么可能。她讷讷地把合同原封不动地放了回去，走到许时遇面前，说了句“谢谢”，就抱着书跑了。

待她离去了一阵后，许时遇从电脑前抬头，望着她离去的方向，撇了一下嘴角。

第十一章 嫁个本地人

又过了一天，大早上许时遇就在 QQ 上通过群聊里的小窗口戳了一下蒋邂：“来拿稿子。”

蒋邂还在地铁上的时候就看到了这条消息，当时她被地铁上密密麻麻的人群挤得严重变形，回了个“马上”，手机差点因此英勇就义，于是她一边“哎哟喂”，一边带着很诧异的“许时遇怎么会这么早”的心情，把手机塞回了安全地带，也就是挂在她手臂上，随着地铁上拥挤的人潮而晃来晃去的帆布包里。

手机忘了锁屏，也忘了退出 QQ 界面。

不多时，刚从男士卫生间洗漱完毕的许时遇，就接连不断地收到诸如“呀*&%$#@哦！ *&^%……”之类的消息。

到了公司，蒋邂第一时间就去敲许时遇办公室的门。她推门进去的时候，许时遇正站在落地窗前刮胡子。

他的办公室里有一面很大的落地窗，窗脚摆满了花花绿绿的盆栽，两边还各放着一盆凤尾竹，生长得很是茂密。

他手执一面镜子，另一手拿着一个深棕色的电动剃须刀。下巴微扬，正对着窗外满满照进来的日光，隔着不远不近的距离，蒋邂能看见他薄唇周围胡楂隐现出的青色。

她下意识地朝他办公室的沙发处看了一眼，柔软的沙发正中，留有一个很浅的人印。

他昨晚就睡在这儿？

她正想着，便听到他说：“稿子在桌上，自己拿。”

声音有点哑、有点懒。

他昨晚肯定没睡好。

蒋邂捧着稿子就要出门。

“等一下。”

“嗯？”她转身。

“QQ加你好友了，记得通过。”

“额？”她一下没反应过来。

“沟通工作需要，总不能每次都在群里找。”

她懂了，点头：“好的。”

回到工位，打开手机，进入QQ，点进和许时遇的聊天界面，看到满屏的“#￥%@&*”，蒋邂瞬间歇犊子了。

《星流之役》CIP来得很快，喜宝和毛恋恋为了赶进度也是不要命了，这几日，蒋邂每次下班的时候，她们还坚守在岗位上。

这周的最后一天，蒋邂一大早醒来，打开手机一上Q，凌晨三点多，喜宝往群里上传了五个不同方案的《星流之役》立体封。之前出过很多个版本，但总是因为这样那样的理由被许时遇给毙掉了，如今书号、CIP已下，每一天都是Deadline，挑三拣四之下，耗去的时间丢失的都是金钱。

蒋邂觉得封面今天再不定下来，喜宝和毛恋恋的周末就泡汤了，而许时遇积攒的众怒，可能又要更上一层楼。

群里已经有不少人投了票，并且发表了自己的意见。蒋邂洗漱完，见时间还早往床头一靠，Pick了方案五，并且针对方案五的细节问题提出了自己的一些修改建议。写得很细致，跟小作文似的。

她写完后起身出门，在小区外买早餐扫码付款的时候，进QQ群看了一眼，心瞬间漏了一拍。

在她的小作文后，紧跟了一条来自许时遇的消息：“所见略同。”

封面当天就定下来了，就是方案五。浩瀚星河，群英荟萃，每一颗星星，都是一个孤独的宇宙，都住着一个热血豪情的英雄。不冷感，不恢宏，极尽打眼的金黄色，像是人间的稻田和麦浪，倒进了宇宙里。

这天下班前，精修后的封面上传到了群里。

狗腿的毛恋恋说："老大亲临指导，最终封面新鲜出炉，走过路过，看一看，评一评。"

很快，底下一大片撒花的撒花，狗腿的狗腿。

蒋邂跟着撒花，还由衷地点评了一句："好看！"

许时遇："废话。"

蒋邂蒙圈，他俩的消息怎么又如此巧合地撞上了？

毛恋恋和喜宝的周末依旧泡汤，跟着一起泡汤的还有蒋邂的周末。她原本以为封面定下后，大家都能喘口气，然而并非如此，《星流之役》下厂前还有一大堆的工作。确定封面工艺、做封面展开、一系列的宣传图，还有为后期铺天盖地的营销所做的大量准备工作。

周六这天，许时遇也来了，紧蹙的眉间有几分显而易见的郁色。

蒋邂忍不住揣测他和傅九昕之间的感情是不是又出了什么问题。

中午大家一起吃饭，许时遇难得没闷在办公室里点外卖，而是跟着大家一起进了楼下的小餐馆。其间，他告诉大伙儿，罗梦向他提出了离职。除了蒋邂外，所有人都很诧异。蒋邂是公司的新人，不是很了解这些跟着许时遇打江山的元老的心情。虽说她刚入职场不久，但也知道走与留在职场上见怪不怪。她和罗梦接触不是很多，大部分时候都是对接公务，仅有几次印象比较深刻，都是因为她粗神经出岔子，填错报销单、录错系统被罗梦好一顿苦口婆心的教训。

罗梦人不错——这是蒋邂对她仅有的印象。

除了蒋邂，大家都有话说。

喜宝："梦梦能陪着大家到现在，已经不容易了。"

毛恋恋："嗯嗯，她很早就和我说过，想要结束异地，想结婚，想生娃，她男人不喜欢帝都，不愿来能有什么办法？"

许时遇正了点神色："帝都有这么可怕？"

黎漫一脸"您不懂人间疾苦"的表情："许总，您是本地人，不懂我们这些外来户的苦。您家什么也不做，单是坐着收房租这日子就能过得风生水起。可我们不行，您给我们开的工资算是行业最高了，可帝都的房价对我们来说依旧是望洋兴叹。再工作几年，拼拼凑凑能付个首付，但每个月还银行的钱就够把我们束缚得死死的，朝九晚五不可怕，可怕的是朝九晚五的背后是紧巴巴的望不到头又欠缺归属感的死板人生。”

喜宝、毛恋恋相继唉声叹气。

蒋邂也是沉默，这是她妈经常挂在嘴边的。

许时遇静默片刻，然后给自己倒了一杯水，一口喝完，杯子放在桌上，发出轻轻一声响，他十分真诚地对在座的说：“谢谢你们。”

喜宝说：“嗨！这有什么好谢的？不都是我们自己的选择吗？”

毛恋恋说：“老大，是我们要谢谢你才对！是你给了我们那个奋斗的理由哇！”

黎漫祭出四个字：“甘之如饴。”

眼瞧着这气氛在朝煽情迅速靠拢，不打破只会更沉重，蒋邂终于打破了一味沉默的人设，笑呵呵地加入谈话：“许总，其实也不用谢，帝都又不是什么万劫不复的地狱，是多少人追梦的天堂啊对吧？就比如我吧，我想在帝都留下来，并且对未来目标清晰！”

最后一句话被她说得慷慨激昂，大家不由得将目光纷纷投向她。

等眼前这几双眼的目光齐聚一堂时，蒋邂不负瞩目地开口道：“嫁个帝都人，从此在这儿落地生根。”

她话音一落，许时遇扯了下嘴角。

喜宝、毛恋恋异口同声“嘘”了一声。

黎漫笑着摸了摸她的脑袋瓜：“目标伟大，祝你成功。”

接着是一阵哄笑。

活跃气氛成功。

蒋邂却成了围堵对象。

“那说说，你现在有目标了吗？”

“没想到啊小邂，你这梦想非常远大，有骨气！”

接上上面那句：“就她目前散发出来的单身狗气息，像有目标的样子吗？而且哪，咱这个圈子可是出了名的粥多僧少，别说找帝都本地人了，要想找个男朋友，你首先得走出去吧？”

毛恋恋自告奋勇：“这样，以后我去参加什么联谊，算上你一个。”

喜宝把手举得高高的：“还有我我我我我我！”

蒋邂觉得真是搬起石头砸自己的脚，她只是想活跃下气氛而已啊，没想到画风突变，有了朝拉皮条现场发展的趋势，她“呵呵”地笑了下：“梦想还是要有的嘛！万一实现了呢？实在不行，务实一点也挺好啊，找到一个和自己目标一致为了留在帝都而共同努力的人，我想应该也会很幸福的。”

后面的聊天中，许时遇仅仅只充当了听客的角色。

黎漫一句话把他拉入这场谈话阵营：“许总，您别只顾着听啊，说两句呗。您可是本地人，认识的青年才俊没有一个团，也该有一个营了对吧？肥水不流外人田，您看，要不看在大家拼死拼活、加班加点给你保江山的分儿上，给在座的单身妹子都介绍介绍呗。”

许时遇抬了抬眼皮：“与其让我给你们介绍，不如我给你们指条更光明的路，好不好？”

“好啊好啊！”

个个叫好。

许时遇的下文来了：“帝都西边有座寺，听说求姻缘很灵。明天不想来加班的，可以去那里，听说周末人很多的。”

“啊？啊？啊？”

个个叫惨。

和罗梦吃散伙饭那天，已经是半个月后。而《星流之役》在经过为期一周的预售后，同一天在全国正式上市。

散伙饭上，人到得不齐。《星流之役》一上市，发行部的人几乎倾巢出动，全国各地跑，比如平时和罗梦关系最好的窦小洋，今天就不在。刚在群里发了一张广州一地面店里《星流之役》的码堆照，一摞摞的书有秩序地叠在一起，砌成一个整齐的“安”字。

窦小洋发了一条消息在群里：“@一生有梦 很遗憾不能给你饯行了，同事一场，望你以后一切顺遂，平平安安。”

罗梦看完，端起手边的一杯酒一口闷了，眼角打转的那几滴眼泪也跟着倒了回去。一杯酒下肚，她说了很多话。

她说，来帝都后的八年里，她过得很快乐很充实。第一年，她在一家制药公司，工作不到一个月，财务总卷款逃了，她被莫名其妙扣上上梁不正下梁歪的名头，被公司辞退。第三年，她从第二家公司离职，长期的高强度工作让她的身体超负荷运转，很多病痛找上她，她回家休养了一年，其间在家谈了个男朋友，可是家乡工资勉强果腹，她又一不做二不休奔来帝都，和男友谈起了异地恋。这一次，她入职的公司是“沉鱼之家”，也就是许时遇的老东家。干了两年后，家里催起了婚，她准备收拾行李卷铺盖回家结婚的时候，许时遇找上她，说要离职单干，问她要不要一起。

许时遇开的条件很诱人，也给了她自由选择的权利。他是圈内人人敬仰的出版人，母亲出身高干家庭，父亲是帝都商圈的佳话，跟着他干，生活可期。考虑了一段时间，罗梦从“沉鱼之家”离职，进了“十年九遇”，一待就到了现在。她这两年时间里存进银行卡里的钱，远远超过了毕业后的前六年。

她可以回家乡买一套很大的房子，买一辆不错的车，然后找一份稳定的工作，从此过上小富小贵的生活。她并不觉得那样的生活没意思，只是有着说不清道不明的感怀罢了，给她带来那么多人生经验的帝都，不能被她带回去，眼前这些可爱的同事，他们有着职场里许多社会人被洗涤掉的清澈和纯粹，如此难能可贵，却也不能被她带进长久的余生里。

所有的一切都只能留在原地，能带走的只有自己。

决定彻底离开帝都，竟然是这样一种感受。如剥皮抽筋，如尖锥刺骨。

说到最后，她站起身，举杯道：“很感谢大家两年多对我的照顾，虽然你们常给我录错系统、弄丢发票、浪费报销单，但是我偶尔给你们收拾烂摊子也收拾得挺开心的，毕竟人老了，就喜欢从你们这些小年轻身上找找成就感。”

蒋邂有些动容。

罗梦又说：“还有啊，以后来了新的财务，你们可得谨慎点、认真点，这世上像我一样这么有耐心的财务可不多了，再粗心大意，等着人抽你吧。”说完她一饮而尽。

有人落下了眼泪。

罗梦又给自己倒了一杯，这一杯是冲向许时遇的：“许总，谢谢你这两年对我的信任。我走了，其实最要小心的就是你了。”

许时遇也端起杯子，仰头饮下，只是耸了耸肩。

“您别不当回事儿！”罗梦语重心长，“财务部一手监控着公司的资金运转情况，‘十年九遇’两年经营良好，得亏我正直，碰上个人品堪忧挪用公款跑路的，您可哭去吧。”

“合着你这临走前，还咒你前老板一把呢。”许时遇轻笑，拿起手边的一瓶啤酒，和她一碰，认真不少，“谢了。”

酒下肚，终告别。

再聚首，来年见。

饭后，有的找了代驾，有的亲戚朋友来接，有的拦了出租。许时遇本来要送罗梦回去，她手一挥：“我男朋友今天来了，马上就到。”

说曹操曹操就到，一个看着敦厚朴实的男人遥遥走了过来，走到众人跟前，他朝着许时遇礼貌地道了谢，在罗梦面前沉默地把腰一弯，就背着准媳妇回去了。

毛恋恋忽然大喊一声：“罗梦姐！”

沉默朴实的青年男人停下脚步要转身，被准媳妇一拍脑袋：“别停，往前！”

男人很听话。

毛恋恋泪目：“罗梦姐再见！”

男人脚步没停，罗梦反手挥了挥，但没有回头。

爱看电视剧的蒋邂知道这是怎样一幅画面，那些不回头、往前走的人看起来最洒脱，但眼泪也最多。

她站在原地，抹了抹有些湿润的眼眶，肩膀忽被人拍了拍，转过身，是许时遇。

“人都走了，还不走？”

“这就走了。”

她拐了个弯。

许时遇却在身后提醒：“地铁口在西边。”

蒋邂抓了抓头发，可怕的帝都人！

“西边在哪儿？”

“喝多了？”

“没有，就一瓶。”

“那就是本身不分东南西北了？”

“我是南方人。”

“南方人不分东南西北就可以理直气壮了？”许时遇笑，“什么骨气！”

蒋邂瞪他一眼：“那你告诉我西边在哪儿嘛，我要回去了！”

“说你没骨气，你倒给我来脾气了。”

到底是一杯啤酒下肚后，胆子都大了不少。蒋邂一横：“说不说，不说我就迷路去！”许时遇着实愣了一下，然后笑出了声，钥匙在他手里打了个转：“走吧，我送你。”

“你要酒驾？”

“我爸的司机今天正好有空。”

蒋邂瞬间咧开了嘴：“许总，你人真好。”

许时遇扯了扯嘴角。

他在前，她在后。

“走前边来。”许时遇转头叮嘱一句。

“为啥？”

“喝了酒，指望你脑子现在是清醒的？万一被人拎走了都没人知道。”

“不用担心，我这么胖，没人能拎得动。”

这小家伙，还真是爱拿体重自我调侃。

许时遇再次回过头，淡淡地上下扫了她一圈，没发表意见，就差没拍她一脑袋：“快点。”

小姑娘小碎步嗒嗒嗒跟上，在后头翻了个大白眼。

司机就在许时遇的车边候着，见他们走过去，恭敬谦和地叫了声：“少爷。”

蒋邂被这个称呼惊了一下。

司机先生看了她一眼，眼神带着询问，许时遇说道：“安叔，这是我同事。”

安叔笑容慈祥：“小姑娘好。”

蒋邂愣了片刻：“……您好。”

许时遇拉开车后门，坐在了后座。

好好的副驾不坐，跟着自己挤后座？

她站在车外为难了三秒钟，一鼓作气拉开车后座的门，也坐了上去。

身旁的人存在感太强，体温也高，似有热气，赖着空气，渗入了她的皮肤里。

车子驶出停车场，驶向繁华街道。

蒋邂接了个来自蒋萌的电话，蒋萌那臭丫头片子说特别谢谢她，王眠眠收到礼物后感动得涕泗横流，她与王眠眠的友谊从此更加稳如泰山。

蒋邂隔空翻着白眼："你可歇着吧你，眠眠的生日都过了，你这才想起给你姐道谢，你的良心呢？你有良心这个东西吗？"

蒋萌在那头"哎呀哎呀"撒娇求原谅，蒋邂一个头两个大，摁着太阳穴骂了句"小浑蛋"就掐断了电话。

"和妹妹关系很好？"许时遇忽然问。

"好个屁呢。"蒋邂说，"狗都嫌的。"

许时遇弯弯唇，不评判她的口是心非，又问："两个女儿，你父母挺有福的。"

蒋邂说："我还有个哥哥呢。"

"哥哥？"他挑挑眼梢，"那你们家给计生委做了不少贡献。"

"算是吧。"

车子渐渐驶上高架桥，视线宽阔了些，朝车窗外望，灯火辉煌，金灿灿一片。

车内陷入短暂寂静，许时遇嗅着气氛不对，准备换个话题，蒋邂就开口了："我哥哥从小身体就不太好，一直在老家待着。"

许时遇没接话，蒋邂接着说："他在很小的时候生过一场大病，烧到了脑子，学生时期跟不上同龄小朋友，也经常被人嘲笑欺负，读完小学后，我爸妈就没让他上学了。"

有些人生来就被上帝厚爱，不知人间疾苦，如她身边的这位少爷。蒋邂说完便笑了："你知道吗？人间百态，就是由我们这种蝼蚁般渺小的小老百姓创造的，你们有钱人不一样，只创造了一种。"

"哪一种？"

"有钱解决一切。"

许时遇笑了："小孩，你懂的道理还有点少。"

"说得你有多大似的。"

"比你大。"

蒋邂没理，看着窗外火树银花般的夜景。

许时遇："告诉你一个道理。"

"嗯？"

"你猜明天会不会下雨？"

蒋邂“哈”了一声，这什么意思？前言不搭后语。但她下意识地抬头望了下天，夜空无星，甚至还有些浓重的云大团大团地簇在一起。

她自己也不明不白地回了句：“会吧。”

“可后天说不定就天晴。”许时遇目视前方道，“天无一月雨，人无一世穷。顾影自怜的人注定视野狭隘，记得要朝前看，一天当中，影子都并非固定一种形态，何况年月，更不论一生。起点低，不等于一生低，别认命就好。而起步高的人，也没谁向他们保证一辈子不摔一次。穷人的‘柴米油盐酱醋茶’并非对应富人的‘琴棋诗画书酒花’，穷人愁眉苦脸，富人居安思危，各有苦楚罢了。”

蒋邂听完不可能毫不动容，她问：“那你的居安思危是什么？”

许时遇看着车窗外稍纵即逝的夜景：“一切。”

蒋邂好半晌才“哦”了一声。

到达蒋邂家的小区外，还不算太晚，等安司机倒好车往回开了，她还站在原地，对着路旁昏黄灯光下的尘埃，喃喃道：“包括傅九昕吗？”

原路返回的车，又上了来时的高架桥，灯火从容，映着整座城。

安司机问：“少爷，回公司吗？”

许时遇揉了揉眉心：“回家。”

“您很累？”安司机继续问，“刚才和小姑娘聊天的时候，您精神还不错。”

“是吗？”

“是的。”安司机静了一会儿，问道，“您好像有烦恼？”

“算不上。”许时遇说，“傅九昕给我的公司安了一个人进来。”

安司机明白了：“您向来不喜欢这种空降兵。”

许时遇笑了笑，算是默认。

“是财务吗？正好接替离职的这位？”

“嗯。”

“履历如何？”

“漂亮。”

“傅小姐推荐的，应该没问题的。”

许时遇在公寓楼下下了车，安司机和他道了晚安后，把车开去了地下停车场。他一抬头，就看见阳台处透出白的刺目的光。手机在手里打了个转，抬脚上了几个阶梯，慢慢走进公寓楼。

回到家，打开门，里面是不出意外的灯光充沛，屋子里大大小小的灯都开着。

因为傅九昕经常来他这里画画，除了卧室里的一盏床头壁灯，其余的灯散发的基本都是日光色。如若盏盏都亮着，必然亮如白昼。

许时遇下意识眯了眯眼，进厨房倒了一杯蜂蜜水。

傅九昕坐在沙发上看电视，电视里正放着一个受民众热议的知名调解节目。男女双方各执一词，针锋相对，一件件抖搂着对方的无情史，女的麻木漠然，男的横眉立目。

许时遇扫了一眼电视画面，又扫了一眼傅九昕暴露过多的穿着，淡漠地移开双眼，在沙发的另一头坐下："没画画，怎么把灯都打开了？"

"准备画来着，但没找着感觉。"

似乎已是见怪不怪，许时遇没应这句话。

"时遇？"她唤他一声。

"嗯？"

"你说，我是江郎才尽了，还是本就无才？"傅九昕神色抑郁地抓了抓头发。

电视上的男女吵得不可开交，许时遇被这声音烦扰得皱了皱眉："我说了，你不要着急，先停下来多吸收多沉淀。"

"可是画展就要到了，我等不及了！"

"又来了，画展可以推迟，再不济还可以取消，不过是一次个人展而已，以后有的是机会，你何必急于一时？"

"但这次是省级画家协会牵头赞助的，邀请函都发出去了，我要是这时候反悔，结果就是功败垂成。"

"你这叫功败垂成？你这是无米之炊！你拿什么开画展？！"许时遇这辈子最缺的就是耐心，偏偏傅九昕挑战了一次又一次，"这些话我说过很多遍了，我不介意再说一遍，最后一遍。"

傅九昕神色一凉，抬头猛看向他。

"别用这种眼神看我，想看出来什么？爱？"

"时遇……"

许时遇叹了口气，在她一旁坐下来，语气温温："别打同情牌，我们说正题吧，和你在一起，我从来没否定过你的才华，两个人能走到一起，开始于灵魂上的相互吸引。我们都是创意工作者，是少了热忱、少了想象力就无以为继的一类人。我以为我们的结合，是相互给予，是彼此扶持，是对方生命里靠着爱就能永葆热情和创造力的源头。但是九昕，变了，你知道吗？我们之间变了。你执拗不愿放下，不是因为你还爱我，你只是为了让自己的生活看起来还有一点美好，不至于在旁人看来一败涂地。”

“画画上山穷水尽，爱情不能走到绝路，就是因为你在权衡利弊，所以你今天才敢穿成这样坐在我面前。”他的语气渐渐冷了下来，“你就自问一句，你有足够的情欲支撑你做一场爱吗？我知道你，你不是靠烟酒性来激发灵感的那类人。”

“万一呢，万一我哪一天沦落到那一步呢？”

“那不是傅九昕，我认识的傅九昕不是那样的。”

她垂死挣扎：“那我还没到那一步，是不是就能说明我还没变，你还能继续爱我？”

时间静止，灯光惨白。

他摇摇头，问：“你还不明白吗？”

傅九昕埋下了头。

“九昕，你能不能活得清醒一点呢？”

傅九昕抬起头，眼眶里蓄了眼泪：“你不救救我吗？”

他再次摇了摇头，这次嘴角挂着一抹笑，笑意很淡：“九昕，我救过你了，很多次，只是你不自知罢了。”

傅九昕沉默着，不知有没有认真听。

许时遇看了一眼电视上还在喋喋不休的男人，说：“我不喜欢一桩桩一件件地揭开我们之间的孰是孰非，好的坏的，都没有宣扬的必要。我告诉过你，我们这类人，不停地沉淀和不停地创造一样重要，一味地想着输入，一味地等待市场反馈，最后消失殆尽的就是你的想象力和创造力。这个道理，我和你在一起的每一天都不敢忘，都努力地想要保住你的初心，直到现在，我都不知道是我太无能留不住，还是你从一开始就没有。前段时间放下工作陪你出国，是我最后一次的心软，之后，我真的无能为力了。”

傅九昕抬起泪花花的双眼：“对不起。”

许时遇说：“彼此折磨不是好事，如果停留在此刻，还存有一份美好。除非，你连最后这一点美好也要毁掉。”

傅九昕看向电视："你是怕我们也落到这步田地。"

"除了不会上电视节目这一点，还真的有可能。"

傅九昕破涕为笑。

这天晚上，傅九昕在他这里留宿了一晚，但被安排到了客房，一句"好好休息"打发掉了她好不容易凝聚起来的最后一丝希望。

她知道自己留不住他了，身与心，通通都留不住。

当她望着空荡荡的天花板的时候，她便彻底明白了。

第十二章 会有一个风光明媚的未来

《星流之役》的市场反响非常可观，一路势如破竹，成为今年科幻类图书的一匹黑马。科幻类图书受众人群非常固定，要想吸引固定受众群外的路人甲乙丙丁，必然要靠口碑相传。内容要硬，包装要好，营销不能少。

“十年九遇”目前举公司之力都在为这本书服务，各部门各司其职，将这本书完全地渗入市场，继而引发了新一轮的科幻热。作者王鲁作为科幻界的一颗新星，因为作品大卖，也成功跻身成为当代科幻文坛一线畅销书作者。

各类作者访谈邀约不断，可无奈作者是个腼腆寡淡的性子，不太喜欢在公众面前露面，都一一推拒了。许时遇认为王鲁这种实力派作者和那些被藏起来的见光死的假人设不同，以他的学识和人格魅力，完全可以靠线下活动吸粉。

然而，在还没征得作者同意的情况下，许时遇就已经让发行应下了客户的邀约。

这是什么骚操作？

百思不得其解的是蒋邂，最倒霉的也是蒋邂。会上，许时遇笔尖朝蒋邂一指：“属你最闲，说服作者的任务就交给你了。”

蒋邂反指自己：“我？”

“有意见吗？”

去我没意见，说我闲我就有意见了！

蒋邂尿成球，暗自咬咬唇：“没有。”

许时遇朝着会议室众人扫了一圈：“你们有意见吗？”

喜宝非常仗义地发言："小邂不闲，她忙着呢。"

许时遇"哦"了一声。

蒋邂看着他，以为他还有下半句，没想到他直接站起身："散会。"

蒋邂留在原地颇有些委屈。

会后，喜宝将王鲁的微信名片发给蒋邂。

蒋邂惊愕："这？"

喜宝一脸"你还是太年轻"的表情："你啊！我和老大能没有作者的联系方式吗？许总这明摆着让你多学学事儿呢，好好干吧。"

"这样啊……"蒋邂嗫嚅。

喜宝拍拍她的肩："作者人不错，但是在这点上确实很执着，不是一个简单的差事儿，微信谈不下来的，最好见面聊。"

蒋邂问："作者这么执着许总还敢先斩后奏？"

喜宝说："他大概是做好了威逼利诱的准备吧。"

蒋邂："……"

好吧。

蒋邂低头，在微信上申请添加王鲁为好友。

周五，除了蒋邂外，编辑部又全体出动去了许时遇的办公室开项目会，到了下班还没开完。而她今晚约了王鲁，于是难得地准时下了班，急匆匆去赴约。

约的是一家日料餐厅，蒋邂事先向喜宝打听过王鲁的饮食喜好，丝毫不敢怠慢。虽然蒋邂有参与《星流之役》这个项目的制作，但是一直以来和作者对接的都是喜宝。她没有和王鲁接触过，到底还是忐忑居多的。如今作者身价大涨，一跃成了科幻圈的大神，"十年九遇"对他有了更高的彼此互利的期望，可作者不慕名利频频婉拒，导致"十年九遇"很被动。

和一个淡泊名利的大神谈利益追求，还委派她这么一个小人物，如若对方是个稍有点个性的作者，铁定得摔碗不干吧。

可真是难为她了。

距离约定时间还有十分钟，蒋邂进了餐厅，不料人家比她还早，好整以暇地坐在一方卡座上，穿着两人事先告知过样式的衣服。

邀请者比被邀者来得迟，真不是个好兆头。第一步就输掉了积蓄好的一半气势。

“是蒋邂吧？”王鲁说着，双手撑住沙发的两侧，想要站起身。

蒋邂瞧见他的小臂和侧颈的筋络纷纷绽起，独自站立这项行为于他而言，极其艰难。

原来是这样，理由在这里。

果不其然。

许总和喜宝不可能不知道对方的状况，在知道的前提下，还要派她来游说……蒋邂只能自认被耍，算你们狠！

“是我，王先生。”蒋邂迅速在王鲁对面坐下，“您不用这么客气的，快坐下吧。”

站立了一半的王鲁微微失笑，不强求自己，慢慢坐下。

王鲁开口：“通常我起身或者坐下，若是有人在场都会扶我的。”

蒋邂听懂了他的言下之意。

“我觉得这点小事，王先生您自己可以做到。”

“不见得，我每次赴别人的约，一定要提前许久到，你知道为什么吗？”

蒋邂心中隐隐有答案，但不想卖弄，神色认真地看着对方，静待他自己给出答案。

王鲁的诉说欲在她意料之中。

“如若不提前到，那么我事事都要假以人手的无能模样，定要被约会对象围观个全程。”王鲁说，“蒋邂编辑，事先知晓我是这副模样吗？”

蒋邂诚实地摇头：“不知道。”

“许时遇锻炼员工的手段真奇特。”

“王先生，我们先点餐吧。”

“好。”

食物一道道上，蒋邂先是和王鲁说了些题外话，决口不谈接受访谈和办签售的事情，也不提他的身体状态。气氛还算融洽，但是王鲁时不时就要把话题扭转到他自身的外在缺陷上。

有些人缺什么，就会极力地避开什么的，因为他们自卑，怕得到反面回馈。还有一些人，缺什么却喜欢反复地提及什么，因为他们自卑，渴望得到正面称颂。

王鲁明显属于后者，他有着让他极其自卑的身体缺陷，但他身上又有许许多多为人称道的闪光点，因着这些光芒和荣耀，他成了一个沉沦在泥沼中享受阳光的人。一面拔不出来，一面又希望满怀。自卑与自信，画地为牢与渴望驰骋，充斥着他矛盾重重的人生。

王鲁问："蒋邂编辑，我想问你，你事先不知道我的身体情况，方才亲眼看到后也没有露出惊讶的表情，这是为什么？"

目的心太强的话，做事反而难成功。所以开始的时候，蒋邂摒弃了一颗不达目的誓不罢休的心，她纯粹地和他聊着生活、文学方面的话题。她本不是一个喜欢严肃文学、科幻文学的人，但想要给许时遇办成点实事，总得下点功夫，所以应付这场和大神人物的谈话，也不算太艰难。

蒋邂夹了块刺身，蘸了些许酱油，边吃边答："我哪儿没有惊讶，我挺惊讶的，但也没特别意外。"

王鲁："？"

蒋邂："不知道王先生自己发现没有，江止作为银河系中的第一战神，却是独臂；古频虽是反派人物，却借左手尾指缺失而成功施得美人计从而一统艾尔星球；巴勒外在最健全，但是他曾三次因精神出现问题被无情遣进精神疾控中心（江止、古频、巴勒均是王鲁作品中的角色，纯属虚构）……带有缺陷的完美英雄主义，在您的每部作品里都可以找到痕迹。我之前想，也许是您慕残，也许是您潜意识下的映射，大概是因为思考过这些问题，大脑无意识下做了铺垫，看到您的模样时，并没有过于意外。"

王鲁不点头也不摇头："功课做得不错，不过有一点你说得不对，我并非潜意识地把这些缺陷赋予我的角色，我是有意的，我在给我的读者做足够的心理暗示。"

蒋邂先怔松片刻，待回过味来后，心中大喜。

"这么说，王先生您是有面向公众的意愿的？"

"你准备怎么说服我？"王鲁说，"我给读者做的心理暗示只是在给我一成的意愿做准备，剩下的九成，自然还要靠你。"

一比九？

这是什么世纪难题？

杀千刀的许时遇！

迎难而上吧少女！

蒋邂暗自盘算着这道难题该怎么完成，对面的王鲁斯文地夹了片刺身，突然不怎么斯文道：“惊天号外！科幻新星王鲁真人露面，左腿高位截肢，却身残志坚，不畏艰苦创作科幻巨作《星流之役》，这是生活的强者，是千千万万文字工作者的榜样！”

蒋邂：“……”

王鲁微笑问道：“是这样吗？是要营造出这般氛围吗？说不定还能赢得一个‘史铁生第二’的美誉。”

蒋邂却笑得很开心：“王先生，您好幽默。我们没有办法控制舆论的导向，但是我们绝对不会拿您来做文章。”

“当我从幕后走到大众面前时，你们就已经在拿我做文章了。”

“‘做文章’三个字带有明显的贬义向主观能动性，我今天约您出来，想要说服您，自然是带有一定的主观能动性，但这点主观能动性，是为了双方更长远的利益来考虑的，是褒义向的，我不强硬地要求您一定要做什么，但这不妨碍我依旧想要花十二分心思来说服您。”蒋邂拿出十二分的真诚，“王先生，性格决定了文字工作者在面对自己的成功时有两条路，一条是继续藏在幕后兢兢业业地写，江湖上有他们的传说却不见其人，这样很神秘，没什么问题；另一条是走到读者面前，用自己不凡的言语谈吐稳固读者的喜欢。后者你明明可以做到更好，为什么要让外在那一点不完美阻碍自己的选择呢？”

一口气说了这么多，蒋邂口干舌燥，往肚里灌了一大杯水。

王鲁看着她：“冠冕堂皇。”

蒋邂：“……”

“逗你的。”王鲁却倏然笑开了，“是巧舌如簧。”

蒋邂愣了片刻：“谢谢。”

王鲁笑得更甚了，蒋邂迅速反应过来，这也是个贬义词！

周一是个多喜临门的日子，王鲁亲自致电许时遇，答应选择性地接受一些访谈，至于签售会，最多办一场。另外，财务部的新来员工黄久安正式入职，接替罗梦的工作。最令众人激动的是，这层楼另外一半的办公区已经和“十年九遇”完成对接，顺利成为“十年九遇”掌上阅读APP的运营团队驻扎地。

人逢喜事精神爽，蒋邂逢人就笑得跟一朵花似的。

喜宝敲她的脑袋：“激动个啥，那边要是装起修来，这儿还是人待的地儿吗？”

蒋邂依旧笑呵呵：“许总应该会特许我们到楼下咖啡厅办公的。”

一旁的李舒：“不见得。”

蒋邂不以为然：“影响了工作效率，谁负责啊？”

她话音刚落，“啪”的一声，什么东西被拍在了她的桌上。蒋邂拾起一瞧，是一副粉红色的耳塞。她尚未扭过头看下来者何人，就听到了许时遇的声音：“有了这个，当然是你们自己负责。”

与此同时，他还给李舒、张喜宝一人扔了一副。

喜宝拿起：“哎，老大，我这耳塞怎么屎黄色的？”

李舒也盯着自己手里黑乎乎的耳塞。

喜宝、李舒又同时扭头看向蒋邂手里粉嫩粉嫩的那副，喜宝哀号：“老大，您这分配的依据是什么啊？”

引起公愤的许时遇扭头就走：“人家好歹是功臣，没你们眼红的份儿！”

喜宝、李舒面面相觑：“……”

蒋邂悄眯眯微微垂下头，渐渐地，脸蛋变成了耳塞同款色号。

十一假期后的第二周周末，是王鲁的首次新书见面会，场地就在帝都当地的一家小有名气的民营书店。见面会开始的时间是下午两点，蒋邂上午十点不到就来了，跟着书店的工作人员一起布置场地。

然而读者们比她还要勤奋，听书店的工作人员说，清早书店的门还没开，就已经有几十号死忠粉举着自制的应援牌在外排起了队。

蒋邂挺吃惊的，她上大学的时候就是一死肥宅，没参加过这类的线下见面会，主要是她喜欢的偶像……嗯，好吧，也就是她现在的老板，没有举办过签售会，她自然就更不会有这种纯粹凑热闹的兴致了。

看到现场越排越长的队伍，感受着现场越来越沸腾的氛围，蒋邂还真涌起一点传说中的“与有荣焉”之感。

等她和书店工作人员把现场布置妥当已经是中午十二点多了，蒋邂和同事们一起去吃饭了，等她吃完饭回到休息室歇着，无聊拿起桌上的签售流程详情表瞅，翻到其中抽奖环节时，蒋邂准备顺便清点了一下采购的礼品。

突然，脑子“嗡”的响了一下。

完了！

活动的定制周边忘带了！

难怪她今早出门时总感觉自己遗忘了什么，可站在门外踟蹰了半天，愣是什么也没想起来，记忆力这玩意儿和她开了个玩笑。

刹那间蒋邂急得像热锅上的蚂蚁，已经快一点半了，见面会两点开始，抽奖环节安排在读者向作者提问环节之后，也就是在第二个环节，最晚不超过三点。可她现在所在的地方，就算打车回公司，也要近一个小时，别说还得一来一回了。怕现场冷场，以防万一，公司行政部前几日在群里发了个声明，“十年九遇”员工必须全部去凑人头，所以公司今天几乎是全员出动来了现场，为什么说是“几乎”，因为他们的祖宗许时遇的周末可不能与他们这些凡人等同。

把这事儿和喜宝说了后，喜宝弹了她一脑门，是真的有点生气：“我看你最近是真的有点膨胀了，这可是重大失误，我们的抽奖礼物在活动详情页里和读者展现得清清楚楚，环节到了幸运儿选出来了礼物没到你想想会怎么样？”

毛恋恋听到这边有动静，举着书店为签售会专门定制的周边气球走过来：“怎么了？”

蒋邂没脸再复述一遍，头微微垂下，乖乖想办法。

喜宝叹口气：“打电话给老大吧。”

“……”

这是蒋邂的下下策，是她最不希望采用的一个办法，惊扰谁也不愿惊扰许时遇，可眼下能想到的唯一人选好像就只有他了。

一旁还在被化妆师补妆的王鲁插嘴道：“你们这个编辑啊，一会儿精，一会儿蠢的。”

蒋邂给了他一个大大的白眼。

这家书店开在大型购物商场里边，正值周末，人满为患，四处闹哄哄的，蒋邂拣了个安静的角落，迟疑了一会儿，忐忑地拨通了许时遇的手机号。

那头接得并不快：“喂。”

单从语气来看，听不出对方心情如何。试图从他的语气中获得一点安抚的期待，隐隐落了空。

“许总，是我，蒋邂。”

“知道，有事说事。”

蒋邂一言以概之：“许总，王鲁见面会的定制周边我落在公司了。”

“所以？”

“同事们今天都来现场了，往返拿奖品的时间又长……”

话还没交代完，那头言简意赅地撂下一句“等着”便挂了电话，听着电话里“嘟嘟嘟”的循环反复音，蒋邂茫然片刻，然后搓了一把自己的脸，又拍了拍，才走出角落。

商场的喧嚣声灌入耳朵之前，她还嫌弃地自言自语了一句：“肉感不如之前了。”

见面会第一环节正火热地进行着，队伍似一条此消彼长的长龙，因读者的着装差异而显得绚烂斑驳。

蒋邂踩着脚站在书店外，身边立着一块《星流之役》的主角人物牌，她伸手，手掌贴着自己的头顶，水平地和人物牌比了个高。

一句“咦，我男神可真高”的感叹就要脱口而出，冷不丁一道熟悉的声音由远及近：“你可真闲得慌。”

蒋邂条件反射地抬头。

“愣着做什么？”许时遇已经站在她面前，一个纸箱子在她眼皮子底下左右晃荡了一下，里面赫然是此次活动的定制周边，“拿去。”

蒋邂回过神，正欲接过，许时遇又将手缩了回去：“算了，放哪儿？”

“没事，许总，你给我吧，这不重，当时还是我去取的快递呢。”

“你还骄傲上了？”

“哪敢，确实不重嘛。”

擦着摩肩接踵的人群挤进了书店的等候间，里面大半都是“十年九遇”的同事，见他们风华并茂的老板亲自大驾光临，一个个露出“有失远迎”的神色。

许时遇把周边奖品递给相应的工作人员，却没着急走，在整个空间里打量了一番，找了一个相对安静的角落坐下来，从裤兜里摸出手机，修长的手指在屏幕上长敲不止。

对角线的位置上，蒋邂遥遥看了他一眼，很快就意识到，自己约莫是打扰他写稿子了。平常他要掌控好公司大方向的决策，个人时间本就少得可怜，难得空出点写稿的时间，却被自己中途叫停。

一份说不清道不明的复杂情绪涌了上来，蒋邂还来不及分辨出那是什么，许时遇竟像头顶长了眼般，忽然抬头瞥向她的方向。

蒋邂仓促低头。

在她垂头的后一秒，许时遇也不紧不慢地收回了视线。

不知不觉间，见面会进入到了第三个环节，也即是整条长龙翘首以盼的签售环节。

蒋邂为了进一步“笼络”王鲁，毛遂自荐当他在签售时身边的工作人员，负责接过读者的书、翻开、摊平以及提醒读者在手机便签里敲好 TO 签这几大任务。

接下来的四个小时内，蒋邂就如同一个被人摁了打开按钮的机器，不停歇地重复着以上的步骤，如果她是耗油耗电型的，怕是早就歇菜了，然而她是耗卡路里型的，这一场签售便显得无休无止。

王鲁时不时小声逗趣她一两句，若不是读者一个接一个地在他跟前刷存在感，蒋邂真想揍死这个“明明和你才一般熟你却动不动跟我开启黄段子模式”的不要脸作者。

殊不知，正是因为王鲁低声的调侃，整场签售，蒋邂展露出来的表情可谓是五彩缤纷。

原本计划六点结束的签售会直到八点才渐渐落下帷幕。工作人员陆陆续续地进行收尾工作，蒋邂回到等候间，不到三秒便瘫在了沙发上。两只胳膊就像刚参加完国际举重比赛般，灌了铅似的抬不起来。

王鲁转着轮椅在她面前停下，蒋邂揉着胳膊，怒气腾腾地瞪了他一眼。

“哟，这不是你甘愿的吗？谁不知道你那点心思，好不容易争取到在我面前表功笼络我的机会，小心点，再来一个这样的眼神，可就功亏一篑了。”

眼观鼻鼻观心，蒋邂秒变脸色，脸上簇起一个僵硬的笑。

“难看死了。”王鲁嫌弃道，“好心当成驴肝肺，那么无聊的事情，少了我的幽默感，你怎么撑到现在？”

“谢谢你哦，王鲁大大。”

王鲁失笑：“不用客气。”

等她两只胳膊稍稍恢复了一点，王鲁问她要不要一起吃晚饭，她抻了抻自己酸胀的胳膊：“不了，晚上去朋友家住，朋友家做好了饭。”

“这么晚，什么都凉凉了。”

“王鲁先生，这个时代还有微波炉这号产品。”

“得了，你就是瞧不上我这个残疾人呗。”

蒋邂白他一眼：“您可别笑话我，我一个负责给您摊书的衬托品，怎么敢瞧不起您？”

“哎，我说你这人……”

“我这人怎么了？”

“你家许时遇知道你这样儿吗？”

这话音一落，空气里似乎有什么变质了，蒋邂的身子微微一滞。

王鲁却笑了起来：“错了错了，你看我这嘴快的，我是问，你家老板知道你这样儿吗？”

蒋邂耗费了好大的意志力才忍住没把他连带轮椅踹出这个商场。

待送走了王鲁和前来接他的家人，蒋邂终于长长地吐了一口气，正准备走去地铁站，一摸兜，回忆起自己的地铁卡落在了书店的等候间，便匆匆返回。此刻书店里的人不多，四下安静极了，蒋邂拿了地铁卡，穿过一排排罗列有致的书架时，被那点清冷中泛着书香气的幽静氛围所感染，便放慢脚步选了几本感兴趣的书。

刚在收银台扫码付完款，走出书店，手机轻轻一响，进了一条短信：“还在书店吗？我正好在附近，一起吃个饭。”

发件人是许时遇。

蒋邂托了托捧在手里的一摞书，让它们避免了因为主人走神而险些自由落体的命运。稳住后，她从下面抽出那本最厚的《答案之书》，黑色厚壳包装质感极佳，烫金的书名在商场明亮的灯光下熠熠生辉。

仿佛在心里做了个什么重大决定似的，蒋邂咬了咬牙，捏着书角，琢磨出一个让自己最舒服的厚度，然后“唰”的一下翻开。

书上白纸黑字。

“会有一个风光明媚的未来。”

第十三章 卷入抄袭风波

蒋邂回了个“好”过去，走了几步，又补上一句，“我刚从书店出来。”

许时遇回：“我在商场西北角旁边的那个门。”

蒋邂傻了，她不分东南西北的啊。

叮——

一条短信接踵而至：“算了，我来找你。”

“好。”

回完短信，她给唐不甜打了一个电话，说晚上不去她家了，唐不甜先是哀怨地仰天长啸了一句“空闺寂寞”，下一秒等她回过味儿来问原因时，蒋邂已经无情地把电话给挂了。

在原地踟蹰了一会儿，许时遇就出现在了她的视野里。腿长就是好，蒋邂还没迈出几个步子走向他，他已经三两步到了她跟前，扫了一眼她手里的一大摞书，问：“怎么买这么多？”

蒋邂“嘿嘿”干笑：“冲动消费，冲动消费。”

“好歹拿个袋子装着。”

“书店的塑料袋太薄了，容易被书角戳破，不如抱着。”

“给我。”

蒋邂露出一个疑惑的表情。

“你这手明天怕不是要废了吧。”

他不说还好，一说完蒋邂就觉得两只胳膊有如千斤重，胳膊传来的酸胀的感觉，令她的五官霎时挤在了一块儿。

许时遇又朝她手里的书扬了下下巴，蒋邂巴不得呢，眼睛一亮，胳膊朝上使了下力，双手捧上："谢谢许总！"

许时遇接过书，率先迈开步子。

蒋邂小碎步跟上，瞧着气氛还算轻松，不知不觉就大胆了起来，话也多了。

"许总，你怎么正好在这附近呢？"

"许总，我们去吃什么呀？"

"许总……"

许总转头眼色一扫，打断了她的十万个为什么："你问题怎么这么多？"

蒋邂双手捂住嘴。

许时遇撇开眼，倒是放慢了脚步，维持着和她并行的距离，然后一个个回答她的问题："我一直没走，在商场里逛了逛，直到现在。"

闻言，蒋邂自上而下扫了眼他全身，除了手上那一摞来自她的"成果"外，长腿老板可以说是身无外物，干净利落。

"看我做什么？"

"成果呢？"

许时遇先是愣了一会儿，不出片刻，笑得眉眼生动："你以为我像你们女孩儿呢？没听过快递到家服务吗？"

蒋邂露出一副"原来如此"的表情。

"至于要吃什么，马上你就知道了。"

这家锅包肉店开在商场外的西北角，周围雅致又大气的店面显得它略有些黯然失色。但从生意的火爆程度上来讲，却是毫不逊色。此刻晚上九点多，正是许多加班族刚撂下一天工作的时候，亲民的伙食往往是他们的首选。

蒋邂随着许时遇刚一踏进这家店的门，便不由觉得，这里或许是满足口腹之欲者们的天堂。

他们找了一个双人位坐下，许时遇拿出手机扫了下桌角的点餐二维码后，直接把手机递给了她："要吃什么，自己点，招牌锅包肉必须选，其他你随意。"

蒋邂一边刷着手机上让人垂涎欲滴的美食，一边问道："许总，你对这里很熟悉啊？"

"还可以，吃过几次。"

蒋邂未经大脑脱口问道："和傅小姐吗？"

许时遇觑了她一眼。

“对……对不起，如果涉及了你的隐私，你可以不用回答。”蒋邂被他意味不明的眼神吓了一跳。

“你在试探什么吗？”

蒋邂：“……”

许时遇没理会她的呆滞，径直说道：“不是和她，之前有几个作者在这家书店办过签售，事后做了美食攻略，在这吃过几次。”

这回蒋邂只是淡淡“哦”了一声，心里乌泱泱一片，手指头也不听使唤，匆匆忙忙地随意点了几个菜，然后把手机递给许时遇：“我点好了。”

许时遇接过手机，扫了一眼屏幕上的下单界面：“咖啡苦瓜？”

“啊？”

“你点的。”

蒋邂完全不记得自己方才点过这道菜，可也不能泄露自己刚才失了紊乱的情绪，只好硬着头皮说瞎话：“是啊，我喜欢吃苦瓜。”

“和咖啡一起？”

“嗯嗯，想尝试一下。”

许时遇的嘴角再次露出一个意味不明的笑：“口味真奇特。”

见她脸颊紧绷说不出话来，许时遇也不逗她了，跳过这个话茬，用下巴示意了一下桌边一角立着的那摞书，问：“买《答案之书》做什么？”

“好玩啊。”

“为了玩？”

“当然啊。”蒋邂有些心虚，“不然是为了啥？”

“行。告诉你一个玩《答案之书》需要注意的地方。”

蒋邂往前伸了伸脑袋：“许总，您说。”

“你知道这是一本沾着玄学的光而在国内上市的书吧？使用说明看过没？双手捧起这本书，封面贴胸而放，闭上眼睛，心中默想三遍自己想问的问题，深呼吸，然后翻开书，你就能看到它给你的答案。”

“嗯，我刚才在书店的时候，简单翻了一下样书。”

许时遇摇头笑笑：“既然知道，你还敢这么轻浮随意？”

“许总，我不太懂您的意思。”

“因为你傻。你刚才说买回去‘玩’？告诉你哦，面对不虔诚的主人，这本书的灵性会越来越低的。”

蒋邂：“……你唬我的吧？”

蒋邂满脑子顿时都是自己刚才使用不当的画面，疑虑之时，却也在一瞬间捕捉到他眼中的一丝促狭，便很快发现自己是被耍了，脑筋一转，反逗他：“你有没有觉得这是一本被作了法的书？”

“嗯。”他一本正经的，“你觉得它被施了什么咒？”

蒋邂也跟着他一本正经：“我觉得是‘天灵灵，地灵灵，玉皇大帝快显灵。”

“……”

“或者是‘如意如意，随我心意，快快显灵，快快显灵’？”

“……”

“也有可能是‘巴啦啦能量，沙罗沙罗，小魔仙，全身变’！”

“……”

许时遇笑得肩膀发颤，双手撑着桌沿，朝她的方向微微前倾：“你是来搞笑的吗？”

蒋邂白眼一翻：“谁让你先逗我的？！”

“谁让你买这本书的？”

“我买这书怎么得罪你了？”

“哟，还敢顶撞我了？我看你是想明天就卷铺盖走人吧。”

蒋邂一秒装㞞，低头夹起刚才服务员端上来的锅包肉就开启狂吃模式。

“瞧你那出息！”许时遇说，“这本书版权的引进，我晚了一步，这么说明白了？”

蒋邂豁然明了，扬起头：“你也太小肚鸡肠了！”

“我小肚鸡肠是吧？那这顿饭您请好了。”

“嗯……”某姑娘谄媚神色又起，“许总，我错了。”

“不过我说，你有翻这书的工夫，不如去转条锦鲤。”

“……”

这顿晚饭吃得很尽兴，可以说是蒋邂入职“十年九遇”四个月以来，在许时遇面前最放松的一次。仿若他们之间不再横亘着上下级这层难以逾越的坎，至少在这一个多小时里，他们是普普通通约上一顿饭的酒肉朋友。

酒肉朋友……朋友……

也就仅此而已吧。

回到家已是深夜，蒋邂在床上翻来覆去，好一会儿才消停下来，趴在床上面朝天花板。天花板上除了坠着一盏孤零零的吊灯，什么也没有。就这么怔然地盯了好一阵，她拿出手机给唐不甜打了个电话。

那头的唐不甜约莫刚入睡，迷迷糊糊地接起了电话："喂……"

"睡什么睡，起来嗨！"

"嗨你妈……"唐不甜说到一半，自己和谐了最后一个字，"说，什么事？"

"我告诉你一件事。"

"别卖关子了，赶紧说吧，我都困死了！"

"我好像喜欢上许时遇了。"

唐不甜直接被她给吓清醒了。

其实哪里是好像，哪里有自己也含混不清的模糊词，不过是当一清二楚掺和上模棱两可时，多了一条自我安慰的退路。来待以后无花无果时，便可说：嗨，说了只是"好像"呢！

在袒露心迹面前，"好像"二字，只是一块掩耳盗铃的遮羞布罢了。

同一个夜晚，还有一位和蒋邂一样的不眠人。

失眠的源头还要来自于许时遇下午在商场时接到的那通电话。

说起那通电话，又免不了追溯一位故人。

许时遇作为作者千焜时，曾有一个负责替他洽谈版权事宜的经济人，该女名唤董慧，曾经在他身边担任过两年的作家经纪人。后来许时遇单干，千焜所有作品的版权便顺理成章地留在了"十年九遇"，作家经纪人所负责的工作项目理所应当"大打折扣"，很多事情也不需要她再亲力亲为。许时遇是个念旧情的人，自然不会说什么"海阔天空任鸟飞"这种装腔作势的话，而是诚聘她担任"十年九遇"的版权总监。但是董慧这人喜欢自由，不困于朝九晚五便推辞了。

不到一个月，在傅九昕的一次画作拍卖会上，董慧竟然以傅九昕画家经纪人的身份出现在他面前。事先他毫不知情，但也没有当即质问的必要，只是那种古怪的不适之感却让他介怀了好一阵。

拍卖会后，他也就这件事情问过傅九昕，傅九昕轻描淡写道："嗯？这事儿很正常啊，当初慧慧是国内多少知名自由工作者都要抢的经纪人，圈内也存在不少多人共享同一经纪人的情况，但是她推托掉了多少找上门的财路，一直一心只为你一个人工作，你现在自己跳出来单干，完全不考虑她爱自由、重情义的性子，她怎么办？接下来做无业游民？喝西北风？”

因为两人当时在冷战中，傅九昕说这话时，带了比较明显的个人情绪，有些咄咄逼人，不可理喻。

许时遇竭力地克制着自己的脾气：“首先，我并没有要解聘她，我邀请她来‘十年九遇’，是她自己拒绝了；其次，她的能力有目共睹，诚如你所说，向她抛橄榄枝的个人和企业多了去了，没有喝西北风的可能。不过我倒是不明白了，你什么时候开始心怀兼济天下的大梦了？”

“朋友一场，你别忘了，当初你的身价是如何水涨船高的，慧慧是你最大的助力者，你这是得势了就忘了过去的情分。”

“我的身价怎么涨的？难不成你觉得这身价涨得有水分？你去各大榜单上看看，那些畅销书排行榜上的哪部作品是经不住读者、经不住岁月考验的？我靠着自己的脑子赚的钱，被你一句话全说成是董慧的功劳？”

“是，你最厉害，慧慧在你身边两年，没起到一点作用！”

许时遇很无奈地叹了口气：“我没有否定她，她付出了很多。我创作欲最旺盛的那几年，那些外围工作都是她去搞定的，这些我都知道。”

“所以人你不要了，还不允许我要吗？我把能干的人留在自己身边，有错吗？”

“但你应该让我知情。”

“我做什么决定，还需要事先和你报备？”

最后的结果自然是不欢而散，两人因此冷战了很长一段时间，甚至为此事闹到了分手的地步，久而久之，这件事成了两人之间的禁忌，能不提则不提，一提，便剑拔弩张，硝烟味儿极浓。而董慧似乎也很是识趣，基本不出现在两人同时出现的场合。

下午董慧打来电话时，出口第一句便是：“焜神，不好了，傅九昕抄袭被挂了。”

明明事先他对傅九昕抄袭这件事一无所知，却在听到这颗重磅炸弹响起的时候，却丝毫不感到惊讶。或许是她长时间灵感枯竭的自怨自艾在他心里打下了一剂深刻的预防针，也或许他早已在这场无休无止的感情拉锯战中识别了某些深藏的欲望和功利之心。到底啊，现实还是比欲望更胜一筹。

挂下电话，许时遇尚在书店外，他脑海里浮现出等候间内蒋邂和王鲁你一言我一语打趣的画面，尤其是蒋邂那张脸，简单纯澈，好似她是被象牙塔格外关照的孩子，里里外外干净得不染一物。包括对他的那点心思，自以为藏得滴水不漏，其实早已端倪遍地。

当董慧问他："焜神，事情闹得很严重了，我们现在有些手足无措，您有什么好的对策吗？"

他那双漆黑的眼睛回望了一眼书店："等我先吃完晚饭再说。"

蒋邂是第二天睡醒了才知道傅九昕抄袭被挂这件事的。这天是周日，依旧是不用上班的日子，但是"十年九遇"的微信群里，消息一直"嘀嘀"地响个不停。

事情的起因是这样，一个自称为对傅九昕粉转黑、微博 ID 为"傅九昕抄袭真不要脸"的美术爱好者，在逛 Painting 天堂的时候，无意间翻到一位小透明画手的画作，乍一看，有神似之感。她顺着记忆回溯，然后翻遍了自己喜欢的画家在 Painting 天堂上的主页，在傅九昕的作品展示页面找到了相似度极高的一幅，对比了两幅画作的上传时间，傅九昕的作品比小透明的作品晚上传四月之久。孰先孰后，谁是原创谁是抄袭，一目了然。

"傅九昕抄袭真不要脸"在他们自己的美术爱好者聊天群里广而告之了自己的重大发现，群友们一个个为此愤懑不已，于是小范围发起了"来扒一扒傅九昕抄袭史"的扒皮活动。据说在反抄袭团连续数日殚精竭虑的考据对比下，傅九昕近两年公开发表的二十六幅画作中，有十五幅涉嫌不同程度的抄袭。有的甚至翻出她早年前刚在美术圈出道时的作品，在细节处也有临摹大家的痕迹。所有抄袭作品与被抄袭作品被"傅九昕抄袭真不要脸"以非常详细的比对、截图、标注等方式上传到了网上，每一个锤都落到实处，让人无从辩驳。

傅九昕抄袭事件在短短数小时内从小范围悉知变成了大范围传播，从大范围传播变成了现在的全网皆知，众多反抄袭的媒体大号相继转发，很快地，热点风向突变，连网友们喜闻乐见的"××× 和 ××× 在一起了"之类的娱乐绯闻都沉了下去，转瞬之间便掀起了一阵强劲的、呼吁"原创不易"的反抄袭之风。

都说唇亡齿寒，傅九昕一出事，“十年九遇”自然成了“城门失火，殃及池鱼”中的那条鱼。“十年九遇”成立两年来，其中有一半以上的图书封面都是由傅九昕亲自执笔所绘，而此次曝出来抄袭的十五幅作品中，有六幅作品是“十年九遇”畅销书的封面用图，三幅是彩插用图。

舆论已经在朝不利于“十年九遇”的方向倾轧，此刻群里讨论的就是怎么减少该事件对“十年九遇”声誉的损害。

在舆论开始导向“十年九遇”的第一时间，在这场冰寒的雪球越滚越大之前，许时遇就已经联系了公关公司，并发布了“十年九遇”对此事件的公开声明。这份声明大致说明了以下几点，由许时遇亲自拟写，公关把关：

一、所有封面、彩插等部分涉嫌抄袭的图书现全部下架，重新制作后再行上市。

二、加固升级本公司对于图书制作流程中对原创作品的考据和审查。

三、对于此次抄袭事件中网友矫枉过正的部分不背锅。

四、本公司此后不再采用傅九昕的绘画作品。

同时还因为自身审查不严向广大读者和消费者致歉，并表达了“十年九遇”维护原创的坚定决心。

蒋邂用自己的编辑微博号和小号纷纷转了这条微博，并且配上了一些很客观的“站十年九遇”的文字。

一己之力太弱小了，但她也不知道自己还能做些什么。

做原创的深知抄袭是圈内一个难以泯灭的现象，大家或熟视无睹，或深恶痛绝，却总是无法扼其本源。许时遇的这则声明在公司大部分人看来，尤其是最后一条是毫无疑问的“大义灭亲”之举。就连蒋邂看了都诧异得深深吸了一口气。

“两人这回又得吵架了吧？”蒋邂哀叹一声，仰躺回床上，但是心情异常烦乱，片刻后又坐起继续看网上的信息。

事件还在持续发酵，网友千千万，所谓控舆永远只是当事人或者受牵连方的一个表态，真正能达到操纵全网效果的，能说出一二都是难得。

对于“十年九遇”的这份声明，网友言论两极化非常严重，有人说公司回应及时，且做法干脆利落，值得赞誉，大有行业榜样之姿。也有人说，一出问题甩锅甩得如此迅速，把自己的责任推得一干二净，怎么瞧都是心虚之态。

悠悠众口，调之甚难。

她看了都觉得难受心堵，更别说是担了两个身份的许时遇。傅九昕男友的身份让他为难，“十年九遇”老板的身份让他利益大损。

抄袭事件就像是一记重拳，砸在了他的身上。

蒋邂鬼使神差地打开对话框，给许时遇发了条消息：“许总，辛苦您了。”

蒋邂等了一阵，没等到许时遇的回复。

中午她和唐不甜约饭，等她们吃完饭、逛完街，找了一家咖啡店坐下来感慨钱包又瘪了一厘米的时候，唐不甜举着手机突然就是一声震天的咆哮——靠！

蒋邂被她吓了一跳，在周围一道道想剐人的目光纷纷投过来的时候，蒋邂的脸都烧红了，龇牙咧嘴地瞪着唐不甜：“抽风呢！注意点场合，要脸！”

“喏，自己看！”唐不甜把手机递给她。

蒋邂疑惑地接过，扫了一眼后，实在是没控制住：“我的天！”

“咳！”唐不甜轻咳了一声，“注意影响。”

咖啡店的店员们用眼神朝她们发出了警告。

蒋邂的神色却越来越沉重，手边的热咖啡渐渐冷却，网上的消息甚嚣尘上，陡然滑向两个极端。

傅九昕抄袭事件急速升温把“十年九遇”拖下水就算了，现在好了，网友们再次启动了他们强大的人肉功能，从二次元渗透到三次元，无孔不入地搜集各路信息，就差查人族谱挖人祖坟了。

许时遇和傅九昕是情侣被扒了出来，许时遇就是千焜被扒了出来……

继而，网友们纷纷搬出“蛇鼠一窝”“人以群分”“一路货色”……的理论，可谓是充分展示了他们深厚的文学功底。一部分极端分子也尽情地展现了他们一呼百应的领导能力，组织了扒千焜抄袭的小团体，立志要扒出千焜挺进文坛以来的第一份黑料。

等着看好戏的网友纷纷表示：

“哇，坐等，如果能扒出千焜的黑料，绝对是今年文坛的大地震！”

“吃瓜群众已经搬好小板凳！”

“什么人和什么人在一起，傅九昕这种拣着小透明抄的白莲婊，她男人又能好到哪儿去！”

“期待实锤，原创圈子确实应该好好清理一番了，从千焜这种大神处着手，那才叫杀鸡儆猴！”

“我还是千焜粉呢，但是他的女友傅九昕这锤敲得太响了，我在他那头都站不住了，心痛，如果他不是傅九昕这个不要脸的女人的男朋友就好了，嘤嘤嘤……”

“傅九昕和许时遇这种就应该去死，他们破坏的不仅是原创圈的风气，还是整个社会的风气！”

……

千焜的骨灰级粉丝们愤怒不止：

“那些一个个跳得老高的，怕是连我们焜神的作品都没看过吧，抱歉，我没你们那么没素质，不需要你们去死，只希望你们多读点书，多看看世面，少丢点人。”

“我焜神是你们随意诋毁的？他的作品如何，多少国内国际大奖都是最好的证明，抄没抄袭，全世界多少读者，加在一起难不成还没你的狗眼亮？”

“没看到我们老大‘大义灭亲’？这么正的三观，我不粉他到老，我不仅改姓，还改性！”

“傅九昕抄袭了是没错，但不要在没有实锤的时候就把国内悬疑圈的泰斗人物拖下水，不负责任地妄下定论，这才是对原创的侮辱。”

“永远高举我家焜神的大旗，永远相信他，支持他，爱他！”

一条条往下刷，一字一句都像一把刀子般插在蒋邂的心口上，她觉得难受又倍感无能为力。

“小邂，来，咱们看点欢乐的。”唐不甜此刻正在翻她的手机，也在看相关消息，除了那些铺天盖地的让人倍感刺眼的评论，明显还有一些游离在事件边缘的“开心一笑”。

“这是千焜大神？我一直以为他会是一个肥头大耳的中年男人，草，这妥妥的小鲜肉啊，长得好帅！想扑倒！”

傅九昕作为小有名气的年轻女画家，办过几场地方性的小众画展，网上本就流传着不少她的照片。过去她除了以才华吸粉，靠那张美得跟仙女似的脸，也赢了不少粉丝的心。如今出了这档子事儿，曾经的以才华吸粉，怕是要打个不小的折扣。

而许时遇的照片，一溜儿全是蒋邂不曾见过的。许时遇这人臭美，朋友圈里免不了会发一些照片，蒋邂昨儿晚上睡前还翻着他仅半年可见的朋友圈里为数不多的几张照片，舔了半个小时的屏。而网上被曝出来的照片，不是她所见过的任何一张，明显是更年轻时候的许时遇，两年前？三年前？或许更早。

和照片上的许时遇相比，现在的他并没有多大的变化，依旧是利落的头发，鬓角凌厉干净，喜欢穿休闲卫衣，戴白色耳机，微笑和皱眉时，嘴角和蹙眉的弧度都与当年如出一辙，唯一的一点不同，就是脸上的轮廓更坚毅更深刻了。

难怪她第一次在火锅店见到他的时候，会把他错以为是学校的学生，他不仅是好看而已，而是那种把社会人士和少年大男孩的气息糅合在一起后，浑然天成的魅力会吸引所有人为他投去目光。

完了，蒋邂，你完了。

她在心里说。

许多网友还在亢奋地为他的颜值打高分：

“太好看了吧，我梦中的白马王子就长这样！”

“焜神把傅九昕这个小婊砸踹了吧，我从小就是乖宝宝好学生，成绩渣得掉滓的时候，也没胆儿抄袭作弊，我来做你女朋友，绝不给你招黑！”

“c 位出道，了解一下？”

“帅 skr ！”

“想睡！”

……

这种感觉真是太不好了，虽然她一直清楚他好看，他帅，他魅力无边，但是当千儿百八万的网友都在看着他的照片想着要把他睡了的时候，她竟有一种出奇的愤怒，明明昨儿晚上捧着他照片舔屏的只有自己一个而已。

转念一想，自己是啥玩意儿啊，没谁给她愤怒的资格。

这百转千回的思绪搅得她心神不宁，一杯咖啡都凉凉了，水平面却没降下个几公分。

偏偏唐不甜这家伙还净爱提些不着调的建议：“哎，我说小邂，你家焜神这段时间肯定不好过，再加上他和傅九昕的感情本来就危机四伏的，你要不来个乘虚而入？指不定我明天就改口唤你一声大神夫人了！”

蒋邂白她一眼：“损友！”

“哎你……”

“我怎么？”

唐不甜转了个身子，煞有介事地盯着她看了一会儿，看得蒋邂浑身毛毛的。

“你看我干什么？”

“突然发现你好像瘦了。”

“真的？”

“脸颊两边的肉瘪下去不少。”唐不甜说完，弯腰透过隔空的桌子下方又扫了下蒋邂的下半身，“嗯……以我的神之目测来看，你现在大概还有个一百零几，和你刚毕业那会儿比，瘦了有十来斤，可以啊，榜样！”

“体重还是过百，和人家八十多……”说到一半，蒋邂顿住。

唐不甜自然知道她口中的“人家”是谁：“你以为八十多斤就很好啊，风一吹，刮走了还容易引起社会恐慌呢。你以前可没有这等雄心壮志，那会儿你要是瘦到一百斤，估计都得乐得吃个牛排、放挂鞭炮庆祝。果然啊，爱情让人失去自我。”

蒋邂刚要说什么，搁在桌上的手机振了一下，是微信进了消息。

点开一看，是许时遇迟来的回复：“我给你卖什么力了，需要你跟我说辛苦？”

唐不甜肉眼可见蒋邂的脸红了起来。

第十四章 大佬的心思你别猜

“什么消息，瞧你那眼睛，都快黏到手机上了。”唐不甜说着便去抢她的手机，“哎，给我瞅瞅。”

蒋邂刚才着实发了会儿呆，等她反应过来要藏手机的时候，已经在唐不甜手上了。

唐不甜看完消息内容，摇着头“啧啧啧”了几声：“这个男人不得了，一条短信就能让你春心荡漾。”

“你胡说八道什么！”蒋邂把手机夺了回来，迅速锁屏。

“还说没春心荡漾？看都看到了，还有什么可藏的，心虚吧？”

蒋邂死鸭子嘴硬：“我有什么好心虚的？”

“咱俩啥关系，搁我这儿，你就别藏着掖着不好意思了。也不知道昨天是谁三更半夜给我打电话倾诉心肠。”唐不甜学着她昨晚的语气，“不甜，我好像喜欢……”

蒋邂连忙捂住她的嘴：“你声音那么大做什么？”

“这里又没人认识你，你怕什么！你说你喜欢一个人怎么能喜欢得这么㞞，一点都不像我唐不甜最好的朋友。”

“那我该怎么做？”

“四个字。”唐不甜比出四根手指头，“主动出击。”

“不行，他还有女朋友呢，也太不道德了。”

唐不甜摇着头叹了口气，摊出手：“把手机给我。”

蒋邂不明所以地把手机递给她：“干吗？”

“替你这个小尿包打响追人号角的第一声。”

蒋邂想原地去世，她竟然短时间内在同一个人手里栽了两回。

她伸手就去夺自己的手机，可唐不甜反应很快，身子灵敏地一转，调了一个方向继续。不出须臾，唐不甜转了回来，仰头邀功一笑，手机完璧归赵：“搞定！”

蒋邂直接就自暴自弃了，她打开手机一看，赫然是唐不甜刚才替自己回复给许时遇的消息：“现在或许没有，以后可说不定哦。许总，你一定要保重身体，万一以后卖不上力来，多让人痛惜啊。”

蒋邂急急忙忙撤回，刚撤回不过三秒，许时遇回：“已经看到了。我一定保重身体。”

这回蒋邂是彻底自闭了。

估计是等了一会儿见她没回，许时遇又发了一条：“保护好自己的手机，脑子反应没别人快就算了，手脚还没别人利索。”

目睹了一切的唐不甜说了声“靠”：“这人怕不是长了千里眼吧！”

和唐不甜吃完饭后，两人又去看了一场电影。回家路上，在家附近的小区门口，蒋邂收到一张宣传办健身卡的传单，宣传单上模特女孩盈盈一握的腰肢和被健美裤包裹的一双修长笔直的腿，狠狠地刺激了她一把。

她低头扫了眼自己，有意地将身子一弯，然后捏了捏自己的腰。嗯……腰上的赘肉还能叠三层，夹死一两只苍蝇都不在话下。

她顿觉沮丧。

有生之年，她第一次觉得自己丑死了、胖死了，以前余光嫌弃她胖要和她分手，她一边很伤心、很愤怒，一边又因为日久见人心而感到那么一丝庆幸。遇人不淑，及时抽身而退，有何不可？即便如此，在分手之后，她也没想过要减肥，为什么要为了迎合世人的审美而委屈自己的胃口。她甚至一度认为，喜欢一个人，外在只能作为加分项，说到底两人合不合拍，内在、灵魂的契合，才是最重要的。

她现在却因此横空多出许许多多的忐忑和低落。

她收好手上的那张传单，看了眼时间，还算早，便笔直地朝健身中心的方向走去。

许时遇说到做到，几乎在极短的时间内，“十年九遇”所有涉嫌封面绘图抄袭的书线上线下全部下架。这段时间，市场上出现了许多有趣的现象，有的书粉完全不计较封面绘图有没有抄袭，他们只担心此版本会不会绝版，于是在某本书完全下架之前，甚至疯狂抢购，从而致书的销量在某一时刻达到了近期的巅峰值。还有的读者拿着自己两年前买的书，明明已经折了页、纸张泛了黄、到处涂鸦，还能理直气壮地叫嚣着要求出版方赔偿……

扒许时遇抄袭的小团体在费尽了一番心思后，终于东拼西凑出指向千焜抄袭的九宫格调色盘，然而“等候多时”的千焜粉们不出半天时间，又拿出了反调色盘，反击得那叫一个漂亮又有力度。无论粉丝之间如何较量，这场硝烟若是没有更权威、更有话语权的人站出来叫停，无休无止倒还罢了，但长期剑拔弩张的气氛对当事人而言，有弊无利。

短暂的销量巅峰不过是昙花一现，书一经下架，“十年九遇”亏损不可避免，数千万码洋的图书下架退货后，被安置在许时遇临时租用的仓库里，里面被填塞得满满当当。

蒋邂去看过一眼，心中有些苦涩，尤其是想到几个月前她和许时遇第一次单独吃饭，许时遇一脸傲娇道：“我们公司没有处置退货的仓库，就那点退货量，送送朋友，做做活动，往家里的车库一扔还不够。我是钱多得烧是吧，还租个仓库！”

他当初随口说的一句话，她记得一清二楚。

她知道，损失个几百来万对他来说不值得一提，但是被诋毁过的声誉始终会烙在一个人的记忆里。

九本图书的骤然下架，导致“十年九遇”的员工们个个忙成了陀螺，编辑部尤甚，六本图书的封面和三本图书的彩插需重新走制作流程。在会上，许时遇把这几本书进行了分配，甚至自己都揽了两本，于是编辑们在原项目的基础上，又压了几座大山。

蒋邂每天都加班到晚上十来点，但是她离开的时候，许时遇还在，那紧紧闭拢的办公室大门透不出一丝亮光。

许时遇最近是真的忙，别说他有两本自己要亲自走流程的书，单是电子阅读 APP 近期内测的事情，就够他操劳的了，再加上还有许许多多她不知道的需要他亲临的工作，蒋邂是真的很担心。周末逮着点空去健身房的时候，她好几次在想，许时遇这厮也该抽空健个身。

又是新的一周例会，会议内容之一是要讨论下架图书的处理方法。

蒋邂夹着小本本在会议室门口和许时遇来了个正面相遇，蒋邂愣了片刻，后退半步："许总，您先。"

许时遇觑她一眼，小姑娘的头略略有些垂，但知道他在打量，抬头时有些怯："怎么？"

许时遇盯着她的脸，又琢磨了半晌："你打瘦脸针了？"

"哪有！"

又被上下扫了一圈，对方再次发表意见："身上依旧肿得跟个包子似的，脸却小了不少，确定没打？"

蒋邂辩驳："我只是穿得厚！"

眼见着跟前的男人笑了一下，紧接着自己的胳膊被拽住了，又迅速被放开："这门不窄，并肩走两人够了，用不着让。"

蒋邂没应，摸了摸自己刚才被他握住的那一寸胳膊，并肩跟着他进了会议室。

只是并肩了三两步，许时遇的步子就越迈越快，走到前面去了，蒋邂落在后头，猛地被人撞了下肩膀，侧头一看，是刚进来的喜宝。

"你很热吗？看你耳根红的。"

"有吗？"蒋邂抬手摸了摸自己的耳朵，确实有点过分热乎。

"在室内不用穿这么多，现在都开了暖气。"

"这暖气不是才开嘛，还不够热。"

"你就是身子虚。"

会议直奔主题。

"五个单行品种，四个套装品种，目前积压在仓库里的这九个品种共达四十多万册，码洋超过两千万，损失多少，之前已经核算过，这次就不再提了。想问问大家，怎么处理这批书，你们有什么好的建议吗？"许时遇双手撑在会议桌上，十指交叠在一起，"畅所欲言。"

黎漫最先开口："我们已经发出了下架的说明，这九本书肯定是不可能再进入市场的，信誉为大，但是销毁的话，数量庞大，太可惜了……"

喜宝也忧心忡忡："不知道你们有没有看近期的天气预报，今年帝都的天气很奇特，这都入冬了，但是从下周开始，西伯利亚的冷空气和东南而来的暖气流相遇，造成锋面雨，并且会持续一周以上。许总，咱们租的仓库位置、地形不太好，属于区域的地势较低处，雨下太大或者持续时间较长的话，容易积水，并且还有可能回潮，对那批书肯定不利。”

窦小洋提议：“要不拿去做公益吧，年底有好几个读书漂流和慈善活动，我们可以现在和举办方联系，提前捐出去得了。”

蒋邂很快就反驳了他的提议：“小洋哥，这样恐怕不妥，这批图书不适合走任何公开性活动，漫漫姐说的不能再流向市场，指的是不能以任何有目的性的方式流传到公众的视野里。这毕竟是一批饱受争议的书，我们既然决定了要承担这笔损失，就得让消费者觉得我们承担得彻底，如果以公开的公益活动捐赠出去的话，等于是对消费者们的变相欺骗。”

窦小洋说：“物尽其用嘛，我相信大家能理解的。”

蒋邂：“虽说如此，但流传出去，未免显得‘十年九遇’小家子气，竭力想让一批封面绘图涉嫌抄袭的书散发最后一点光热，不知是福利了阅读爱好者，还是宣扬了‘十年九遇’的图书品牌。这种公益，如果真做了，诡异得就像你把豪华的凶宅送给流浪汉一样。”

“靠，小邂，你这话说得好严重啊。”毛恋恋惊讶道。

窦小洋哼一声：“难不成都销毁掉？污染环境不说，也太可惜了，我肉疼！”

喜宝：“要不你俩打一架？”

窦小洋：“谁要和一个女人打架！”

“哎呀小洋！”蒋邂放软了声，“许总不是说畅所欲言嘛，那个……我没有针对你的意思啊。”

被提名的许总开了金口：“光打嘴仗谁不会，拿出提案才是硬道理。”

窦小洋：“许总说得对，小邂，那你提个实质点的呗。”

所有人把目光投向蒋邂，连许时遇都连人带椅微微掉转了方向。

蒋邂不动声色地咽了下口水，说：“我的想法就很简单啊，我们可以私下捐给贫困山区，让没书可读的孩子能读上书。”

众人：“……”

在众人皆愣之际，平时沉默寡言的黄久安，也就是接替罗梦财务经理位置的那位率先开口，第一个表示了反对：“这个提议看似最合理，但是以我们目前止损为第一要务的前提下，这个方案所耗成本太高。”

在蒋邂提出这个方案之时，那沉默的半晌，在座的各位都在暗自盘算这项举措的可实施性。

黄久安直言不讳大家的所思所想："以公益的方式捐赠出去，被捐赠方拿走这批书不过是拖几车的事儿，拿到正规渠道去销毁，纸还可以进行回收利用，于我们而言，不费分毫之力。倘若按照蒋邂的提议，所耗人力、物力、财力绝对不小。四十多万册的书，九个品种，平均每个品种就达五万多册，一个山区的孩子，一个品种的书四五本就足够他们传阅。平均每个品种五万多册啊，难道要分配给一万多个山区吗？再者，许多偏远的地方，快递都抵达不了，到达快递所能抵达的终点后，剩下的地段如何运送？又是一笔不小的费用吧！"

蒋邂暗自咂巴了一下嘴，这些她何尝没有想到。

大家都想到了，也正是因为如此，对这个方案是否决还是赞成，最终只能看许时遇如何抉择。

许时遇的手指关节在桌上富有节奏感地敲着，好似犍稚敲打木鱼般，蒋邂听着这节奏，脑袋陷入了一片滞顿的空白中。

"黄经理说得没错，但蒋邂的方法我也是赞同的。"

所有人一头雾水。

许时遇说："不过……私下把这么大体量的一批书捐赠给山区学校，如何保证它不被泄露？一旦泄露，这和小洋说的拿去做公益没什么不一样。"

蒋邂张了张嘴，想说什么，最后还是什么也没说。

许时遇说："就按照这个法子来吧，黎漫，你约个通稿，通稿的内容就是按照黄久安说的法子来，等这段时间风头过去，再按照蒋邂提的方式把这批书处理了，这件事我亲自来就行。"

黎漫说："许总，通稿没问题，但是您这边要怎么处理？毕竟这么大一批书。"

喜宝也说："老大，书销毁就销毁，损失担着就担着。你要真这么处理，到时候传出去，您可别吃力不讨好。"

蒋邂听了他们的话，也有些认㞞："许总，要不……"

许时遇看向她："能不能做个有原则的人？"

好吧。

蒋邂住嘴。

许时遇说："我自有办法，今天的会就先开到这儿，散了吧，蒋邂留下。"

等会议室只剩他们两个后，蒋邂问："许总，你找我有事儿？"

"就刚才说的这件事，你和我一起。"

"一起？"

"嗯，一起去见个人。"

"谁？"

"这件事的始作俑者。"

"许总，您能不能不要挤牙膏似的，我问一句您才说一句。"

"你对我意见还挺大？"许时遇睨着她。

"不敢。"

"我倒没觉得你有什么不敢的，这种从我腰包里抢钱的方案你都提的出来，你是非常敢了！"

蒋邂觉得自己真是吃了熊心豹子胆："您自己说的，畅所欲言，我只是说了自己想说的而已，您又不是非采纳不可，黄经理提的方案不是挺好，你大可以选择他说的方案，省钱省力，还没风险。"

"合着我站你这边儿了，还要被你数落？"

"许总，您能别老给我挖坑吗？"

"你倒是越来越会说了！"许时遇笑了笑，笑完正色道，"这批书下架我们的亏损已经不小，黄经理的方法表面上看起来最佳，不论是从舆论的角度，还是从公司利益的角度来说，确实是第一选择，但作为一个文艺青年吧，我也有我的不甘。"

听到这儿，蒋邂突然没绷住笑了。

"你笑什么？"

"没什么，许总，我觉得您对自己的认知非常正确。"

许时遇反应过来，眼神有些危险："我看你今天是真的有点嘴欠啊！你是对我有意见，还是对文艺青年有意见？"

蒋邂赶忙摆手："我都没意见。"说完还举起三根手指头横在头顶，"我保证。"

许时遇收回危险的眼神，没跟她计较，继续道："所以我决定任性一次，不过任性的同时，还要妥善谨慎。"

“所以……我们要见的始作俑者是傅……”蒋邂问，“是您女朋友吗？”

许时遇瞥着她：“我们分手有一个月了。”

蒋邂诧异地“啊”了一声。

“嗯？”许时遇看着她。

“所以她一出事儿，您就把人给踹了？”

“原来你的老板在你眼中是个渣男。”

蒋邂脸上有点挂不住，很快又反应过来，一个月以前，傅九昕抄袭的事儿还没曝出来呢，难道那会儿他们已经分手了？

许时遇已经站起身：“蠢。”

他往会议室外走，蒋邂在后头问：“许总，你还没说我们要见的人是谁呢？”

他头也不回地答：“见了你就知道了。”

蒋邂甫一回到工位，喜宝的脑袋跟着凑了过来：“许总和你说什么了？”

“就是让我跟他一起处理这件事，毕竟是我提出来的方案。”

“就这么简单？”

“不然呢？”

喜宝一本正经地分析：“不应该啊，如果是给你分配工作的话，完全不必等大家都散了再单独跟你说啊。”说着，瞪大眼睛，“老大该不会是……”

蒋邂跟着她一起睁圆了眼睛，打断她：“你可别瞎说！”

“你以为我要说什么？”

“啊？没什么，你原本要说什么来着？”

“我是说，老大该不会是想偷偷给你开小灶吧？”

“开小灶？”

“他又不是没干过这事儿，背着我带李舒去参加作协的交流大会，背着李舒带我去观看网络文学圆桌会议……”

“哎，你等一下，这话听着，我觉得许总很禽兽啊。”

“嗯！”喜宝重重地点了下头，“非常禽兽！”

几天后的一个正午，蒋邂正准备啃工作餐的时候，感觉面前投下一道压迫性极强的阴影，她刚一抬头，还没来得及开口说话，许时遇的手就落了下来，捏住了她刚打开的饭盒盒盖一角，紧接着利落地把沾满黄油的盒盖一压：“别吃这玩意儿了。”

蒋邂“啊”了一声说：“这可是公司的员工餐，而您是老板。”

“那怎么？”

“你居然嫌弃？”

“我有说我很嫌弃？”

这不是显而易见吗？蒋邂心想。

“有更好的选择的时候，它自然就显得次了，不是吗？”

是是是，您说什么都对。

“走吧。”

“今天就去找傅……”

“赶紧收拾，废话怎么那么多！”

事实是，中午他们吃的也没比员工餐好太多，就在公司楼下的一家中餐馆里点了几个菜，外加两份米饭。

菜刚上来，许时遇忽然不带一丁点征兆地说：“你瘦了。”

蒋邂惊疑：“您能看出来？”

“肉眼可见。”

蒋邂顿时觉得有些嘚瑟。虽然健身还不到一个月，但因为还算比较坚持，她也能感觉到自己这段时间以来走路都比以前轻盈了些。

许时遇又添了句：“辛苦你了。”

蒋邂语塞，敢情他觉得她瘦了是因为忙于工作。

“以后再提高点效率，能少加班就少加班，女孩子还是多给自己一点放松娱乐的时间。”

这是在批评她工作效率低呢，还是在夸她爱岗敬业呢？

大概是真的因为她肉眼可见地瘦了，许时遇对自己的员工心生亏待之感，又说：“两个菜够吗？要不再点几个？”

“现在够了，足够！”

“和当初那个点两份姜丝肉蟹时的你比，你现在倒是矜持起来了。”

“我在减肥。”

“减肥？”他露出几分诧异的神色，“你不胖。”

“之前是谁说我身上肿得像个包子？”

“这是夸你可爱。”

“我可没觉得。”

“那你希望别人怎么夸你？”

“我要求不高，您夸我‘沉鱼落雁，闭月羞花’就行。”

“噗——”

蒋邂差点被他喷出来的米饭糊一脸。

吃完饭后，许时遇在路边接了个电话，蒋邂站在旁边模模糊糊地听了个大概。电话那头的人专门打电话过来通知，说是临时有事儿，见面时间推后两小时。

反正现在他们就在公司附近，推迟两小时呢，不如先回公司忙活着。蒋邂心里已经做好了回去工作的打算，却听许时遇说：“两小时够看一部电影了，走吧。”

这是什么操作？背着同事们在上班时间摸鱼？

蒋邂感觉自己真的越来越不了解眼前这位资本家了。

“公司以单本图书制作完成量算员工每月绩效，工作日的加班不算加班工资，周末加班也只能调休，你就当这顿午饭和这场电影是犒劳你平时的无偿加班。”

老板带头摸鱼，她傻才不干呢。

蒋邂问：“那我们看什么电影啊？”

“有什么看什么。”

“哦……”

许时遇迈着大步子，朝着离他们最近的商场影院走去，蒋邂在后头哼哧哼哧跟上。

路上，蒋邂找着话题跟他闲聊。

“许总，APP 那边进展怎么样了？什么时候内测啊？”

“年前。”

“我听说有不少大神作者已经入驻了。”

“嗯。”

“有你吗？”

“有。”

蒋邂嘿嘿笑。

“你笑什么？”

“开心啊。”

“为什么开心？”

“因为喜欢您……”她故意顿了下，“写的书啊。”

许时遇被她给气笑了：“可以啊，胆子越来越肥了。”

许时遇买的是最近上映的口碑最好的一部电影，电影开场在十分钟后。因为买票太晚，电影又火，即便是上班时间，这个厅里此时也几乎爆满，到手的两张票，座位自然南辕北辙。

“拿着。”

蒋邂接过许时遇给她的票，看了眼自己的座位号，又瞄了一眼他的，嘴角不自觉地朝下撇了撇。

很快就检票入场，两人一块进到了厅内，在分道扬镳之前，许时遇拍了下她的肩：“打开微信等着我。”

半晌，蒋邂的脸上露出了一个慢半拍的笑容。

又过了半晌，微信进了消息，蒋邂看到许时遇发来的两个字：“过来。”

刚起身，又进一条：“还记得我的座位吗？”

蒋邂回：“记得。”

“记性不错。”

中途她和一个中年男人迎面而遇，两人对视一眼，蒋邂报以一笑，然后彼此心照不宣地移开了视线，想必这位大哥就是被许时遇说服要和她换座位的人。

蒋邂看到许时遇的座位身旁果然留有一个空位，之前对座位分配的那一点小无奈和不满转瞬烟消云散。她一路抱歉地对已经就位的陌生人说着“让一让，我的座位在里面”，眼睛却一直盯着许时遇身边的空位，生怕下一秒就会被人抢走似的。

直到一屁股终于坐下去，这种莫须有的危机感才缓缓卸去。

电影院里光线昏暗，无形中给看客们建立了足以供有情人之间尽情暧昧的堡垒，也立起了保护单身狗们被美丽画面虐伤的城墙。

孤男寡女一起来看电影，即便是青天白日也心虚免不了有些难以言喻。两只搭在座椅边缘扶手上的胳膊相触，也能激起一串直通心脏的电流。

落座后，蒋邂不由得对许时遇说："许总，谢谢啦。"

许时遇把两人座位之间的扶手翻下来，手肘自然地搭了上去，大衣的袖子蹭到了蒋邂的袖子，蒋邂像是触电般往后一缩，片刻后，听他嗓音清润道："不客气。"

说完侧过头，对上蒋邂还没来得及转回去的脸，两道目光撞上，谁都没有躲闪，一道是慌乱、紧张、欣喜，一道不大能看明白，但是瞳仁越缩越紧，越来越黑，到最后，在影院昏黑是光线下，似乎隐隐地笑了。

电影开场了，是一部以社会真实热点事件改编的剧情片，前期幽默，中间煽情，后面沉重，非常出彩。直到最后散场，蒋邂得出一个结论：和喜欢的人一起看电影，绝对不能看太好的片子，最好选择烂片，越扑街越好的那种，只有这样，才有时间和喜欢的人发展点看电影以外的事情。

看完电影，开车到和对方约好的见面地点，时间恰好。

地点定的是一家茶餐厅，氛围不是太好，吵吵闹闹的，看来大众点评上的顾客所言不虚。蒋邂不禁怀疑，许时遇没有找太安静的餐厅，是担心双方无法就提议达成一致吵起来，想得还挺周到的。

他们坐下后各点了杯饮料，一杯喝罢，对方终于姗姗来迟。

蒋邂抬头对上那人的视线，顿时纳闷了，竟然不是傅九昕。

第十五章 不能喜欢你这样的人

蒋邂欲起身打招呼，身子刚起立了一半，突然被许时遇薅住胳膊，往下一拉，说了一半的“您好”，“好”字生生吞回了肚子里。

显而易见，许时遇不待见这人。

而来人也没有要和她打招呼的意思，倒是客气地喊了许时遇一声“焜神”后，拉开椅子入座。坐下后，她才留意到许时遇身边的蒋邂，淡淡颔首，算是打了招呼，蒋邂回以颔首之仪。

许时遇拉开了这次见面的序幕：“好久不见，董慧。”

董慧？好陌生的名字。

她是谁？和这件事有什么关系？

蒋邂内心满满的疑惑。

“这是我们公司的策划编辑，蒋邂。”许时遇对董慧介绍道。

董慧的目光再次投向蒋邂：“你好，之前去公司的时候，都没见过你。”

“是吗？那您上一次来公司应该是很久以前了。”

“是啊。”董慧回忆了一下，“有大半年了。你很厉害，入职时间不长，已经从文编升策编了。”

“谢谢，多亏许总提拔。”

许时遇歪头看她一眼，又转回目光看向董慧，微笑：“这是自然。你看我什么时候亏待过给我好好做事的人？”

董慧原本目光还逗留在蒋邂身上，听到这话，某种悻悻的表情在她脸上一闪而过，回笑着对许时遇说：“许总，你不必话里有话了，我知道你这次为什么找我。”

“你还是这么优秀。”

“以您的严苛程度，不优秀之前也没法在你身边待两年啊。”

许时遇笑了笑说：“那我也不和你绕弯子了，开门见山怎么样？”

董慧说：“可以。”

许时遇直截了当地问：“为什么要这么做？”

董慧反问：“没想到您能细致到这个地步，居然会去查 IP。”

“不过是佐证一下罢了。”

董慧并没有气馁：“所以你确定是我了，想怎么办？”

“先说理由。”

“理由很简单，就是不喜欢她。”

“当初是你决定要跟着她的。”

“你怎么就确定我是愿意的？”

许时遇默然看着她，可半晌不见她继续，便说：“先点餐吧。”

正好有服务员路过，蒋邂叫了声，但是服务员眼神都没往他们这边扫，捧着托盘，脚下跟蹬了风火轮一样在各个餐位前周旋，只留下一句：“桌角有二维码，扫码点餐。”

作为上帝的顾客蒋邂，就这么风中凌乱了，她当然知道桌角有二维码，可是大部分店里都可以选择扫码点或叫服务员点，现在气氛这么差，叫服务员过来或许可以借点餐调节下氛围的嘛。

可见网上对这家店的评价这么差也是有原因的。

蒋邂掏出手机，点开微信，却听见许时遇淡淡道：“用我的。”她的眼前是他递过来的手机，上面已经是扫过码后的点餐页面，各种点心、佳肴品类繁多，色泽鲜艳，通通映入眼帘。

“哦。”她二话不说接过，因为她发现这家店吃的喝的都不便宜。

“董小姐，您看您有没有什么想吃的？”蒋邂说着把手机递过去，“您先点吧。”

董慧垂眸扫了一眼，眼神有些晦涩，蒋邂觉得她看的好像不是上面的食物，而是手机本身。

“不用了，你看着点就行。”

“这不好吧？”

许时遇："你想吃什么就点什么。"

蒋邂："那许总您呢？"

"我都行，你点什么我吃什么。"

蒋邂的脸微微有些红了，索性不再说话，认真点餐。她一边翻着点餐页面，一边发出很轻的嘀咕声。

"啊，这个有点贵哦。"

"这个叉烧看起来好好吃的样子。"

"这分量也太少了。"

"再点个吧，再点个我应该能吃完的。"

碎碎念中还伴随着口水的吸溜声，蒋邂浑然不觉，待她点完后抬头，发现身边的两双眼睛都在盯着她，仿佛她是个值得好好研究一番的外星物种。

"我点完了。"蒋邂不好意思地把手机还给许时遇，"许总，麻烦您支付一下。"

"嗯。"许时遇接过，漂亮的指尖在屏幕上快速地敲击，很快就搞定。

董慧说："许总，您对您的员工真好。"

"我说过，我对为我好好做事的员工都好。"

董慧很淡地笑了下："您真有这么博爱吗？"

许时遇没回答这个问题，似乎懒得和她废话："说正事吧，毕竟大家时间宝贵。我不管你是出于什么初衷做这件事，事情木已成舟，我找你，自然是希望你能亡羊补牢一下，收拾好烂摊子。"

"许总，我不过是做了那根迟早被人引爆的导火索。如果她不抄袭，不急功近利，安安分分做她的知名年轻女画家，我又何必当这个坏人呢？"

"她错了，你作为她的经纪人，难道不应及时阻止？难道不应劝她主动站出来道歉？背后捅一刀，就是你作为一个职业经纪人的基本素养？"

面对许时遇的连珠炮击，董慧不恼，冷静地反问："那您作为她的男朋友，您为她做了什么呢？"

蒋邂屏息。

董慧继续："是大义灭亲地发公关声明撇清自己？"

许时遇脸上露出寡淡的笑意："你已经不适合用你的三观对事情发表评价了。作为当事人的经纪人，不管事情是好还是坏，问题发生了，就该解决问题。你让她做沉默的羔羊，等着被人宰割，什么居心？"

对方却反问："你猜猜我是什么居心啊？"

董慧始终都是冷静的，但那双晦涩的眸子里似乎藏着一团阴鸷的乌云。有什么东西在蒋邂心里呼之欲出，但又说不清道不明。她看了眼身侧的许时遇，他眸光精锐，像是藏着刀，蒋邂忽然就觉得，他比自己懂，懂董慧居心何在。

"我问你这些，不代表我不清楚答案。董慧，你懂我的忍耐极限在哪儿。"

餐厅里人声鼎沸，有谁知道这方寸之地此刻正剑拔弩张。

菜和点心早就上全了，但基本只有蒋邂动了几筷子，气氛太微妙了，你一句我一言都太严肃，她要是在一旁像只小松鼠一样哼哧哼哧吃个不停，未免太心大。她只能跟着他们装严肃，偶尔才放轻动作夹上一两筷子。

"我懂。"董慧安静地看了他一会儿，忽然画风一转，表情柔和些许，"我怀念过去的日子，过去那个只有我叫你焜神的日子。我有时候甚至在想，如果当时我接收了你留给我的那根橄榄枝，说不定也是一个挺不错的选择，现在也许……"

许时遇打断她："这个时候追忆往昔不太合适吧？"

董慧说："许总，我不认为这件事我有做错什么，你要求我收拾烂摊子也不太合适吧？"

许时遇："或许你是因为讨厌她，但是这件事导致的结果明摆着不只对她有折损，不是吗？"

董慧的神色变了变："我本意并非针对'十年九遇'。"

"我知道。'十年九遇'也并非无错，但是既然你在里头掺了一脚，而我暂时又找不到合适的人，那只能是你了。"

"你说吧，什么事？"

许时遇将那天会上蒋邂针对那四十多万册的下架图书处理提议和董慧说明，董慧听完，沉默着没有说话。

许时遇说："我们这边会做两件事，一个是将所有的下架图书送往帝都的悦南环保站，二是发通稿说明所有下架图书已进行销毁处理。你需要做的，就是将这批书进行第二轮收购，然后分批次将它们秘密运往各个贫远山区。"

董慧说："许总，您是不是太高看我了，我哪有这种能力啊？秘密收购勉强可以，分批次运往各个贫远山区……这些山区的偏远学校、图书馆、孤儿院的资源，我上哪儿汇总去？还有运输过程中所要用到的人力、物力、财力，我怕是有这个心也没这个力吧？"

许时遇摇了摇头："你还搁我这儿玩藏拙呢？"

董慧厉色了几分："什么意思？"

许时遇的指关节在桌上有节奏地敲了一会儿，不紧不慢地说："董至达，达高食品集团董事会主席兼首席执行官，善玩左手倒右手的资本游戏，达高食品上市一年，同行的两大品牌被并购，达高股票一路飙升，销售额也是蹿得比神州十一号都要快。这么厉害的一号人物，你认识吗？"

董慧问："你知道了？"

许时遇："嗯。"

"你竟然查过我？"

"倒也不是刻意的，不过是曾经偶然撞见过他上我爸妈那儿去送礼。"

董慧叹了口气。

许时遇说："他明面上慈善做得那么大，上面你说的那些资源他应该不少吧？以他每个季度往山区发出的物料的体量来说，这批书掺杂在其中，应该是小菜一碟。财力方面，我这边可以出，人力和物力，还需要劳烦您了。这也是我这次找你的主要目的。"

许时遇说完后，开始等着她慢慢考虑。

董慧："我爸他……"

许时遇："你爸其他方面怎么样我不管，他这颗慈善的心有多真我也不知道，但明面上做得还是挺有模有样的，不是吗？"

董慧："你好像在威胁我？"

许时遇："我说过，这个烂摊子有你的一份责任。"

一旁的蒋邂从没见过这样的许时遇，一本正经又轻描淡写地威胁人，志在必得，不达目的不罢休。

她尚在愣神，许时遇拍了她的肩膀一下："点这么多，忍心浪费掉？"

蒋邂恍然回神："肯定能吃完，再不济，可以打包。"

许时遇眼睛弯弯，开始跟着她一块儿吃。

董慧一筷子菜都没夹，看着眼前惬意吃饭的两人，心里滋味难言，半晌后，她最终妥协："到时候通稿出来后，我这边会安排人跟上的。"说完就起身欲走，似乎一秒都不想多留。

她的妥协在许时遇的意料之中，他慢条斯理地夹着菜反问："我怎么相信你们会把这批书落实下去？"

“你自己也说了，我爸钱多势大，随便吩咐下去，下边人不至于连这点实事也干不了吧？放心吧，我们这边有了具体的实施方案，发你过目，落实到了哪一步，到时候给你发进度表，会让你眼见为实的。”

“好。”

董慧将滑到手臂上的挎包提上肩，扭头就走，走了几步，回头又望了他们一眼，目光最终在蒋邂的脸上逗留了一阵，转身时，她风衣的一角飘起，卷起了一阵风，带起了一溜儿的灰尘在门口照进来的光束下飞舞，那似有若无的香水味儿被带走了，满心的不甘却还留在光束里，跟着尘埃上下跳跃。

餐厅里不似之前那么吵闹，在蒋邂听来，这世界好像只剩下他们两人细嚼慢咽的声音。

“许总。”

“嗯？”

她叫了他，却不说话。

“想问什么就问。”

“您带着我一起来的目的是什么？”

“当然是让你负责后续的事情。”

“哦。”

“不然呢？你在想什么？”

蒋邂闷头戳着盘子里的点心，忽然问：“她喜欢你吧？”

许时遇发出一个单音节：“嗯？”

“喜欢你，所以才会这么对傅九昕，她嫉妒傅九昕。”蒋邂说出自己所想，“也许她当初跟着傅九昕，是不是就是为了这一天呢？”

许时遇用漆黑的眼珠盯着她，忽然轻笑出声：“你平常狗血小说是不是看太多了？”

“那你怎么知道是她呢？”

“我说你搁这儿追根究底是为什么呢？”

他这么一问，蒋邂瞬间心虚，是啊，她为什么要知道答案呢？反正他们这顿饭的目的算是达到了。

蒋邂不说话了，他也不再追问。刹那间，蒋邂就懂了，他什么都知道，他知道董慧对他有意思，也知道她蒋邂对他有意思。

接下来的时间，无论食物多么诱人，蒋邂都味同嚼蜡。

两人又安安静静地吃了一会儿，铺在他们脚边的夕阳渐渐退去。

商场的正中间是露天的，此刻一轮象牙白的弯月挂在天边的一角，而商场内的店铺都亮起了明亮的灯光，目之所及，繁华耀眼。

来的时候，商场的停车位满了，许时遇的车停在了附近的一个公共停车场，需要走上五百来米。一股冷风飕飕刮过，顺着蒋邂的袖口钻进了她的衣服里，她冻得直打了个哆嗦。

许时遇把外衣脱下来，搭她肩上："别感冒了。"

衣服暖烘烘的，上面还残留着他的温度，蒋邂僵了一下："谢谢。"

他身上只余一件单薄的卫衣，她心想，反正就几百米，一会儿就能把衣服还给他了，不会把他给冻病的。

风一起，蒋邂就加快步子，不知是风在催促她，还是她在催促自己。但是她的心，真的好乱啊。

到了停车场内，遥遥看见许时遇的车，蒋邂主动找了个话茬："董慧的父亲……"

停车场内灯光惨白，安静空旷。

许时遇抄着兜，漫不经心地说："不是很熟。"

之后再也无话。

傅九昕的道歉说明来得有些晚，她态度诚恳地承认自己的错误，并愿意为自己的错误承担一切责任。她以表格的形式将抄袭行为曾带给她的物质利益全部公开，有的返还给被抄袭者，有的被抄袭者对金钱赔偿并不在意，她则表示这些款项将悉数捐赠给慈善机构。

道歉给她免去了不少法律上的追责，许多起诉方纷纷撤诉。蒋邂清楚，这里面有一半是许时遇的功劳。因为傅九昕发布道歉声明的前一天，许时遇去见过她。

她不清楚分手后的他们现在是怎样一种关系，但在一起这么多年，买卖不成仁义在，肯定还是要好过一般的亲朋吧。

她承认，她有些嫉妒。

但是自己又何来嫉妒的理由呢？

她不能怎么样，只能更努力地减肥了。

转眼到了年末，蒋邂负责的两个项目需要下厂，印制部门虽然把图书的封面打样给她，但蒋邂还是不放心，决定去印厂盯色。

印厂大都建在比较偏远的郊区，一来一回，车程要耗去五个小时以上。在车上，她又将所有出片文件检查了一遍。今天她要盯两本书的封面色，还包括这两本书的赠品色，估计一天都要耗在印厂。

天气很冷，车窗上蒙了一层白白的雾气，仿佛给窗外萧瑟的景色蒙了一层薄纱。

“冬天什么时候可以过去啊？”她兀自喃喃了一声。

司机大哥却回了一嘴：“帝都的冬天，长着咧。”

蒋邂朝车窗玻璃哈了一口气。

她也这么觉得呢。

蒋邂出发得早，她到达印厂的时间，“十年九遇”才刚上班没多久。

许时遇来的时候，在公共办公区扫了一圈，问：“蒋邂呢？”

李舒说：“去印厂了。”

许时遇点点头，又问：“几个项目？”

“两个，封面和赠品都盯。”

许时遇若有所思，再问：“哪边的印厂？”

“东边的。”跨省了。

在旁边听了全程的喜宝问：“许总，你怎么这么关心小邂？”

许时遇连个余光都没给她，径直进了办公室。

上午约见了一个大V作者，顺带搞定了合同，中午和大V一起吃饭的时候，大V说：“许总，你今天有些心不在焉？”

“有吗？”

“虽然不大明显，但我可是学心理的，这点你瞒不过我。上午谈工作的时候，你很认真很严肃，但中途喝茶、说笑的间隙，会下意识地看下时间，似乎在计算着什么。”大V用仿佛洞悉一切的口吻问道，“许总，可是有喜欢的人？”

许时遇眯了下眼，细想片刻，才说：“只是有点感兴趣，谈不上喜欢不喜欢。”

与此同时，与帝都隔了四十来公里的印厂车间内，印刷机咣咣地响着，许多与之相配套的上下游机器也在不停歇地运作着，各种声音交错嘶鸣，显示出印厂里有条不紊的工作气象。

蒋邂和印厂的几个工作人员站在一台制版机前，拿着刚从五色机里抽出来的封面纸，低头仔细分辨这一版和方才那一版的颜色差别。

对比半晌，蒋邂提议："颜色有点深，四色部分减轻点红色应该就没问题了。"

印厂师傅应"好"，重新在色选机上调整色度。

盯完书的封面色，蒋邂签好字，印厂的一位小哥哥开车带她去镇上的一家小餐馆吃午饭。小哥哥长得很憨实，性格腼腆，话不多。蒋邂又是不喜尴尬的人，会找点话聊。

"郭师傅。"蒋邂问道，"这本书的封面大概要印多久？"

这位年轻的郭师傅有些腼腆，挠了下头发，说话实在："十万册，两台机器，不到三小时吧。"

"还挺快的。"

"机器劳作嘛。"

"你们家和'十年九遇'合作多久了？"

"你们家的第一本书就是在我们这儿印的呢，是那一年我们家接的第一笔大单。"那就是从"十年九遇"成立起，就开始合作了。

蒋邂从这句话里听出了几分骄傲。

"我们两家一直合作得很愉快。"

"这是自然，你们给文件又快又精，印量还大。"不知不觉，小哥竟开启了话匣子，"这么多年了，合作过那么多家出版方，大大小小的差错都见过，只有和你们老板有关的文件没出过岔子。"

"一次都没出过吗？"

小哥肯定道："没有，一次都没。"

蒋邂说："我们老板做书确实很用心、很负责。"

蒋邂刚说完，小哥忽然若有所思，蒋邂疑惑地看着他，小哥终于想起来什么："倒是有一次，不过也算不上是什么岔子。"

"是什么？"

"你们老板还在'沉鱼'的时候，有一本书都已经制版完成要印刷了，他紧急打来电话，要求立刻停止这本书的印刷。"

"为什么？"

“说是融梗了，我不是很懂你们作家圈里的这些词，总之结果就是，书不出了，我们这边也不用印刷了。”

“损失大吗？”

“我们就是丢失一笔单子，还好，你们老板损失才大呢，这书的前期流程都走完了，制作成本也摊进去不少，说不做就不做了。”小哥叹了一口气，眼神里却是难以掩饰的敬佩，“不过你们老板是真厉害，自己跳出来单干，这才两年，‘十年九遇’已是出版圈子里青出于蓝而胜于蓝的典范了。”

两年，她从一个读者变成他的员工，从一个单纯欣赏他才气的小粉丝变成不单纯地爱慕着他的暗恋者。

身份的转变被时光耍得团团转。

晚上七点多，所有的色都盯完了，蒋邂感谢完印厂师傅对她的高度配合后，小哥开车将她送到最近的公交站台。蒋邂刚下车，小哥的女朋友打来电话，小哥一瞬间暴露了妻奴属性，一边哄着女朋友“马上到，马上到”，一边和蒋邂道了别。

据小哥说，这里最晚的一班车是晚上八点，再等一会儿，就会有车来。车开到市里后，要转一辆通往帝都的公交，到了帝都之后，还要坐一班地铁才能到家。

站台凋敝，玻璃板上的小广告贴得到处都是，又被太阳晒瘪，风吹褶皱，边角不安分地想要挣脱胶水的桎梏。

举目望去，街道上偶有缩着脑袋路过的行人，只有昏黄的灯光和皎洁的月光交相辉映，让这个世界看起来没那么苍白。

等了一会儿，蒋邂感觉自己的脸都被风吹僵了，公交车的影儿都没有，这才决定打开手机叫车，半个小时过去了，终于有一辆顺风车接单。蒋邂在松了一口气的同时，想起最近网上一系列和顺风车相关的社会性新闻，心里到底是有些怵的，她给唐不甜发了个位置共享，又说了下自己现在的情况，才稍稍安心些。

十分钟后，一辆黑色的顺风车在她跟前停下，蒋邂隔着摇下来的车窗望了一眼司机的脸，司机戴着一个黑色口罩，只露出了眼睛，不太能辨清面目。

蒋邂打了个激灵。

虽然夜黑风高，一个戴黑色口罩的顺风车男司机接了一位年轻的女乘客……这样的故事开头确实带了点恐怖的气氛，但蒋邂还是把心一横，拉开车门把手，一边盘算着我国顺风车司机的犯案率一边上了车。

“到星眠区红唐小区。”

司机大哥“嗯”了一声。

司机大哥的声音略有些哑，蒋邂挠了挠自己的胳膊，决定给唐不甜打个电话，如果真有事，远水就算救不了近火，也能增加点她的安全感。刚要拨出去，手机先她一步响了起来，蒋邂低头一看，居然是许时遇。

她怔愣半秒，接起电话：“喂。”

“是我。”她听到他说。

“嗯，我知道。”

“盯完色了吗？”

“盯完了。”

“我快到了，过去接你。”

蒋邂还真听到他那边有车飞驰的声音，他应该是在高速上。

“我已经在回去的路上了。”

“公交？”

“不是，顺风车。”

许时遇一瞬间没说话，再开口时，声音里明显带着不满：“发个位置共享给我。”

蒋邂心里有过片刻的犹豫，但嘴上很诚实地应了声“好的”，说完就要挂电话给他发位置共享，那头忽加上一句：“别挂电话。”

“哦。”满满的安全感瞬间充斥了她有些荒凉的心。

位置共享打开了，手机屏幕上显示两人目前距离八点多公里，两个红色的小点点一东一西，像磁铁般朝着对方靠近。

这八公里多的路段都在帝都之外，所以不受帝都晚高峰的影响，一路畅通无阻，不到一刻钟，两个小红点的距离无限趋近于零。

蒋邂和司机说：“师傅，可能要麻烦您在路边停一下，我朋友恰好在这附近，一会儿就到。”

司机一言不发地踩刹车，在路边停了车。

此时他们已经下了高速，进入国道，国道两旁是成排的针叶林，不受天寒影响，常绿且挺拔。

时不时有车经过，行车灯亮闪亮闪的，给寂寥的国道增添了几分俏皮感。

司机突然捂着嘴咳嗽了一声。

蒋邂问："您感冒了？"

司机答："流感。"

蒋邂无声地笑了笑，不知是笑自己被迫害妄想症晚期了还是笑自己安全意识过强。

司机大哥似乎看穿了她的心理活动："看你又发消息又打电话的样子，就知道你很紧张，女孩子警惕性强是好事儿。"

"不好意思哈。"蒋邂摸了摸鼻子。

"没事儿，本来我也不准备接单的，看你一个女孩子在那么偏的地方，出事儿了就不好办了。小妹，记着，这里六点左右就没公交了，尤其是冬天，谁不想老婆孩子热炕头，那些个司机，约定俗成地偷懒。"

蒋邂正要回应，一辆车在前方朝他们闪了下远光灯，只闪一下，便切回了近光灯，似是某种打招呼的信号。蒋邂这才想起，自己还和许时遇通着话呢。

她把手机放到耳边，他低沉的嗓音传来："下车吧。"

蒋邂和司机道了谢，并说自己会按照原来的路程给他结算，司机笑笑没说话，脚踩油门，车疾驰而去。

许时遇已经倒完了车，在前方国道的一个岔路口处等她。蒋邂迎着寒风上前，一上车，车内的暖意扑面而来。

蒋邂用手搓了搓自己的脸，问："许总，您怎么来了？"

"你不是替我说了吗？顺路。"许时遇挂挡，踩油门，车缓缓上路。

察觉到他有点不开心，蒋邂歪着头小心翼翼地问："您……生气了？"

"你说呢，你这出外勤出了事儿，还得算工伤，到时候你爸妈找我说理，那我跟谁说理去？"

"哪有那么严重，刚才那司机大哥是好人。"

"人家才跟你说了几句话，你就断定人家是好人了？"

"坏人哪有那么多。"

"你看新闻上那些搭顺风车出事的小姑娘，她们上车前哪一个不是这么想的，都觉得世界上好人多，自己没那么倒霉，就因为那一点点的侥幸心理，白白地把自己搭了进去！"

蒋邂没想到他会这么生气，还冲她发脾气，忽然就有点委屈了，和他犟上：

"可她们有错吗？她们也不想遇见坏人。"

许时遇听出她声音不对劲，没和她继续杠，静静开车。

蒋邂说："我也不想啊，如果我有车，我会开车，或者我有亲人、有男朋友在帝都，我宁愿麻烦他们也不会晚上在这么偏僻的地方搭陌生人的车！"

说着说着，她竟觉越来越委屈，这无端的争执就像是一道被摁了按钮的开关，这么多天积攒的自嘲、无奈、压抑、酸涩、挫败纷至沓来，一个接一个地揪住她的心，控诉她不要越线，要看清自己，要摆正自己的位置。

眼泪一颗颗往下砸，像是脱了线的透明珠子。

"你冲我发什么脾气啊，我又没让你来接我，如果你不打电话给我，我今天也能安全到家，什么事都没有。所以你要怪就怪你自己，是你打电话说要来接我的！"

许时遇哽了一下："我……"

蒋邂的坏情绪跟脱了缰的野马一样不受控制，她也懒得伪装："是你在群里老搭我的腔，是你送我粉红色耳塞，是你主动请我吃锅包肉，是你给我发意味不明的短信，是你故意带我去见董慧好利用我激她……你明明知道的，你知道我喜欢你，你很早很早就知道了，但是你不戳穿挑明，也不回避排斥，你是高高在上的观众，我是无足轻重的小丑，我的喜欢对你而言是表演，你只要欣赏就够了，偶尔兴致来了，扔一根香蕉，看被你讨好的我像个傻子一样地翻跟斗。"

他沉默地维持着匀速，车渐渐远离郊外，进入帝都繁华的街道。

"我知道啊，我多平凡呀，从样貌到身材，再到才干，没一样能入得了你这种帝都高富帅的眼。我除了有自知之明，我还有可耻的自尊心，所以我只能告诉自己，不能喜欢你，不能喜欢你这样的人，那样的话，太残忍了，我会难受死的。我这么喜欢这份工作，喜欢喜宝，喜欢李舒，喜欢恋恋，喜欢'十年九遇'的每一个小伙伴。要是太喜欢你，一直喜欢你，我怎么继续待下去呢？"

许时遇的下颌绷得紧紧的，他抬眸扫了一眼后视镜，蒋邂垂着头，双手捂着自己的脸，指缝间泪水肆虐。

"许时遇，"她埋着头叫出他的全名，"你怎么不说话？"

"你还想说什么，一道说了吧。"他终于开口，嗓音淡淡。

如此理智平淡的声音落到蒋邂耳朵里，刺耳又钻心。

她胡乱抹了一把眼泪，抬起头，露出带着几分倔强的脸：“我说完了，你放我下车吧。”

车子并没有如她所愿停下来。

蒋邂又说：“你放我到前边的地铁口。”

许时遇挂挡加速，车子咻地驶向地铁口，又飞速地与地铁口擦肩而过，蒋邂急了：“你有没有听我说话！”

“我听见了。”

“那你停车。”

“听见了，不代表要执行。”

蒋邂被他气得满脸通红，想继续逞会儿口舌，但话到嘴边，又死死地咽回肚子里，然后往车后座的角落里一缩，看着窗外，不再理他了。

第十六章 我们试试吧

许时遇没有直接送她回家，又持续开了一段路后，就近找了个停车位停好车，然后对她说：“下来。”

“干吗？”

“吃饭。”

“我不饿。”

“确定？免费的饭不蹭？”

蒋邂看他一眼，分明有几分犹豫，但还在竭力维持住自己最后的那一点倔强。

许时遇下车替她拉开车门，柔和道：“别犟了。”

心里有一块区域瞬间塌方，又立马被自己仓皇补上。

“不吃白不吃。”蒋邂下车，先一步往前，许时遇走在她身后，看着她气鼓鼓的背影，笑了笑，跟上。

这顿饭吃的是川菜，整个过程很安静，蒋邂不理他，他也没刻意找话题，倒是时不时给她夹菜，她没有赌气丢回去，他夹什么，她便吃什么。有时候辣得吸溜鼻子，他会客气地递过来纸巾，她不吭声地接过，然后不客气地擤鼻涕擤得极大声。

这样的氛围一直持续到蒋邂家的小区门外。

“我到了。”蒋邂提醒。

“哪栋？”许时遇没停车，稍稍放缓速度，道闸升起，车子开进了小区。

从刚才他对地铁口的视若无睹中蒋邂就知道，真要和他犟，她毫无胜算。

报完单元楼号不到一分钟，车子准确抵达她出租屋的楼下。

蒋邂客气地和他说了声“谢谢”，下车上楼，刚迈了几个台阶，身后传来脚步声。

她今晚已经做了一次情绪的俘虏，为什么还要把她往绝境处逼，蒋邂怒不可遏，转身时已拔高音量：“你到底……”

后半句生生卡在喉咙里。

她的手被他握住了。

“我们试试吧。”他说。

楼道的感应灯是触摸式的，距离他们最近的一个感应面板还有五六级台阶。此刻楼道里昏暗无比，月光的尾巴趴在楼道口处，光亮程度不值一提。

她的心跳猛地漏了一拍。

许时遇的面庞在此时昏暗的环境下模糊不清，她用眼睛搭配着记忆，一点点在脑海里勾勒他俊逸的轮廓，直到完全清晰。

她张了张口，却没听见自己发出任何声音。

手被捏了捏，蒋邂听见他说：“这就乐坏了？”

她仿佛用尽气力般，问：“你说真的？”

“真的。”他点头。

“那你和傅……”

“谁还没个前任，你说是吧？”

“不会旧情复燃？”

许时遇笑：“身为男人，在感情上婆婆妈妈的，太娘了。”

“那你上次去找她……”蒋邂低头揪了揪手指，纠结地开口。

“你是说她道歉的事？”

“是啊。”

“毕竟好过一场，谁也不希望谁的日子过得难看。”

“分手了还能做朋友……”她对这种朋友模式抱有怀疑。

“你们女孩子就是小心眼儿。”许时遇眉眼一挑，反问她，“你和余光不是朋友？”

蒋邂随口就反驳：“当然不是啊。”

许时遇哂笑：“都说分手后不能做朋友就是因为爱之深，你是这一种？”

蒋邂又反驳：“不是！”

“那是不是说，什么东西都不能一概而论？”许时遇跨上一级台阶，握着她的手往上走，“住几楼？和你一块儿上去。”

“六楼。”顶楼，且没有电梯。

她愣愣地被他牵着往上走，一层层的灯光随着他们往上亮起又熄灭。

“爱的时候，都是真的。分开之后，也分得洒脱。”许时遇中途侧身对她说，“你难道不是这样？”

这回蒋邂无从反驳：“是。”

他笑笑，捏了捏她的手背：“那不就得了。”

到了顶楼，正要掏出钥匙开门的时候，蒋邂忽然顿住：“等等！”

“怎么？”

蒋邂一边拿手机一边说：“我有四个室友呢，你等等，我先在群里发条消息。”

四个？

许时遇皱了皱眉，问：“发消息做什么？”

“万一她们没待在自己房间，衣衫不整地在公共区域乱逛呢？”

许时遇懂了，笑着点点头：“也是。”

蒋邂低头在宿舍微信群里艾特了所有人，问：“你们都在屋呢？”

许时遇抱臂侧身站在一旁，也不阻止她的“此地无银三百两”，嘴角噙一丝笑。

不足片刻，蒋邂的手机“嘀嘀嘀”响起来。

室友一：“在呢，刷剧中。”

室友二：“加班狗不知道还能不能赶上今天的末班地铁，哭。”

室友三：“问这个做啥？”

室友四：“你忘带钥匙了？”

蒋邂：“××（室友二）快点加班结束，冲鸭！其他人，在自己房间待好，特此警告！”

室友一二三四集体嗅到了猫腻，又不约而同地默默配合。

“刷剧呢，走不开。”

“工作使我快乐！”

“听命！”

“门垫下边有备用钥匙，自取。”

蒋邂发了个OK的表情，掏出钥匙插进锁芯，推门的时候对许时遇说：“天气很冷，你喝杯茶再走吧，我这有菊花、茉莉花、玫瑰花可以泡，你看看……”

门彻底推开了，许时遇却没看她，而是对着她忽视的前方，微微笑，颔首打招呼：“你们好。”

蒋邂身子一僵，缓缓掉转视线。

三双含笑的眸子对上她惊恐的双目。

气氛凝固。

眼前的三只并排站着，毛茸茸的睡衣外裹着款式各样的大衣，都是一副好整以暇的模样。

室友一表情荡漾：“小邂，男朋友呀？”

蒋邂表情僵硬，正欲开口，许时遇把她的肩膀一揽，风度翩翩：“第一次登门，唐突了。”

室友二把原本裹得紧紧的大衣敞开，不动声色地摆了个Pose：“不唐突不唐突，帅哥光临，蓬荜生辉。”

室友三怔愣片刻，然后使命感附身般，左手拽住室友一，右手钩着室友二，一身正气地拉着她们往卧室走：“良辰美景，几度春宵，莫辜负，莫辜负！”

连个解释的机会都没留给蒋邂。

客厅里只剩他们两人，蒋邂挠了挠鼻子，往自己卧室的方向走：“许总，你先坐会儿，我去给你烧水泡茶。”

蒋邂拎着烧水壶去厨房了，许时遇把大衣脱下，搭在她卧室的挂衣杆上。卧室很小，目测只比他家卫生间大了一张一米二宽的床的大小。说不上多整洁，倒也干干净净，空气中隐隐充斥着女孩子特有的个人香气，淡淡的，很好闻。

他把卧室里唯一的那张椅子拉到身边，刚坐下，蒋邂拎着接满水的烧水壶进来，示意他让让，她要插电。

“给我。”许时遇拿过烧水壶，俯身找到插线板，把插头插上，摁下开关。

卧室的寂静被呼呼的烧水声打破。

许时遇重新坐回椅子上，蒋邂在他对面的床上坐下，两人面对面坐着，明明是自己的卧室，蒋邂却不受控制地感到有些局促，而眼前人，好一副气定神闲。

“你是不是有话对我说？”蒋邂先打破沉默。

“是。”

“那你说。”

“你还没回应我之前的话。”

“你是指……”

“是，我们试试。”

“为什么是试试？”她对“试试”这个词感到不安。

她心里在想什么，他似乎了然于胸。

“大部分的感情都是从尝试开始的，这是两个人最开始走到一起时心照不宣的共识，有些人不说破，而我只是恰巧把它说出来了而已。不是所有的感情一开始都是我喜欢你、我要和你在一起。蒋邂，你不小了，也应该懂得，成年人的感情来得没那么容易，爱上一个人需要时间。”

蒋邂摇了摇头：“不是的。”

许时遇：“悉听尊便。”

“我不是，我喜欢上一个人或者爱上一个人，就是一瞬间的事。”

“那只是你感性时大脑发出的一个信号，一个人对另一个人的感情会经过一段蛰伏期，或许在蛰伏期里，你没发现这个事实，或者感受不强烈。”

“那你呢？你是蛰伏期过了跟我说试试，还是说，你的世界里，感情根本没有蛰伏期，你的试试，就是玩玩？”

许时遇哑然，摇头笑了笑才说：“你曲解了我的意思，你太不安了，明明是很正常的一个恋爱邀请，你的反应让我出乎意料。”

“嗒”的一声，水烧开了，壶口冒着一缕缕的白烟，绕着许时遇的裤脚打转。

蒋邂没说话。

又是一阵死寂。

他站起身：“茶就不喝了。”转身去拿挂衣杆上的大衣，“早点休息。”

当他穿好大衣走向卧室门口的时候，衣角忽然被拽住。许时遇悠悠转身，看见小姑娘仰着头，一双大眼清澈汪汪地看着他。

他低头示意了一下自己被揪住的衣角：“怎么，我被拒绝了，还不能走了？”

小姑娘又不说话了。

许时遇无奈，嘴角勾起一丝略带痞气的笑：“想让我留下，嗯？留下做什么？”

蒋邂脸微微有些红，不是被他逗红的，而是被自己憋红的。

见她还是不作声，许时遇说：“不说话我走了。”

衣角又被揪紧了几分，蒋邂终于开口：“是我的问题，是我太不安了，但我的喜欢是真的。”

小姑娘真诚又有点小委屈的表情落在他眼里，许时遇胸腔微微一震，感觉自己心上的柔软被戳了个正着。方才她在车上哭得上气不接下气时，他心里发堵，这份堵，一直到被她揪住衣角的前一秒都没得到疏通。可是就在刚才她红着脸怯怯地说完喜欢后，他感觉自己的身体像被打通了任督二脉一样，舒畅极了。

而蒋邂一说完就后悔了，她觉得今晚的自己就像个时而哭闹时而开心的傻子，实在是太丢人了。她抽回自己的手，决定还是好生送客，可是身子忽然朝前一踉跄，被人单手箍进了一个暖乎乎、硬邦邦的怀里。

蒋邂眨了眨眼，大脑瞬间死机：“许……时……遇？”

“嗯？”

她惊疑未定地问：“你为什么抱我？”

对方竟十分淡定地反问：“你说呢？”

说完，只听“砰”的一声，他带着她，一起倒在了旁边柔软的床上。

蒋邂下意识想起身，却被许时遇忽然一个辗转压在身下。

两具年轻的身体紧密贴着，滚烫如火。

“你干吗？”蒋邂圆睁着一双大眼。

他的嘴角又挂起意味不明的笑，鬓发在她的额头上蹭了蹭：“不干吗，站着太累。”

“哦……”蒋邂身子绷得紧紧的，捋直舌头补充了一句，“那个……我们这才第一天。”

许时遇嘴角有笑意漫开：“所以是答应了？”

蒋邂受不了如此亲密的姿势，仅仅是这样贴着，她的身体就开始发麻发软，脸热得像贴在了烧锅上。

蒋邂抿了抿嘴，看着他喉头处凸起的喉结，咽了口口水。咽口水的声音很大，就在蒋邂感觉许时遇要以此嘲笑她的时候，她朝上一倾，对准他的喉结，上去就咬了一口。

伏在她身上的男人身躯明显一滞。

蒋邂也就那么一丁点胆量，咬完就后悔了，瞬间脱力地倒回床上，眼神躲闪地说：“就没想过要拒绝。”

蒋邂眼睁睁看着他的喉结动了动，然后伸手捏住她耳鬓的一小撮头发在指尖缠了两圈又松开。

他含笑道：“还不算蠢。”

“这和蠢不蠢有什么关系？”

“我这种男人可遇不可求，拒绝了说明你没脑子。”她耳边的那一小撮头发被他玩得不亦乐乎，“你说是这个理儿不？”

蒋邂腹诽他自恋癌晚期，脸上却笑嘻嘻的：“是是是。”

“你这表情看着有点心口不一啊。”

我去。

“你学心理的啊？”

“就你那点小心思能瞒得过我。”说着许时遇双臂在蒋邂两侧一撑，缓缓起身，“不早了，明天还要上班，我先回去了。”

蒋邂也跟着起来：“哦。”

语气竟是显而易见的低落，许时遇听出来了，弯腰去看她的眼睛：“怎么，舍不得我走？”

“哪有？！”

“死鸭子嘴硬。”

蒋邂抬头瞪他一眼。

“瞧瞧你这眼神。”

“我眼神怎么了？”

“一副饿虎要扑食的模样。”

蒋邂瞪大她圆不溜秋的双眼。

许时遇伸出食指在她的苹果肌上点了下：“小姑娘，要矜持！”

蒋邂推着他往外走：“你回去回去，快回去！”

她推一下，他挪一步，被推着往前的许时遇一步三回头地说：“一个女孩子，不要搞得这么猴急嘛。”

终于把他推到门外，他还在调侃：“这种事，让男人急，知道不知道？”

“砰”的一声，蒋邂迅速把门合上，将许时遇欠欠的声音关在了门外。

背抵在门上，蒋邂双手捧住脸颊，深深地吐出一口气。

抬头时，三个室友非常不适时地并排站在她面前，不约而同地发表了同一个看法：“没想到你是这样的蒋邂哦！”

啊！

蒋邂抱头鼠窜，噌噌噌溜回房间。

第二天蒋邂起了个大早，站在镜子前对着自己浓浓的黑眼圈发愁。

真是太没骨气了，不就是谈个恋爱嘛，居然兴奋得一整晚都没睡好。

但她对着黑眼圈惆怅不过三秒，就冲冲地打开自己的衣柜，看着里面散散挂着的几根手指头就能数过来的衣服开始了第二轮犯愁。

在穿着上，蒋邂向来比较随意，反正也没有要取悦的人，平时就不太注重打扮，意识到自己喜欢许时遇后，断断续续地给自己捯饬了几件拿得出手的，都是唐不甜撺掇她买的，偏修身，目的是为了刺激她早日减肥成功，如今吊牌还在上头挂着呢，但是主人一直没自信临幸它们。

蒋邂盯着这几件带吊牌的衣服好一阵，然后上了个称，50.5 公斤。

该死的一百大关！

还没迈过去呢！

蒋邂开始试穿这几件品牌库存，传说中的吸气穿衣法没派上用场，很顺利地套上了，然而这修身的线衫怎么也遮不住胳膊和小腹上的赘肉。

蒋邂深受打击。

最后她不得不向现实低头，再次祭出宽松毛衣、阔腿裤、雪地靴，外加一件从头裹到脚的羽绒服，打扮一如既往地朴素又肥大。

但是蒋邂还有最后的倔强，出门前，她给自己化了个小清新的精致淡妆。

开始谈恋爱了嘛，仪式感还是不能缺的。

至于那几件库存，只能委屈它们继续待在柜子里蒙尘了。

到了公司，很多人已经来了，年底事儿多，每个部门都没得闲。放眼望去，除了几个在啃早餐的，其他人都精神抖擞地忙碌着，偶尔有人插科打诨一两句。

蒋邂路过许时遇办公室的时候，门敞着，里面没人。

还没来？

她走到自己的工位，把羽绒服脱下，摁下电脑开机键，一边啃着早餐，一边等电脑慢慢开启。

李舒此刻正在一旁和印制部的同事沟通手头上书的用纸问题，看气氛有点严肃，约摸是遇到了比较棘手的问题。

蒋邂问对面的喜宝："许总呢？"

喜宝敲着键盘的手没停，目光还停留在电脑屏幕上："你找许总做什么？"

蒋邂有些心虚，面上倒是不显山不露水："当然是工作上的事儿。"

喜宝抬头："你脸怎么又红了？"

蒋邂怀疑自己脸皮是不是太薄了。

喜宝见她吸了吸脸颊，疑惑道："你……"

蒋邂狠狠咬了一口包子："我什么？你好烦！"

喜宝看着看着，发觉不对，这姑娘今天脸上抹粉了，再仔细一瞧，居然还抹了腮红。

喜宝托着下巴，盯着对面那看似若无其事的姑娘，若有所思。

吃完了早餐，蒋邂开始整理下半年的编辑部加印稿酬结算。

这项工作从中旬的时候就开始忙活，今天总算可以收尾了，蒋邂把最后一笔加印稿酬核算完，又把部分还未经作者核实的项目发给作者，给作者们打电话核实无误后，将最终数据统一成一个表格离线发给财务部。

"黄经理，年终加印稿酬结算已经整理完毕，请查收。"

发完消息，蒋邂往身后一倚，舒一口气。

很快，财务经理黄久安的对话框开始闪动，蒋邂点进去。

黄久安："这个稿酬结算中旬就应该给我的，这都下旬了，我们财务部就两个人，手上一堆紧急的活儿都待处理，这活儿烦琐复杂又极易出差错，你现在给我，你说我还得给你加班做。我才来不久，刚接触这项业务，也不上手，你要是多为人着想一步，也不至于拖沓到现在。"

蒋邂看完一脑门问号，没着急回，先顺着他的回复反思了一下自己。

公司每年会进行两次作者的加印稿酬结算，分别是年中和年终，年中的时候，这项活儿是李舒做的，蒋邂旁观学习，现在年终，她是这项任务的执行者。说到进度，月初开例会的时候，许时遇交代了，这项工作必须在元旦之前完成，完成的定义是，加印稿酬费用已经打到作者的账户上。

月初任务下达，中旬发行部门把实销数据发给她，十天不到的时间，她在忙两本书下厂的同时，也算是有条不紊地把这项活儿完成了。

今天是十二月二十三，距离元旦还有八天，财务剩下的工作无非是再核查一遍，确定无误后进行打款，和发行、编辑做的统筹工作相比，烦琐程度未必更高。

但部门之间，相互体谅是基本。

蒋邂吃下这个瘪，好生回道："黄经理，我知道你们财务年底很忙，不过我这边确实是按照正常进度在走的。公司运营快三年，项目累计到现在已经不少，每个项目的条件也不尽相同，统筹难度较大，我们统筹完成后，还得一个个地反馈给作者核实，作者回复的时间不受控，有时候打电话也联系不上人。不可否认，这些在一定程度上都拉长了我这边的进度，那我给您说声抱歉吧，下次会尽早给您。"

明明告诉自己莫生气莫生气，字敲到最后，还是带了点情绪。蒋邂也懒得再做斟酌，把这段话直接发送过去。

黄久安很快回复了她："得嘞，我给您加这个班就是了。"

蒋邂一口气哽在心头，气得差点跳起来。

还没从这场吃瘪中缓过来，又有QQ头像一闪一闪，来自发行部门的同事，催她赶紧把刚下厂的两本书的网站资料包准备好。

蒋邂拍了拍自己脑门，抛开负面情绪，呼一口气，让自己迅速进入工作状态。

谁不忙呢，谁都很忙，每一个成年人的面前，都立着一座名为工作的小山包。

而大部分人，就坐在小山包的山脚下，一边喘息，一边微笑。

临近中午，蒋邂收到许时遇发来的短信："午饭吃什么？"

这是两人昨天确定关系后，许时遇发给她的第一条消息。

蒋邂心怦怦跳地回："员工餐。"

她回答完后，许时遇估摸反应过来自己问了个傻×问题，回道："也是。"

蒋邂能想象他敲这两个字时淡淡自嘲的神情，抿了抿嘴，回问："你呢？"

他没有立刻回复，"许老大天下第一帅"的群里却弹出了一条来自他的消息。

"全体成员，刚才和食堂招呼过了，今天不送员工餐，让食堂师傅给大家点了喜坊的餐。”

全群开始高呼老板万岁。

表情包一个接一个，彩虹屁一个又一个，蒋邂看着看着，这些花式欢呼变成层层叠叠的“恭喜”似的，每掉落一个，她的心就被某种柔软的东西敲击了一下。

咚，咚咚，咚咚咚。

心跳如擂鼓。

蒋邂翻了翻自己的表情包库，跟着大家一起发了个“老板万岁”。

许时遇后续没在群里说话了，没一会儿，蒋邂收到一条他私发过来的消息：“不必和男朋友客气。”

蒋邂感觉自己的心口中了一箭。

赤裸裸的甜蜜暴击。

爱情使人堕落，几条消息就把蒋邂搅和得无心工作，她往椅背上一靠，趁着这等饭的间隙，继续给他发消息：“你在干吗呢？今天不来公司了吗？”

“来了，在对面，和高铭轩沟通 APP 内测的事情。”

原来他在对面啊。

她问：“什么时候开始内测啊？”

“圣诞。”

“好快啊，还有两天。”

“嗯。”

“内测号有我的份儿不？”

“没有。”

蒋邂委屈巴巴发过去一个哭的表情包。

那边回：“哭什么，我的号给你用。”

蒋邂当即就在心里种起了花田。

今天在财务那儿添的堵，也在他接二连三的甜蜜轰炸下一扫而空。

第十七章 旺夫体质

星期六，平安夜，大降温。

天空下起了雪粒子，一落地就化，到处湿漉漉一片，加上呼啸的寒风，冻得人骨头都泛酸。

蒋邂一出门，就被冷风刮得缩了缩脖子。

昨天她加班到很晚，又是许时遇送她回来的，以至于她压根儿没时间去买平安果。今天睡到自然醒后，第一件想起来的事情就是买平安果。

小区周围有一些简陋的水果铺子，为了抢占圣诞的商机，许多水果铺子里里外外多少都布置了一番，门店外立着的样貌滑稽的圣诞老人摸着一撇胡子，似乎在说“今晚等我的礼物哦”。

蒋邂逛一番下来发现，这些水果铺子平安果的包装还是有些过简了，许时遇这种含着金汤匙长大的公子哥儿不挑剔才怪，于是她坐地铁去了最近的商场。

商场里的圣诞气氛更浓，圣诞橱窗被布置得美轮美奂，玻璃门上挂着片片雪花，圣诞树闪着光芒静静伫立，彩色丝带温柔垂坠。

蒋邂走进一家专卖圣诞礼物的门店，店门口有一个摆放平安果的专区，蒋邂刚驻留，就有店员走过来询问：“欢迎光临，美女，平安果您要面的还是脆的？”

蒋邂被问得一怔，她还真没考虑过这个问题。

“男生一般喜欢吃什么的？”她犹疑着问，这个问题即便有答案，参考意义也就一般。

店员问：“是要送男朋友吗？”

蒋邂心里滑过一丝甜蜜：“嗯。”

“那么您男朋友平时喜不喜欢吃香蕉呢？”店员接着解释道，“男生如果比较钟爱香蕉这种水果，一般会更喜欢面苹果呢。”

蒋邂又是哑口无言。

手机突然响起，蒋邂看了一眼，嘴角刚一弯，那店员便说：“是男朋友吧，正好可以问一问呢。”

店员说完，识趣地走远几步，蒋邂用手搔了搔鼻子，接起：“喂。”

或许是因为带了点羞涩的情绪，声音通过无线电波传过去，竟有几分娇憨感。

许时遇问：“还没起呢？”

蒋邂刚想反驳，随即又反应过来如果说实话，他必然会追问自己在干什么，难道还特意告诉他自己出来给他买平安果了？不如马马虎虎蒙混过去得了。

蒋邂放轻步子，往僻静的角落挪了挪，然后“嗯”一声，佯装出早晨刚醒不久的样子说：“今天是周末，当然是在赖床啊。”

“再来一句。”

蒋邂不明所以地“啊”了一声。

“我说，你把刚才的话再说一遍。”

蒋邂重复道：“我说我就是要赖床！”

耳边传来他笑个不停的声音。

“嗯，你笑什么呀？”说完，蒋邂抖了抖浑身的鸡皮疙瘩，恶寒地皱了皱鼻子，看来自己有拿奥斯卡小金人的潜力。

那头的许时遇又笑了一阵才停下：“蒋邂，我有点期待以后和你一起睡觉的样子了。”

蒋邂的脸顿时比不远处的平安果还要红。

“什么时候起床？我过去接你。”

“接我做什么？”某姑娘一脸窃喜地明知故问。

“今天是平安夜，带你出来玩。”

“哦。”她做出一副恍然大悟的样子，然后说，“可我还想再睡个回笼觉。”

许时遇说：“这都日上三竿了，回笼觉还没睡够。”

某姑娘继续瞎编:“我昨晚失眠了,现在还困。”说着还打了个懒懒的哈欠。

“不吃午饭了?”

“午饭之前我肯定起。”

“好,自个儿记得订个外卖。”

“好!”

“刚才还娇里娇气的,这会儿就这么中气十足了?”

蒋邂心跳漏一拍,软下嗓音:“嗯,我好困哦。”

“小懒鬼,睡吧你,先挂了。”

“哎——等等!”

“怎么?”

“我问你啊,你喜欢吃香蕉吗?”

那头停了一瞬,答:“还不赖。”

“还不赖是喜欢还是不喜欢?”

“笨蛋,不喜欢我就直接说不喜欢了。”

“哦,那我知道啦。”

挂下电话,蒋邂深觉,做一个称职的戏精真累。

说着她回到平安果专区,先前那位服务她的店员很快迎了过来:“美女,确定好买哪种了吗?”

蒋邂想也没想,答:“面苹果。”

买完平安果,蒋邂在商场里找了家快餐店,双餐合一地解决了一顿饭,然后去了健身房。她的健身教练问她最近的饮食情况,蒋邂挠着鼻子诚实作答:“这几天早餐吃的都是全麦面包和一杯低脂牛奶,午餐……午餐有时候和同事一起订餐,有时候吃员工餐,晚餐……”

教练打断她,劈头盖脸一顿教训:“得得得,你这都是什么回答,一到吃饭就把我的话都当耳边风了是吧!你这姑娘,平时从不缺勤,到了健身房也不偷懒,就是管不住这张嘴。一身软肉,其实最好减肥了。你看看你这麒麟臂,还有这下不去的小肚腩!今天我们主要做手臂和腰腹的锻炼,挑哑铃去!”

蒋邂慷慨激昂地应了声:“是!”

教练睨她:“出门前打兴奋剂了?”

“报告教练,我谈恋爱啦!”

教练趁火打劫："很好，那更不能松懈了，手臂、腰腹锻炼完成后，今天蛙跳增加五十个！"

等着她哀号的教练，下一秒就听到姑娘高亢应道："是！"就差给他敬个礼了。

锻炼完已是下午四点，蒋邂在健身中心洗了个澡回家。上午觉睡够了，下午锻炼挥了汗，此刻浑身都是轻松的。蒋邂站在镜子面前，看着镜中的自己，气色很好，双颊Q弹，脸蛋粉扑扑的，状态一百分。

刚自我欣赏不到一刻钟，许时遇的电话就打过来了，说五点半会到。

挂下电话，蒋邂"嗷"一声扑在床上，卷着被子滚了两圈，接着一个鲤鱼打挺坐起来："今天穿什么呢？"

接下来的半个小时内，蒋邂试遍了柜子里所有这个季节能穿的衣服。

最终她下定决心：一定要听教练的话，管好自己的嘴。

五点半，还没等许时遇打来电话，蒋邂已经准时出现在楼梯口，遥遥就看见许时遇黑色的保时捷进入小区，朝自己的方向驶来。

她朝车子挥起了手臂。

车内的男人见了，翘起嘴角，放缓车速，直到停在她跟前，然后缓缓摇下车窗："上来。"

蒋邂拉开车门，坐上副驾。

许时遇提醒："安全带。"

蒋邂听话系好。

车子发动上路，许时遇问："手里拿着什么？"

"礼物啊。"

"你的礼物在后座，一会儿自己拿。"

"你也给我买礼物啦？"

"嗯，毕竟是我们的第一个圣诞节。"

蒋邂扭头看向后座，上面果然躺着一个包装精致的米白色礼盒，看起来就感觉十分贵重。蒋邂想起自己买的八十八元一个的豪华平安果，顿时有些黯然。

许时遇察觉："怎么了？"

蒋邂扭回头："没事儿。"

车内静悄悄的，蒋邂问："你准备带我去哪儿玩？"

"去了你就知道了。"

"哦。"

腊月天，寒冬日，傍晚间，天速黑。

半个小时后，保时捷进入一片私人别墅群。别墅与别墅之间相距较远，大片大片的绿化带在黑夜的掩映下，仿佛一只只潜伏的巨兽。

许时遇开着车轻车熟路地进入停车场。

蒋邂下车前，许时遇问："要拿礼物吗？"

蒋邂伸长手臂去捞后座上的米白色礼盒，拿好捧住，征询："我晚上回去了再看好不好？"

"随你。"许时遇手一摊，"我的礼物？"

蒋邂背过手去，礼物跟着藏在了身后："一会儿再给你。"

许时遇瞧她一眼："好。"

许时遇抄了停车场的近道，进了一栋别墅的负一层。蒋邂跟着他绕过一间日式禅意风格的茶室，拾级而上，最后打开一道门，震耳的音乐声瞬间撞向耳膜，无休无止。

他们到了第一层。

目之所及，灯光璀璨，辉煌刺眼。

见她一脸迷茫，许时遇捏了捏她一侧的脸颊："平安夜轰趴。傻了？带你来见见世面。"

蒋邂鲜少接触这样的场合，免不了怔然，回过神来，又有点担心自己会不会玩不来这样的场合，万一给他丢人了怎么办？

许时遇一边牵着她的手往里走，一边介绍着："这是帝都作协发起的平安夜轰趴，来的大多是现居帝都的作者，也有些受到邀请从外地赶过来的作者。如果有喜欢的作者，或者正好聊出了什么感兴趣的选题，各方面都合适的话，想拿下就尽管拿。"

他这么一说，点燃了蒋邂不少兴趣："好。"

他接着问："有什么特别喜欢的作者吗？"

"有啊。"她仰头看着他答，眼神流露出不加掩饰的崇拜，"千焜。"

他微微倾身，一个吻落在她的额头。

两人继续往前走，一位正环胸和人谈笑风生的梳着大背头的中年人头微微一侧，看到了他们，露出些微诧异的神色，准确地说，应该是看到了她身旁的许时遇，紧接着侧过头和交谈者碰了个杯结束谈话，稳步朝他们走来。

许时遇也笑着上前，蒋邂却有些紧张，被他牵着的手不知不觉中沁出了细密的汗。也许是因为她第一次以他女朋友的身份出席这样人多的场合，而在座的大多数人，都是他的朋友、合作伙伴、业界长辈。他们对她会有什么样的看法，她站在他身边会给他带来什么样的目光，这一刻，她觉得自己无比在意。

走近了，那位中年人伸手朝许时遇一指，用疑惑的语气发出肯定句："许时遇？"

许时遇也伸出胳膊指向他："老柴？"

"哈哈哈哈哈！"梳着大背头的中年男人发出爽朗的笑声，"你小子！好久不见了！"

许时遇松开蒋邂的手，和中年人简短地拥抱了一下。

"蒋邂，这位是老柴，柴松杨，众所周知的'战争三部曲'的作者，中国作协会员，帝都大学历史学院副院长，战争分析专家……"

柴松杨打断许时遇的介绍："打住，少恭维我，我不吃你这套！"

"还有一个，最关键的一个，必须让我说完。"许时遇说，"我的意见领袖。"

柴松杨用食指对着他点点："你啊你！"这才将目光转向站在许时遇身边的蒋邂，"您好您好，这小子的小女朋友？"

蒋邂有些拘谨地伸出手："柴老师您好，我叫蒋邂。"

许时遇随后补充道："也是我们公司的策编。"

"不错不错，办公室恋情，工作的时候还能谈情说爱，越来越行了你！"

"您就别拿我打趣了。"

又聊了一会儿，柴松杨渐渐收起了玩笑，说起之前对公司影响颇大的傅九昕抄袭事件，问了下后续情况。

蒋邂发现，她很难融入许时遇另一个工作维度的世界，站在他旁边，她就像一个没什么存在感的背景板，如此想着，便揪了揪他的衬衣袖子："我想去吃蛋糕。"

许时遇拍拍她的头："吃去吧。"

蒋邂如释重负，迅速溜之大吉。

许时遇和柴松杨继续先前的话题：“下架的那批书私下里刚被达高集团秘密收购了。”

“虽然有欠妥当，但也算物尽其用。”柴松杨想起什么，突然说，“刚跟着你的小姑娘今天有点不自在，看出来了？”

许时遇朝蒋邂离开的方向瞥去一眼，见她正在糕点区前夹蛋糕吃，他笑了笑，不置可否：“嗯。”

“哪里人？”

“江西。”

“家境如何？”

“你个老不死的，管那么宽！”

“老不死的这是在关心你，你家老爷子那关能过得了吗？之前的小傅都入不了他们的眼。”

许时遇拧了拧眉。

“小傅的事情对你影响也挺大的，石田那天还问我，你什么时候去一趟日本，他拉线，让你和佐藤见上一面。”

“有这个打算，到时候我自个儿联系石田。”

“赶紧的，别拖了，网上那些人一个个儿的不见棺材不落泪。”

“谢了，老柴！”

“嚯，和我你客气什么！”

蒋邂给自己夹了一盘子小点心出了客厅，来到了别墅后院，后院有个很大的游泳池，窗口照射出的灯光投在池面上，泛着点点金光，水波随着风荡漾，金光随着水波摇曳。

天气寒冷，室外几乎没人，只有一棵圣诞树孤零零立着，上面的彩饰灯有些坏了，有些还兢兢业业地散发着最后微弱的光芒。

蒋邂哈出一口气，白色雾气在空中弥散开来。雪粒子早已不下了，但低温固执地霸占着这座城市。

她一屁股坐在大理石的石凳上，差点没把自己冰得直接弹起来。为了美，她今天没穿秋裤。此刻着实有些后悔，要风度不要温度的女人，大概有一半是被爱冲昏了头脑的。

插起一块草莓芝士放进口中，寒冷的感觉意外驱散了一些。

“借甜食消愁呢？”一道戏谑的声音从别墅侧门的方向传来。

蒋邂认得这个声音，未转头便问：“哪阵风把您给吹来了？”

王鲁往她的方向慢慢推着轮椅：“可不，是这平安夜刮的妖风呢。”

蒋邂这才看向他：“今天您带了自尊心出门吗？没带的话，我不介意帮您一把。”

“赶巧了，今天还真没带。”王鲁将手离开轮椅驱动处，塞进搭在自己腿上的羊毛毯子里。

蒋邂走到他身边，双手搭在推手上，往自己先前坐着的方向推：“十分钟，你这身体，被冻坏了我可赔不起。”

“残疾人也有残疾人的健身方式，我身体好着呢。”王鲁作势要撸袖子，“肱二头肌，要不要看看？”

“可别，我没这嗜好。”

轮椅刹停，蒋邂也坐回石凳。这才几秒钟的工夫，石凳又实实在在地冰了她一把。

王鲁突然说：“刚才我看到了。”

“什么？”蒋邂不解。

“许时遇亲你的时候，那么多道目光落在你身上，没注意到？”

“哦。”蒋邂想起许时遇落在她额头上的一吻，“没注意到。”

“瞧给你装的。”

这话招来一记白眼。

“今天很不适应吧？”王鲁蓦地语重心长起来。

“嗯？”蒋邂眨了眨那双大眼睛，几秒后，明白过来，“嗯。”

“这还是圈子里常见的场合，你接触过他的家庭吗？”

“没有。”蒋邂摇了摇头，又倔强地加上一句，“我们刚在一起不久。”

“你早晚要面对的，他家随便一个家宴办起来，都比今天这轰趴隆重十倍不止，作家嘛，到底还是朴素的，高干小姐和商界大佬的结合，豪华起来那才叫亮瞎你的眼。”

蒋邂一脚踹向他的轮椅脚：“你今天就是来挑拨离间的吧！”

王鲁轮椅刚滑出不到三秒，蒋邂一把拉住扶手，稳住：“你再刺激我，小心我今晚把你连带着你的轮椅一脚踹游泳池里去！”

“这真刺激，有点期待呢，怎么办？”

“你什么时候有这嗜好了？”

“小邂。”

“嗯？”

“问你个严肃的问题。”

“说。”

“你能接受来自一个残疾人的爱吗？”

蒋邂“噗”地笑喷：“你认真的？”

“Of course！”

蒋邂歪头想了想，很认真地回复：“你说我找人打断许时遇的两条腿，他爸妈会不会就觉得我能配得上他家儿子了？”

王鲁瞧她半晌，一本正经地点点头：“嗯，这个提议不错。”

十分钟将毕，王鲁说：“进去吧。”

“好。”蒋邂站起身，扶住他轮椅的推手。

两人回到客厅，王鲁说：“不用推了，去找你的许时遇吧，我自己来就行。”

“有靠谱的朋友陪你一起吗？”

“你不就是？”

“说正经的！”

王鲁笑笑：“我助理在。”

“好。那你注意安全，有事打我电话。”蒋邂说完欲走。

“蒋邂。”王鲁叫住她。

“嗯？”她转头。

“我之前出门的时候，看到许时遇和傅插画师了，两人正把酒言欢呢，你要看住了哦。”

这一针稳打稳地扎在了蒋邂的死穴上。

“我就说了你今天是来挑拨离间的吧！”

王鲁失笑，问：“手上拿的什么，宝贝儿似的抱了那么久。”

蒋邂低头瞧了一眼自己“物尽其用”的双手。

左手抱着自己要送给许时遇的平安果礼盒，右手捧着许时遇送给自己的米白色礼盒，其中一个礼盒上还叠着一个已经被自己吃干抹净的点心盘子，顺便还推了轮椅。

她怕是有隐形的三头六臂。

“平安夜礼物。”

“有我的吗？”

蒋邂支吾：“这不是没想到会遇到你吗？”

“走走走！赶紧走！看着就让人伤心。”王鲁一脸心寒似的挥挥手。

等她刚转身，他又把她叫住了，蒋邂扭头说：“礼物我会补上的！”

王鲁被她的表情给逗乐了，缓了一阵，才正色道：“心意比价格多少更贵重，时遇懂这个理儿。”

蒋邂愣了下：“谢谢。”

刚走两步，许时遇的电话就来了，问她哪儿去了，她随口扯了个谎：“上厕所。”

“便秘了吧你。”

蒋邂心虚地努了努嘴。

“我在二楼棋牌室，上来。”

“马上。”

蒋邂挂了电话便往旋转梯上走，在拐角处和正要往下走的傅九昕打了个照面。她们之前见过几次，傅九昕显然是记得她的，礼貌地朝她颔了下首，晃着个玻璃杯便下去了。

蒋邂在原地短暂地驻足片刻，才往闹哄哄的棋牌室走去。

棋牌室内气氛很嗨，人声鼎沸，洗牌的簌簌声此起彼伏。

由于桌与桌之间的间隙又小，里面的人塞得满满当当，但蒋邂还是一眼就望到了人群中的许时遇。

之前一进室内，他就把羽绒服脱了，里面只穿了一件灰色的连帽卫衣，卫衣上没有任何图案，闲适中又有几分持重。明明很素，在她眼中却分外惹眼。

蒋邂把手里的礼物暂放在门口的储物格上，走过去，似有所感，他恰好抬头，原本微拧的眉慢慢舒展开，朝她招招手：“过来。”

她顿时笑开，走到了他跟前后，才发现没有可以坐下的地方。

许时遇这桌玩的是牛牛，此刻他正坐庄，并且手气感人，发钱发得停不下来。难怪这桌围着的人最多，路人甲乙丙丁见了这手气，谁不想过来圈上一笔。

许时遇洗牌的间隙扫了蒋邂一眼：“怎么站着？”

“哦。”蒋邂起身就走，“我去拉张椅子。”

刚转身，胳膊就被人一扯，稳稳地跌坐在了他的大腿上。

“哇哦！”“啧啧啧！”“靠！”的声音顿时在周边炸开。

蒋邂脸色涨得通红。

“就坐这儿，给我旺旺手气。”许时遇将洗好的牌给她，“喏，这回你替我发牌。”

对面的玩家笑说：“时遇，你就别垂死挣扎了，今天这钱哪，你就当是提前祝大家新年快乐了。”

有人附和道：“许总赚那么多，偶尔散散钱就当慈善了哈。”

“大家今天可着劲儿下，我刚才翻了下手机上的皇历，你们许总今天不宜上桌，忌赌。”

桌周笑声层层叠叠。

蒋邂实在不服，心想，一定要给他发到好牌，去你的老皇历！

她正发着牌，旁边一下注的年轻男人忽然发表了和大家不一样的意见：“那可不一定，我看许总这腿上坐着的姑娘，可比刚才那个看起来更招财。”说着毫不犹豫地把注押到了许时遇这边。

蒋邂心里一抽，那男人似乎反应过来刚才说的话有失妥当，便又追加了一句：“可爱的女孩通常旺夫，对吧大家哈哈哈哈哈！”

又是附和声连连。

蒋邂顿时气也不是，笑也不是。

牌发完了，许时遇看牌前，笑着说了句：“商人哪有甘心输钱的道理，女朋友招不招财也不打紧，关键是在这儿坐着，花钱有人管着，安心不是？”

许时遇说到“在这儿坐着”时，搭在她腰间的一只手，轻轻掐了下她的腰，蒋邂被刺激得往他怀里缩了下。

周围顿时有人捂胸口：“虐狗无耻！”

“虐狗必输！”

蒋邂凑在他耳边说了句：“我刚才看见傅插画师了。”

“嗯？”他漫不经心地应了声，眼睛看着牌面，算着点数。

蒋邂原本想问，这不是作家轰趴嘛，为什么她也在？见许时遇没有要接自己话茬的意思，话到嘴边，还是咽了回去。

其他玩家一个个开始报自己的点数，牛七，无牛，牛四，牛牛，牛一……

下注者们则屏息地注视着许时遇，等待他摊牌。受气氛所感染，蒋邂的注意力随即也转移到了他的牌上，刚才沉浸在自己的世界里，没关注他的牌面，这会儿他五张牌叠一起，蒋邂只能看到面上一张，不禁好奇起来。

双眼巴巴地盯着面上那张红心 J，很快，他五指一动，第二张牌露出一角，梅花 Q，大伙儿抽了抽眼角，摊个牌而已，卖什么关子。

蒋邂捏着一把汗，一眼不眨地盯着他手上的动静，忽然后脑勺被人扣住，脑袋被人狠狠往前一带，“吧唧”一声，脸颊上被人盖了一个戳儿。

盖戳的人眉眼全是张扬的笑：“你怎么这么棒呢？！”说着将手上的牌往桌上一甩，“金牛，通吃，给钱给钱！”

红心 J、梅花 Q、黑桃 J、梅花 K、方片 K 在桌上呈扇形依次排开。

“靠！翻五倍啊！”

“一把就全回去了！”

“我去！还真是个旺夫体质的！”

“不带这么邪乎的！”

“不信了，再来！”

蒋邂也有些不可置信，许时遇笑着戳了戳她的脸蛋：“你属吉祥物的吧？”

“我给你收钱。”她兴致勃勃地开始给他“讨债”，许时遇“嗯”一声，托了托她的身子，确保她不会从自己腿上滑下去后，往椅背上一靠，闲闲地看着她。

那个唯一押注成功的年轻男人一边算着自己这一把的盈利，一边邀功似的拍了拍许时遇的肩：“许总，我看人的眼光准吧？”

许时遇睨他一眼，回忆了一下他先前说的话，哂笑一声：“但说话还是得好好练练。”

第十八章 所经之路，灿烂千阳

之后又来了几局，许时遇输赢好坏参半。散场子的时候，蒋邂在那儿掰着手指头算他是赢是输，被许时遇揽住肩膀打断：“没输，财迷。”

“多亏了我，记得给我发红包！”蒋邂伸出五指，在他面前晃了晃，“赢了的部分五五。”

他轻笑了一下：“都给你。”

走出棋牌室之前，蒋邂在储物格里拿走了自己的礼物，许时遇见她小心翼翼地捧着，问：“准备什么时候给我？”

“马上啦。”她说完提议道，“外面好像在放烟火，一起去看吧。”拉着他的手就往外走。

许时遇及时把她拽住：“现在外面人多，我们换个地方看。”

“好啊。”

许时遇牵着她上了旋转梯，上了三层楼，又在廊道上左拐右拐了一阵，进了一间装修极佳的主卧，蒋邂见他如此轻车熟路的样子，心里有点不舒服，不禁想，他是不是之前也和别的女人来过……

然而又被他一眼就看穿：“去年和老柴他们一起在这儿跨的年，当时我就住这间。”说完还补充一句，“就我一人，隔壁那间是老柴的。”

“哦，这样啊。”她老神在在地点点头。

许时遇翘了翘嘴角。

这一层楼都是客房，装修风格是按照五星级酒店豪华套房的标准来的，奢华舒适，一面墙上金色的壁纸带给人一种阳光般的温暖。

蒋邂这才后知后觉，他带自己来这儿干吗？不是说换个地方看烟火吗？这是看烟火的地儿吗？

她捂住脸，刚捂住没一秒，被人拽着胳膊往里带，蒋邂的自我保护机制瞬间启动："你想干吗？"

"哗啦"一声，瀑布般落地的水蓝色窗帘被拉开，一面映着夜色的巨大落地窗呈现在她面前，光可鉴人的玻璃处，还隐约可见她和许时遇一高一矮的镜像。

许时遇笑着反问："你说我想干吗呢？"

他话音刚落，一连串的"砰砰砰"响彻夜空。

彩色的烟花一飞冲天，在夜空中飞溅出各种各样的姿态，火树银花，美得让人头晕目眩。

烟花声太大，盖住了许时遇的声音，蒋邂没听见。紧接着，一束明红色的火柱冲上天，"砰"的一声巨响，在空中炸出一颗红彤彤的大苹果，苹果把、苹果叶、圆滚滚的苹果身，一处不缺，像一幅仿得惟妙惟俏的水果丹青。然而不出须臾，红色火光慢慢散开，夜空转瞬恢复寂静。

许时遇问："漂亮吗？"

"漂亮！"

"那么，礼物可以给我了吗？"

"你这么期待呢？"

"废话！"

"好吧。"蒋邂将那个几乎被自己抱了一晚上的平安果礼盒，递给许时遇，"天上的那个苹果我留不住，这个给你。"

许时遇接过，想打开，又停住："现在能拆吗？"

蒋邂点头："可以啊。"

他不紧不慢地拆开，平安果上印着一圈字——"所经之路，灿烂千阳。"

他摩挲片刻，笑说："这是我见过字最多的苹果。"

八个字，竟然绕了苹果周身一圈。

蒋邂很是自豪地接茬："也没有很多了，就是看起来多而已，其他的苹果都是把字印在一面上，只有这个最特别哦，绕了苹果一圈。"

"蒋邂。"

"嗯？"

“谢谢。”

蒋邂愣了下，看着躺在床上的那个令自己的礼物相形见绌的米白色礼盒，瞬间心安不少。

烟火看完，礼物送完，终究还是到了该思考如何在这个房间泰然处之的时候。

许时遇此刻正坐在那张柔软的大床上，给苹果拍照。蒋邂走过去，问：“我们今晚不会就住这儿吧？”

许时遇抬眸看了她一眼，把选择权交给了她：“是留宿，还是回家，你决定。”

这招真绝。

蒋邂没吭声。

许时遇拍好照，将手机往床上一扔，掂着苹果去洗漱间了，出来的时候，轻甩了下苹果上的水渍，然后一口咬上去。蒋邂原本正在思考着是否留宿的问题，见他这就吃上了，目光一紧，盯住他。只见许时遇眉一皱，蒋邂身躯一震，就听他说：“靠，怎么是面苹果！”

得了，她这是被店家的歪理给忽悠了。

但毕竟是自己送的礼，必须得稳住。

蒋邂攒了下气势，理直气壮道：“面苹果怎么了？面苹果就有毒啊。我送的苹果，你不想吃也得给我吃完。”

他觑她一眼：“我有说不吃吗？”

她窃喜地低头：“哦。”

“好好思考刚才的问题。”许时遇坐在床上，往床头一靠，优哉游哉地啃苹果。

“这个问题哪用得着思考，就……”她说到一半顿住了。

“就怎么？”他咬一口苹果，吃相说不上多优雅，但自在得让人想挠死他，“瞧你那尿样儿，坐过来，爷给你分析分析。”

蒋邂翻了个白眼，一屁股坐在床的另一头，听就听。

“坐那么远干吗？怕我吃了你？”

“不敢委屈了您的胃口。”

“你现在和我说话真是越来越嚣张了。”

“作为女朋友，嚣张权还是有点的吧？”

许时遇想了想：“你还挺有理。”

“是吧？那现在轮到你讲你的理了。”

“行。”许时遇啃了一口苹果，说，“蒋邂，我们都是成年人了，对吧？成年人谈恋爱，只要你情我愿，把恋爱里的整个过场走完少则几小时，多则十天半月，是不是也很正常？”

“这得分情况。”

“怎么分？虚情假意还是真情实感？”

蒋邂摇头：“看是否心甘情愿。”

许时遇眸色微暗：“你呢？你心甘情愿吗？”

蒋邂眼角微微一动，这细微的动作被许时遇迅速捕捉，他头皮一敛，某种猜测在脑海中滑过：“靠，不是吧？”

蒋邂咬牙朝他丢了一个抱枕：“就你经验丰富是吧，靠靠靠，靠你个大头鬼！”

许时遇捞住抱枕，眼神锁定她，啃完手里最后一口苹果，果核往垃圾篓里一投，他一边咬着苹果一边说：“走，送你回家。”

他刚一靠近，蒋邂就后退了一步。

许时遇眸色深了几许。

就这么定定地对视了半晌，蒋邂转身就走。

许时遇及时抓住她的胳膊：“你怎么回事？忽然就气上了？”

蒋邂：“你那么聪明，会不知道吗？”

许时遇顿时哑然。

蒋邂掰开他的手：“回去吧。”

又是一阵短暂的沉默，许时遇说：“我送你。”

他拿起床上的礼物盒，看了眼前方疾步的背影，这才迈步跟上。

一路上都是诡异的沉默，蒋邂心里很不是滋味。

她气的是什么？

不过就是那一句“走，送你回家”。

就因为他一眼望穿了她还“未经人事”，所以前进一步就是罪恶？如果被他拿走了这个第一次，他是怕从此以后必须得担着这份责任吗？反之，如果自己早已尝过情事，那他就可随意采撷？

横竖想起来都像一场玩弄，谁能不气！

到了小区楼下，蒋邂解了安全带就要下车，但是旋了旋车门把手，车门纹丝不动，打不开。

“麻烦许总开下门。”

他神色如常：“不急。”把礼物塞给她，“拿着。”

“不用了。”

“你的苹果我都吃完了，就当是礼尚往来，你也该收下它。”

“不稀罕？”见她一脸执拗不理睬，许时遇摇摇头，状似可惜道，“毛恋恋推荐的时候和我说，这支香水是Chanel最新出的全球限量款，不出一小时就绝版了的，你说我那么卖力抢来了送给人家，人家还不要，多糟践啊。”

蒋邂的嘴角抽了抽。

许时遇弯着身子歪着脑袋凑到她跟前：“真不要？”

某姑娘不为五斗米折腰：“不要！”

“那换个礼回你。”

许时遇倾身啄了下她的嘴角，蜻蜓点水般。

蒋邂愣愣地眨了眨眼。

许时遇直接掰转过她的肩，然后单手扣住她的后脑勺，让她无限贴近自己，迫使她的唇迎上自己的唇。

“嗯……”蒋邂感觉自己呼吸困难，为了自保，她时而咬紧牙关，时而强拢唇瓣。这种小阻碍于许时遇这种老道的高手来说，无异于是一番许久没有领略过的刺激。

他拇指摩挲着她的后颈：“乖，放松点。”

蒋邂不是没有过接吻的经验，但被吻得这番脸红心跳是第一次，只能在他的循循善诱下，一点一点去适应他的节奏。

单纯的接吻持续了好一段时间，待她足够意乱情迷之时，许时遇的手慢慢朝她的衣服下摆探去。掀起她并不精简的里衣，炙热的手掌贴上她小腹的那一刻，蒋邂着实打了个激灵，内心一片方寸大乱，许时遇低低问道：“上去？”

蒋邂的当即反应就是拒绝：“不行，这房子隔音不好。”

“那就堵住你的嘴。”

“啊？”

他笑着刮了刮她的鼻尖，然后正了正她的衣服，又理了理自己的，安分地坐回驾驶座。蒋邂不太舒服地扭了扭身子，许时遇问：“怎么了？”

“那个……里面的内衣……还没扣上。”

“别扣了，一会儿还得脱。”说着，他驱动车子，导航了最近的酒店。

见她没有拒绝，保时捷一骑绝尘。

途中，许时遇提议道：“过来和我住吧。”

蒋邂一愣，神色有些纠结。

许时遇看出她所想：“你是觉得我们在一起的时间不长就住一块，怕惹人非议？”

蒋邂不语，确实有这方面原因，但……

“或者，你对我没有信心？抑或是，对我们这段感情没有信心？”

“对，我没有信心。”

“为什么？”

蒋邂直截了当地说：“因为你没有那么喜欢我。”

许时遇听完却讥讽地笑了下：“那你为什么不下这辆车？”

蒋邂神色骤变，一股火直抵天灵盖，她一言不发地把手缩回自己的衣服里，开始扣内衣。

许时遇也不拦她：“你这人忒情绪化了。”

“那你知不知道，你太无耻了！”

他果然将无耻进行到底：“不知道。”顿了顿，无奈道，“我这人说话嘴贱，你又不是不知道。不过不是哪一次，你多听我解释一下，气就能下去不少，所以接下来，你听我一次性说完好不好？”

纵然他语气软了不少，蒋邂的气却是没下去半分，绷着脸望向窗外。

许时遇扫了一眼映在窗玻璃上的她的影子，说：“你还记不记得在一起的时候，我就和你说过，大部分的爱情都始于试一试，而试一试，必然有一定的喜欢作为基础。你们女生总讨厌男人太过理性，非要他们感性地说爱你，爱你爱到死去活来，非你不可。男生表现出一点的怠慢，你们女生就一副受尽委屈的模样。蒋邂，我喜欢你是真的，不然也不会和你试一试。但没那么爱你，也是真的。我以为的爱，不是一蹴而就，而是日积月累。如果你因为一开始的不够爱，就觉得如此受伤，接受不了，那么以后的日子还那么长，你如何让我把不够爱，变成非常爱？”

窗玻璃上映出女孩的泪光。

“你说得很有道理，没道理的是我的感情，是我的问题。”

许时遇腾出一只手扔给她一盒纸巾：“先擦擦眼泪。”

“我没哭。”

“对，你没哭，是雨下到车里来了。”

这回想逗笑她却没那么容易了，但她也渐渐心平气和了一些，然而理解一个道理和能不能接受一个道理是两码事，所以两人分开的时候，之间的氛围依旧冷到可以冰冻三尺。

对于那天的不欢而散，许时遇不明白的是，女人的雷区怎么能那么多，一个不注意就踩中燃爆。

同居的事不了了之，冷战却是接踵而至。

“十年九遇”的同胞们在紧张忙碌的工作之余，总觉得办公室的小奶猫和暴君近日来似乎有点不对劲，但又瞧不出什么端倪。

圣诞当日，“十年九遇”APP 开始进入内测流程。

在进入安全测试中的安装和卸载测试环节时，“时恋”方的技术小哥在APP 交流群里上传了一份内测号分配名单，黎漫下载后又上传到了“十年九遇”的工作群里，通知大家各自认领，并要求每人三天内提交一份体验报告。

许时遇半年多来的心血都耗在这款软件的开发上了，涉足新领域，突破旧理念，打造国内首款为纸质服务的电子阅读 APP。

蒋邂内心还是十分期待的。

她下载文档后，打开看见几十个名字赫然在目，每个名字后面都跟着一个账号和与之相对的初始密码。

同事们纷纷找到了自己的账号，开始登录。

蒋邂对着电脑屏幕擦了擦眼，难道是打开的方式不对？她关掉文档，重新打开，仔仔细细将文档中的名字从头看到尾，结果没有任何改变——她的内测号呢？为什么文档中没有她的名字？

蒋邂来到黎漫的办公室前，敲了敲门，黎漫见到她，丝毫不意外：“就知道你会来。”

蒋邂直截了当地问：“漫姐，这是怎么回事啊？”

黎漫纳闷地说：“你问我，我也奇怪着呢，我从 APP 交流群里下载下来的文档就是这个，打开一看，一数，嘿，怎么少了个人，在群里问了句嘴，‘时恋’

那边的人说，名单他们是管许总要的，我说不对，少了个人，麻烦再核实一下吧。人家刚应了声‘好’，许总自己说话了——没错，不用核实。”

万万没想到理由是这样，蒋邂又蒙又恼，可一瞬间，不久前的一个小插曲倏然划过她的脑海——

“内测号有我的份儿不？”

“没有。”

“哭什么，我的号给你用。”

“你怎么了？耳朵这么红？”黎漫困惑地说，“我也搞不清是什么状况，刚准备去问许总呢，你就来了，刚加塞进来一活儿，我一时走不开，要不你自己去问许总吧。”

蒋邂“嗯”一声，退出黎漫的办公室，出来的时候，耳根还是红的，不知是气的还是怎么，估计是气的成分居多。她才不至于自恋到认为他会记住一个随口而说的小插曲，不给她内测号，纯粹就是为了昨天的事情在报复，赤裸裸的报复！

那么该不该去找他理论呢？

蒋邂为此感到非常纠结。

踟蹰了半天，或许是因为有了一个适当的台阶，蒋邂去敲了许时遇办公室的门。

许时遇从办公桌前抬起头，一指前方的沙发：“坐。”

蒋邂也不跟他客气，径直坐下：“许总，我直话直说，我是来找您要内测号的。”

“哦？”

“哦什么哦？你是故意吧？”

“我故意什么了？”

“全公司的员工，每个人都有内测号，偏偏少了我的，你敢说你不是故意的？”

“确实是故意的。”他把手中的文件放下，站了起来，双手撑在办公桌上，身子微微前倾，目光稳稳地落在蒋邂脸上，“但如果我说不是因为那天的吵架故意报复你，你相信吗？”

他眼神直勾勾地盯着她，蒋邂感觉他的目光炙热得就要在自己脸上灼出个洞来了，她极力稳住心神："你少和我扯别的，给不给我号？"

"恃宠而骄说的就是你，你是来找领导的吗？我倒觉得你是来找男朋友兴师问罪的吧？"

许时遇直起身，绕出办公桌，走到离她咫尺之遥的位置，微微弓了些身，头与她持平，贴近瞧她的脸，低声说道："至于内测号嘛，给，当然给。"

蒋邂被他灼热的气息逼得节节败退："那您尽快安排一下吧。"

她说完就要走，转身的时候不出意外被拉住了。

许时遇说："别闹了。"

蒋邂浑身僵住，没挣开他的手，就这样任他拉着。

"189××××7890，密码 jx01281126xsy。"他把她拉近了几分，又扶着她的肩膀正了正，让她完全面对着自己，才继续说，"之前说好的，我的号给你用。没错，我的确是故意的，但不是因为吵架的事，你认为我会是这样没品的人？"

蒋邂脾气再硬，被他这么温声温语地哄了几句，也该软了。她抬头直视着他的眼睛，说："那你……哎，对不起，我又闹脾气了。"

许时遇揉了揉她的头发："小样儿，不过不用给我说对不起。"他用食指点了点自己的嘴唇，示意用行动表示即可。

蒋邂被他逗笑，踮起脚尖，嘴巴微翘，就要去啄他的嘴角。

砰砰砰——拍门声响起，有人敲门。

两人如触电般霎时分开，退回到旁人以为的安全距离后，许时遇微咳一声："请进。"

黄久安走了进来，递上一摞文件："许总，这里分别是您要的年度图书项目毛利汇总表和下半年编辑毛利分成统计表。"

许时遇接过，往身后的办公桌上一搁，问："作者签约条件明细一览表什么时候给我？"

"在统计了，最晚明天就能给您。"

"好，要尽快。"

黄久安笑着说："许总，您知道的，我经手的工作，从不会拖延的。"

许时遇点点头，黄久安又再三保证了一番，转头退出办公室，经过蒋邂身边的时候，面无表情地看了她一眼。

就是淡淡的、不带任何情绪的一眼，无端让蒋邂感觉很不自在。

许时遇觉出什么，问道："怎么了，不喜欢他？"

不喜欢一个人总得说出点不喜欢的理由，说不上理由，那便只能归于人与人之间的气场不合了。上次因为结算作者加印稿酬的事和他闹了点小小的不愉快，但那也不至于成为一个人讨厌另一个人的理由，不然，显得自己多小家子气似的。蒋邂想，十之八九就是这气场的锅。

许时遇抛了个是非问句给她，这就不好答了。她想了想，说："也不算吧，可能罗梦姐更跟我合得来。"

"若是要和每个人都合得来，那你活得也太累了，不喜欢就说不喜欢，多正常。"

"嗯。"

许时遇钩钩手："过来点。"

蒋邂走近："这是办公室，不大好吧。"

"你以为我想干什么？"

"我哪知道你要干什么！"

"放心吧，不在办公室弄你。"他笑道，"大概元旦后一周内测就能结束，完事了我们一起去日本。"

"我俩？"

他摸了摸她的头："当然不是，公司团建。"

"哦。"蒋邂问，"不过年中的时候，我们不是团建去了一次三亚吗？"

"嗯，这次就当是多给你们的福利。"许时遇说，"顺便处理一点其他的事。"

第十九章 我超崇拜你的

一月上旬，伴随着帝都一场纷纷扬扬的大雪，APP 内测顺利结束，综合了大家的体验报告后，“时恋”方修复了几个 bug，加固了系统的稳定性，对各种细节做了更细腻的加工升华。年后还会陆续进行第二、第三轮内测，争取在世界读书日上架。

而高铭轩确实是平台运营的高手，不过数月时间，他赖于先前在朗文积攒下来的不少固有资源，又借力“十年九遇”优于同行的良好口碑和受众，再加之他那一套套层出不穷的运营策略，多维度发力之下，已经为“十年九遇”的 APP 上线积累了一大批种子客户，让这款尚未露面的 APP 俨然有了未出世而先扬名的趋势。

读者们都在期待这款掌上阅读 APP，既然做的是掌上阅读，为什么又要为纸质服务？读者不好奇是不可能的。

而那些原本在前期还一派隔岸观火轻松状的同行见高铭轩如此发力，也隐隐有了危机感。

“十年九遇”在业内风评向来不错，因专注打造爆品被市场捧吹已经成了习惯，倒不容易因一点尚无结果的好前兆而春风得意。况且前段时间抄袭事件带来的负面影响余音未消，门前雪还待清扫干净呢。

说起这件事，就得说起那九本图书的重新上架问题，其中大部分都已顺利上架或下厂，然而还有两个项目的封面……难产了。

原本封面难产个十天半月，也不是什么大问题，让人痛心疾首的是，它好巧不巧地耽误了大家的日本之行。

负责两本封面的编辑之一就是蒋邂，她很是着急，和李舒两人最近因此而加班不断，赶着在许时遇规定的最后期限之前好让封面顺利下厂。

放假时间在二月初，为了不耽误大家的日本旅程，两个难产项目最晚必须在一月二十五号前下厂。只剩不到半个月的时间了，蒋邂恨不得一分钟拆成两分钟用，尤其是在一月十九号这天，李舒负责的那个项目的封面在许时遇那儿顺利拿到绿灯的时候，蒋邂感觉天都压到自己一个人身上了。

她可不想因为自己的问题而成为众矢之的。

于是，蒋邂开始了昏天黑地的忙碌。连许时遇约她吃饭，她也只能可怜巴巴地拒绝，拒绝了一次两次就算了，拒绝三次也算了，但拒绝三次都用一个表情包……是什么意思？！

这也太打发人了！

许时遇很生气，所以……约了第四次，当他再次收到同一个拒绝表情包的时候，实在是忍无可忍，冲出了办公室，直奔蒋邂的工位，然而，没见着人。

“她人呢？翘班了？”许时遇语气着实不是很好，旁边的喜宝和李舒皆是一愣。

喜宝说：“小邂今天去设计师家了。”说着还打开抽屉，抽出一张纸递给许时遇，“喏，她写了外出单给我签字的。”

单子上填写的外出理由是：和设计师小左沟通并定版某项目的封面设计。

许时遇问：“这个项目的封面不是毛恋恋在负责？”

喜宝说：“这么多个项目需要重新走设计，恋恋实在忙不过来，所以分出去了一部分，小邂现在的这本就找了外边的设计师。”

许时遇的脸色冷下来：“所以你就给她推荐了小左？”

喜宝不明所以：“小左有什么问题吗？”

小左，性别男，爱好女。“十年九遇”长期合作设计师，鬼才一个，“十年九遇”的 logo 就是他设计的。当毛恋恋忙不过来时，他就是“十年九遇”的御用 NO.1。人嘛，除了举止轻浮一点，言语轻佻一点，也没别的毛病了。

喜宝不知道自己做错了什么，为什么要被老板用这种恨不能将自己挫骨扬灰的眼神直视着，但是从自己这些日子敏锐的嗅觉反馈来看，她好像又明白了些什么。

喜宝放在桌子下的手暗暗地搓了搓，决定套个准儿，给自己的猜测盖个戳儿：“老大，这您可不能怪我，恋恋分身乏术的时候，咱们用的都是小左，您以前也是绝无二话的啊。现在时间紧，任务重，免不了当面沟通，面对面和小左沟通，我和李舒也是经历过的。小左这人吧，顶多没事儿说几个荤段子，揩一下女生的油，不过也是仅此而已啦。小邂作为一个被我和李舒熏陶了大半年的新时代女性，能屈能伸，被吃这点小豆腐，还是能放得开的。”

一旁的李舒听了不免错愕，她向来情商不低，听完这么一席话，某些东西呼之欲出。

这一番“请君入瓮”之语，许时遇自然是秒悟，但他显然没打算避过，冷笑道：“他要真对小邂动手动脚了，以后凡是你负责的书，就都找小左吧。”

喜宝：“啊……”

许时遇说完便转身回办公室去拿外套，从办公室出来的时候，经过喜宝她们的工位，见喜宝一脸发现了新大陆的惊世表情正在向李舒靠近，便说了一句：“没错，蒋邂现在就是我女朋友。”

说完，挥一挥衣袖不带走一片云彩，徒留喜宝和李舒在原地面面相觑。

大雪如鹅毛，铺天盖地。千里冰封，车子不好上路，刚拐了个弯，不料轮胎一打滑，车子猛地往一侧的岔路口滑去，“哐”的一声撞上路口处笔挺静立的景观石雕。车身剧烈一晃，许时遇稳住惯性前倾的身体，迅速刹了车。周围没什么行人，没造成什么大损伤，但是这尊豆腐石雕被拦腰截斩，断成两截，中间还有个大豁口。车子也不怎么幸运，车前盖被剐蹭掉了一小块漆。

不远处的交警一边默记着他的车牌号，一边踏着冰小心翼翼地半滑半走过来，生怕车主在他眼皮子底下来一出肇事逃逸。

许时遇倚着车轻叹口气，抚了下额，觉得真是糟心透了。

不出所料，交警一来，就开始扯起了一系列的公物赔偿问题，要去交警大队开具价格鉴定委托书，还要到物价局进行物价评估，还要打电话给保险公司，许时遇难得地体会到，没有助理是一件多么让人心塞的事。

中途他拣着空给蒋邂打电话、发短信，但是电话没人接，短信没收到回复，这差点让他抓狂。等他好容易处理完一切，已经是傍晚了，外边的雪落得越发大了，四处都结满了冰凌子，看着剔透洁净，却是天寒地冻。

车送去了维修中心，许时遇坐地铁去找蒋邂。刚出地铁站，蒋邂的电话就打来了，开口便问：“许总，我才看到你的未接电话，你找我什么事呀？”

听见电话里传来呼呼的风声，许时遇就知道她已经完事儿了，不答反问：

“你现在在哪儿？”

“哦，我刚从小左家出来，现在正往三洁村地铁站走呢。”

“我在西南出口等你，别走错了。”

那头明显愣了一秒：“你……”

许时遇很快道：“这不是怕你一个路痴迷路，我来接你回家。”

那头迅速辩解：“什么嘛，我哪里路痴了？！”

“别磨叽了，快点。”

蒋邂哼唧一声，挂了电话，在雪地里飞奔起来。

她本以为许时遇会在靠近西南出口的地铁站里面等她，谁知跑着跑着，远远便看见前方的地铁口处，漫天大雪里，一个身形颀长的黑色身影孤身而立，羽绒服的帽子遮住了他大半张脸，他双手插在及膝羽绒服的口袋里，略略低着头，看着自己的脚尖在雪地里轻轻辗转。

银白的雪花一瓣一瓣落在他的黑色帽子上，煞是扎眼。

蒋邂停止奔跑，放轻脚步，正准备神不知鬼不觉地出现在他面前，他像是感知到了什么似的，忽然抬头，望向她所在的方向。

他轻轻一笑，脚尖停止旋转，然后看着她走近。

这画面太温柔，那道黑色身影像极了电影里等待爱人的深情男主。

终于到了他面前，蒋邂抬手拍去他衣服、帽子上的雪花，心尖儿颤颤道：“你干吗站在这里等啊？走！进去！”说着就去挽他的手。

手刚触到他的袖子，整个人就被那只袖子里的胳膊紧紧箍住，蒋邂蓦地撞向他怀里。他怀里分明很凉，蒋邂却被这突如其来的动作烧得浑身蹿火。

她脸贴着他的胸膛，想要问他怎么了，他却又将她箍紧了几分，轻轻说道：“真是奇怪，突然就很想你。”

蒋邂微微一滞，说：“我也想你。”

“那么，搬过来和我一起住吧？”

这趁火打劫的真是时候……

“你还犹豫什么？”

怀里的女孩扭了扭身子，仿佛还是纠结了一阵，在下一句质问降临之前，终于妥协：“好。”

一路上，笑语欢声。

“小左那家伙有没有动手动脚？”

“我把他的想法扼杀在摇篮里了。”

“很好，还知道守身如玉。怎么个扼杀法？”

“碰一下，扣一千的稿费；碰两下，免全部的稿费；碰三下，买卖不成仁义也丢。”

“这么容易？我印象里，他可不在乎钱。”

“当然没这么容易。”

“哦？”

“有一个绝招。”她贼兮兮地冲他笑道。

“是什么？”

她钩钩手，让他伏低身子，嘴巴凑到他耳边说：“我跟他说，我男朋友是许时遇。”

说完出其不意地亲了一下他的耳朵。

许时遇摸了下被她偷袭的耳朵，笑着说：“这招确实不赖。”

两人一块吃的晚饭，其间蒋邂给他看了和小左一起碰撞出来的最后的几版封面，许时遇神色淡淡地看了一会儿，选了其中一版，提了几个修改的小意见，然后给她放了绿灯。

蒋邂有点怀疑：“这就定下了？没有故意放水吧？你是不是怕我自责？万一我因为没定下封面误了大家的日本之行，肯定会很难过，你担心我是不是呀？”

他敲一下她脑门：“不至于。”

“真的过了？”

“过了。”

“你觉得这版封面真心不错？”

“嗯。”见她不甚相信的样子，许时遇多说了几句，“在恪守科普类社科书封面的基本调性上，通过拟人化设计增强了它的通俗性，拉近了科学与普通读者之间的距离，很有特色，大众会眼前一亮。”

这个评价相当之高了，蒋邂一颗心彻底放下，也不枉她被小左掐了下脸蛋。

去日本之前，“十年九遇”年尾的所有项目都得以顺利完成，蒋邂却没因此眉飞色舞多长时间，因为那长了翅膀般飞出去的狗血八卦实在是让人欢喜不起来。

茶水间向来是八卦往来的驿站。

“听说新来的那个编辑和许总搞到一起去啦！”

“哎哟，不得了了，这个本事可大了！”

“我说呢，抄袭在这个圈子里也见怪不怪了，许总当初何至于大义灭亲呢，原因在这儿呢！”

“瞧见没有，人家为了勾搭上许总，下苦功夫减肥了呢，对自己也真够狠的。”

“还真是，我见她最近把外套一脱，身段可真不错。”

“你啊，不羡慕还不行，人家底子好啊。”

“你看过她简历不？我听说她家庭背景不太好，十八线小县城来的！”

“许总他爸妈能瞧得上？”

“我看悬，就连傅九昕他家都挑三拣四的。”

“迟早得分。”

“不见得吧，许总还是挺专一的，这么多年就傅九昕一个。”

“可要和傅九昕比，蒋邂差了还真不是一星半点，人好歹是知名插画师啊，她蒋邂是什么？名不见经传的打工仔罢了。”

“和谁搞办公室恋情不好，非得和许总，这以后要是出现问题，‘十年九遇’怕是待不下去咯！”

听了半天，也没听到一句能入耳的。

蒋邂攥着手里的空杯子，从茶水间的门口默默走开。

“十年九遇”算不上是个多大的公司，但要每个人都认全，也并不是那么容易，就好比刚才在茶水间里嗑八卦的仨人，她就叫不上名字。

为数不多的乐观因子告诉她，陌生人的闲言碎语不要太在意。

毕竟世人大多眼孔浅显，总见不得身边原本和自己差不多的人突然在某方面甩开自己一大截，于是只能靠在背后嚼些酸不溜秋的舌根图个爽快了。

喜宝知道了这件事的当天晚上，就一刻不停地发了一堆消息轰炸她。就喜宝那个大嘴巴子，要让她藏秘密，还不如相信母猪会上树。再者，据喜宝所言，许时遇口不择言说出那句“没错，蒋邂现在就是我女朋友”的时候，一来没有刻意压低声音，二来没有规避员工，也难怪这消息会长翅膀。

最初的时候，蒋邂还不由自主地开启了“天要亡我，如何避险”的自我防御机制，当她把求救信号发送给许时遇时，他却见死不救、无动于衷、一脸云淡风轻地说：“这周末我过去帮你搬家。”

至此，蒋邂发现所有的自我挽救都徒劳无功，最终，也就只能听之任之，顺应天命了。

放假前的最后一个周末，蒋邂终于告别了自己半年多的合租生活，搬去和许时遇一起住，就在她认为自己要贞操不保时，有如佛光护体般，她的大姨妈来了。

蒋邂大大舒了一口气。

许时遇冷笑：“鼠目寸光。”

等到“大姨妈”一过，年底的日本之行却恰恰到了。

原本，此次去日本，许时遇的主要目的是为了见日本著名的推理小说家佐藤青央。佐藤青央享有“世界级推理教父”的称号，他的作品凭借“奇讽”的独到风格，在全世界的推理文学版块上有着开创性的意义。这位声名显赫的老作家一直是许时遇十分敬仰的长辈，甚至可以说，他能在文学上有所成，很大一部分原因是他从很小的时候开始，就受了佐藤青央作品的熏陶。

许时遇提出要去一趟日本的时候，蒋邂就问了他此行的目的。当他告诉她要见佐藤青央时，无须他再多说，蒋邂就明白了这趟行程的必要。

一直以来，傅九昕抄袭事件都没有彻底翻篇，傅九昕的道歉也仅仅是从她个人角度给这件事画上了一个句号，余波尤在。贴着傅九昕名字的地方，下面还是骂声一片，毕竟是自食其果，道歉无法作为洗白的理由。有“十年九遇”的地方，也会掺杂着几句不大好听的言论，譬如用人不当一生黑之类。而许时遇出现的地方，也总有那么一拨黑子不遗余力地引战，战术层出不穷，只为给他贴上“抄袭”的膏药，还是怎么撕都撕不下来的那种。

企业之间人才的争夺战无非就是这样，得不到的，必然打压，而这种虽不光明却低成本的打压方式，总是那些对手企业的首选之策。

所谓的清者自清，在这种低成本造谣面前，一文不值。

甚至这一盆脏水，已经喷溅到佐藤青央那儿了。只是因为千焜曾在一次语音访谈中谈到过佐藤对自己写作生涯的影响，黑子们便像抓住了他的小尾巴一样，声势浩荡地喊起了“千焜抄袭推理大师佐藤青央”的口号。

柴松杨先生作为许时遇的忘年好友，对此事是义愤填膺，愤懑不止，经他日本同学石田的引荐，愣是要安排许时遇和佐藤青央见上一面。佐藤先生是日本原创反抄袭协会的一员，对抄袭向来零容忍。据闻，老头子虽古稀之年，性子却是杠得不行，眼里容不得一粒沙子。

蒋邂心想，但愿别人眼里的沙子，这位老先生也愿意吹一吹。

“律师那边的进展怎么样啦？”蒋邂刚醒，从被子里探出一个脑袋。许时遇有早醒看书的习惯，搬过来和他住以后，蒋邂每天早上睁开双眼，身边的男人就已经摊着一本书坐在床头了。

见她醒了，许时遇低头，将她遮住眼睛的头发拨向一边，说：“取证差不多快结束了，如果佐藤先生那边顺利的话，大概两者可以同时发声明。”

“这么自信的吗？万一佐藤先生并没有看过你的作品，更不用说愿意为你发声了。”

他眼波闪闪，亮着光似的：“看过的。”

蒋邂细想一下：“也是。”他并非无名小辈，不然佐藤先生也不会答应见他了。

“也是什么？”他忽然俯下身子，凑近她，唇角斜斜地翘起。

故意的！

蒋邂迎上去啄了下他的嘴：“你最厉害啦，我超崇拜你的！”

他揉了揉她的脑袋，把她本就乱糟糟的头发挠得更似鸡窝了：“再睡会儿，下午还要赶飞机。”

“好。”

蒋邂从回笼觉中醒来的时候，时间已经过去了两小时，身旁的许时遇早已不见了踪影。她骨碌一下从床上爬起来，跑去更衣室找他。

此刻他正在收拾行李，行李箱摊开平放在地上，里面除了几件简单的换洗衣物，塞的都是书。

千焜的书本本都售出了日本版权，日语版肯定是有的，而如果要送佐藤先生的话，日文版肯定更方便阅读，但他还是坚持送中文简体版，并且要从中国带过去。

蒋邂走近，在行李箱边蹲下，翻开其中一本，果不其然，签了名，再打开一本，也签了名。又多翻了几本，在其中一本上，还看到他用日文写给佐藤先生的祝福，很简洁的一句话，大概是祝老人家身体康健的意思。

蒋邂说："书太重了，带着多累啊，你也不怕被海关扣留。"

"不至于。"

蒋邂把自己的行李箱拖过来，打开后说："摊一部分在我这儿吧，我帮你带点。"

他转过头来："你们女孩子一个行李箱装衣服都不够，这么慷慨呢？"

"我没这么臭美吧？"

"难说。"

蒋邂怒瞪他一眼，去拿他行李箱里的书。

许时遇捉住她的手："你别掺和了，我这箱子够放。"

"够放归够放，太重了。"

"要么放车上，要么托运，要么推，难不成我还扛肩上？"

"总之我不管，你让我帮你分担一部分吧。"

许时遇盯着她的脸看了一阵，不再坚持："看在你这么恳切的分儿上，准了。"

第二十章 正式官宣——许&蒋

蒋邂和许时遇在帝都机场取完票后，办理了托运，安检过后前往候机厅和同事们会合。就在要到达他们所在的候机厅时，蒋邂看到前方同事们熟悉的身影，不太自然地把许时遇牵自己的手挣开了。

许时遇一眼看穿，却没有多说什么。

两人若无其事地继续往前走，蒋邂放慢了一步，落在他后面。

远远有人发现了他们，咬起了耳朵，喜宝大喇喇地在前方朝他们挥手："许总！小邂！这儿这儿，给你们留了位置！"

蒋邂顺着她旁边的空位看过去，有点头大，两个座位挨在一起。环顾四周，这个候机厅除了这两个紧靠的座位，没有多余的座位了，别的候机厅倒是有些空位，但是真要去坐了，未免太欲盖弥彰。

蒋邂哀莫大于心死地跟在许时遇身后走向那两个空位，忍不住脑补在他们来之前，喜宝摆着手对前来询问座位的人说："不好意思，这两个座位已经有人了。"

或者："不好意思，这两个座位是小邂和老大的哦。"

甚至："不好意思，宁毁一座庙，不拆情侣座，你们另寻他处吧！"

蒋邂揉了揉突突直跳的太阳穴。

许时遇先她一步坐下，为了避免自己被喜宝摁着肩膀坐下去弄出大动静，蒋邂非常用力地稳住自己的内心，尽可能地让自己的表情看起来无懈可击。

可是辛苦装淡定，毁于一瞬间。她刚一坐下来，喜宝就拍着她的肩膀，毫不避讳地问道："你俩怎么回事，为什么要分开坐啊？"指的是他们在飞机上的座位，没有买在一起。

估计是黎漫告诉她的。

蒋邂还没想好怎么答，喜宝又问许时遇："老板不与民同乐吗？不跟着我们一起坐经济舱？而且经济舱里还有我们小邂啊。"

许时遇原本在低头看手机，这会儿抬起头来。

喜宝说："您要是不想纡尊降贵坐经济舱，您也可以让漫姐给小邂买商务舱啊。"

又侧头对蒋邂说："是不是你要求的？我说你这脑子可真不开窍！"

坐在喜宝旁边的李舒拉了拉她的衣袖，提醒道："你话有点太多了啊。"

喜宝这才注意到自己的声音有点太大了，下意识地压低了些："我话哪儿多了，这谈恋爱了就该有谈恋爱的样子，不能这么屃，小邂你听到没？"后面又回归到抨击蒋邂了。

蒋邂窘得要死，甚至有些忐忑，喜宝这一番话身边不少同事都听到了，许时遇更是一字不落地入了耳。

他应该有些生气了。

喜宝这家伙真是太不注意场合了。

就在她决定无视这一切，当作什么都没听到时，许时遇忽然抬手揉了把她的头发，声音很温和地说道："听到了没，以后别那么屃了。回来的时候，我和你一起坐经济舱，或者你陪我坐商务舱。"

蒋邂睁大眼睛。

许时遇再次当着所有同事的面，在她头发上狠狠地揉了一把："记住了没？"

蒋邂觉得自己要犯心脏病了。

抵达日本羽田国际机场的时候，是当地时间晚上八点多。一行人等坐上大巴去事先预定好的酒店办理入住，除了许时遇和几个中高层的领导是单人一间的套房外，其他所有人都是两人一间的标准房。

蒋邂被安排和毛恋恋一个房间。

大家陆陆续续地进了电梯，到了蒋邂和毛恋恋所在的楼层时，许时遇跟着她俩一起出来了。

蒋邂转过头："你不用管我，我自己能行。"

“看你进去。”

“许总，不要这样虐狗吧，太没人性了！”毛恋恋在一旁酸酸地说，“唉，我听说日本酒店的房间都很小的，小邂和我一起挤一个标准间，多委屈她呀，您说是不是？要不您俩住一块儿，房间又大又舒适。”

蒋邂说：“不带你这样嫌弃人的啊！”

许时遇牵住她的手，对毛恋恋说：“正有此意。”

“靠！赶紧走赶紧走！”毛恋恋一脸嫌弃得要死的样子，“恭送老板和老板娘！”

蒋邂还来不及说话，许时遇将蒋邂手里的行李箱一把拉过来：“走吧。”

蒋邂赖在原地不动：“不好吧。”

“有什么不好的，刚是谁答应说以后不尿的？”

“我没答应啊！”

“默认了。”

“哎哎哎，你别拉我啊。”

“要不是得拖箱子，我就扛你了，走不走？！”

“你轻点！轻点！手腕都要被你勒断了，我走就是了！”

大伙儿收拾得差不多的时候，看见许时遇在群里发消息说晚上请大家一起吃日料，一行人又快快乐乐地补妆换装，然后在约定时间一起浩浩荡荡地出门了。

蒋邂为了避嫌，和喜宝、李舒走在一块儿，许时遇倒也没说什么，随她去了，自己则和高铭轩走在一起，一路上沟通着工作上的事情。

上一秒还在说着 APP 的系统维护问题，这一秒高铭轩忽然发问：“许总，那背影是有多好看啊，你不要太明显了。”

“有吗？”

“还是第一次见你和我聊工作时如此心不在焉。”

“那挺好的。”许时遇唇角弯出一个浅浅的弧度，“我的确好久都没这样了。”

“真酸！”

“你怎么看？”

“看什么？蒋邂吗？”

“嗯。”

高铭轩和蒋邂没什么工作上的对接，不是很熟，他盯着蒋邂的背影看了看，又回忆了些以往和她在公司里碰面时的场景和必要见到时的场合，想了想，说：“平凡的姑娘很可贵。”

许时遇闻言，唇角往上提了提。

高铭轩说：“但她很敏感。”

“嗯。”

“有点危险啊。”

许时遇又看了眼前方那个正说说笑笑的背影，没接话。

包括出发当天在内，这次日本行共七天时间，前四天时间大家自由支配，后三天是公司年会。由于年会需要提前布置会场，黎漫等人能支配的自由时间相对会少些，但这并不妨碍大家兴致高昂，毕竟这是一次与往年相比完全多出来的福利。

翌日，大伙儿各自结伴出发去景点玩了，许时遇和蒋邂不疾不徐地吃完早饭，才坐上了从东京新宿去往横滨的电车，许时遇特意选了一条途经江之岛的线路，带她坐上了那条传说中日本最出名的电铁线之一——江之电。

清新的绿皮小火车在蔚蓝色的海岸边疾驰向前，小火车上积雪铺了薄薄一层，电轨两侧的积雪厚如纯白地毯，入目皆是清澈纯净，风景无限美好。

经过镰仓高校前站时，蒋邂问一直望着窗外看风景的许时遇：“许总，你看过《灌篮高手》吗？”

“嗯？”他的视线依然望着车窗外，“换个称呼。”

“好吧，许时遇。”

“嗯，看过。”

蒋邂说：“我听说，在镰仓高校前站下车，走出去就是平交道，那是樱木花道和晴子相遇的地方。”

许时遇说：“是在这里。”

蒋邂托着腮，专注地望着窗外蔚蓝与纯白交接的海岸、白雪覆盖下隐约可见的斑马线，还有停着数只麻雀的电线杆，叹息道：“不知道他们最后有没有在一起。”

许时遇伸手捏了捏她的手背：“留白才是最好的结局。”

“你日文怎么样？”下车之前，蒋邂问许时遇。

许时遇答：“勉勉强强。”

没多久，下了车，来接他们的是柴松杨先生的日本好友，石田雄高先生。石田先生一脸和气之相，笑容可掬，许时遇主动向前和他握手，一连串的日文流利又自然地从口里蹦出来，蒋邂站在他身侧满脸黑线：许总您可真是谦虚。

以她昨晚临时抱佛脚的水平听来，只听懂了其中的“恐尼奇哇（您好）”“阿力尬多阔撒呢吗斯（谢谢）”“吾得苏噶得兮幺兮哒（麻烦您了）”几个常规的礼貌性用语。

不知许时遇说了什么，石田先生将目光挪向她，一脸笑意将手伸向她，蒋邂微微颔首，和他简短地握了个手：“一喜得桑，恐尼奇哇（石田先生，您好）。”

石田先生对她又笑了说了句什么，蒋邂没听懂，戳许时遇的手臂问：“他刚才说什么啦？”

许时遇说：“说你可爱。”

“真的吗？”

“真的。”

石田先生先是尽地主之谊，午饭请他们吃了顿当地的特色菜，然后按约定时间开车带他们去了佐藤青央在横滨的家。

一路上，许时遇和石田先生都在畅谈，聊文学、谈艺术、唠家常，蒋邂安心地当着许时遇的陪衬，只有他们说到什么好笑的话题发出笑声的时候，蒋邂才会好奇地插嘴问上一句：“你们刚才说什么啦？”

通常这个时候，许时遇就会侧头将刚才的笑点言简意赅地说给她听，如果真的戳到她的笑点了，蒋邂会毫不遮掩地笑开，如果没有戳中她的笑点，她也会尽量真情实感地配合他们笑上一阵。

到佐藤家的时候，差不多是日本的下午茶时间。

石田先生摁了佐藤家的门铃后，家中的一位阿姨前来开的门，进入厅内后，许时遇将一箱子里作为礼物的书递给这位阿姨，阿姨拖着箱子询问了几句后，说了句“稍等”，便要提着箱子上二楼。许时遇见状，忙跨上台阶：“这位阿姨，我帮您吧。”

阿姨摆手婉拒，说着先生不许旁人打扰的话，许时遇便不再坚持，退下台阶。

几人站在客厅静静等候。

待阿姨下来后，原本装满书的箱子已空，暂放客厅一隅，阿姨领着他们进了一楼专门招待客人的茶室。茶室内陈设简单，素雅却又不失精致，一张深棕色的矮茶几上摆着一束翠绿枝叶的淡粉色插花，周围放了四个蒲团。阿姨示意他们坐下，然后双膝着地，给他们斟茶、上点心。

又等了一阵，招待室的门缓缓被推开，一位穿着藏蓝色和服的老人负手走了进来，精神矍铄，器宇轩昂。许时遇、蒋邂、石田立马起身，老人笑嘻嘻单手一摆："不用起来，坐着吧。"

老人在仅剩的那个蒲团上盘腿坐下，和石田在同一侧，阿姨给老人斟上茶后，老人便示意让她先退下。

石田最先开口："佐藤先生，这就是中国的许时遇。"

佐藤打量着坐在自己跟前的年轻男人："许，久仰大名。"

许时遇忙说："不敢当，佐藤老先生的名号才是我等后辈望尘莫及的。"

石田又指向蒋邂，介绍道："佐藤先生，这位是许先生的女朋友。"

佐藤的目光挪向蒋邂："您好哇，小姑娘。"

蒋邂听懂了，赶紧道："佐藤先生，久闻大名，缘铿一面。"她说完拽了拽许时遇的衣角，让他帮自己翻译一下。

许时遇一脸严肃："这句太难，我不知道怎么翻译，这可怎么办哪？"

蒋邂有点蒙，赶忙解释："就是久闻先生的大名，但是一直没有见上一面，这回终于见到了的意思。你赶紧的！"

许时遇"哦"了一声，却并无下文。

对面的佐藤突然拍着胸口哈哈大笑："小姑娘，你经常这样被他欺负吗？"

蒋邂这回更蒙了，老先生不仅能听得懂中文，还会说中文，除了音调不是很在线外，发音基本无碍。

许时遇说道："佐藤先生曾在中国旅居过几年，四处采风游玩，这口流利的中文怕是那时候耳濡目染学来的。"

蒋邂心想：原来如此。

佐藤："是啊，都三十多年了，那时候你们都还没出生呢。现在老了，走不动了，每天就在家里插花、沏茶、冥想，也没几个客人上门，无聊死了！"

一旁的石田说："佐藤先生，您这可怪不得人，多少学者、专家想上您这来请教切磋，您自己不乐意，若您乐意，您家这门槛怕是要被踏破咯！"

佐藤先生哼唧一声：“我那是人人都能见的吗？！”

石田：“是是是，您老德高望重，旁人随意见不得！”

蒋邂被老人的童趣给逗乐了。

佐藤：“小姑娘，你笑话我呢？”

蒋邂：“哪敢，老先生您古稀之年，能有这般稚子之心，觉得很可贵，很有趣。”

佐藤：“多夸夸，把我夸高兴了，你男朋友今天所求之事，我马上就给应了。”

蒋邂惊出一身冷汗：“老先生，您这进入正题的方式我有点招架不住。”

她本来只是个陪衬，为什么一瞬间就成了这场谈判胜负的关键？

佐藤哈哈笑了两声：“一本正经地谈古论今、探讨文学地切入正题多无聊啊，我才不要。许，你说是吧？你别告诉我，你原本就是打算用这种方式来套路我吧？”

许时遇笑着给老先生的杯子斟满茶：“不瞒您说，晚辈无才，原本就是这么打算的。”

佐藤摇头：“你还没你这女朋友有趣。来，小姑娘，除了拥有稚子之心外，你看我还有什么其他的优点啊？”

蒋邂还没想好怎么开口呢，佐藤又说：“文学上的就不必说了，那些陈词滥调互联网上一查，到处都是，千篇一律，乏味至极。”

好吧，这就把她最宽的一条路给堵得密不透风了。

蒋邂求救般地望向许时遇，许时遇挑了挑眉，无声在说：靠你了。

什么叫哀莫大于心死，这就是了。

蒋邂拿起杯子喝了口茶。

不就是溜须拍马吹牛吗？职场小白的绝佳本领，没吃过猪肉还没见过猪跑吗？夸人谁不会。

除了许时遇不疾不徐地喝着茶外，石田和佐藤都看着她等她开口，蒋邂把心一横，看向佐藤先生，终于说道：“佐藤先生以写推理之作而立于世界文学之林，书中险象环生、人性繁复，本人却拥有一颗纯粹童真之心，这种作者与作品天堑般的剥离感，让人惊讶又钦佩。老先生年逾古稀，却精神抖擞，满脸的福相，必然长寿安康。”

夸人是有惯性的，蒋邂越说越顺，也不像一开始那般不自然了：“您平常除了插花、沏茶、冥想，肯定还健身吧，身材还保持得和年轻人一般无二呢。我觉得您年轻的时候，肯定是个俊小伙儿，特别招女孩子喜欢，风趣幽默，撩人的本领估计也不赖，恐怕有很多女孩拜倒在您的西装裤下。都说相由心生，您眉长而垂，眼睛细长而黑白分明，一看就是个深情专一、不易变心的人。我猜想，您和您的夫人现在的感情依然如故、如胶似漆吧？”

说到此，石田的神色微变，望向佐藤。

蒋邂注意到了，敏感地住了嘴。

“我说错什么了吗？”她有点慌。

佐藤无妨地摇了摇头：“我夫人两年前就过世了。”

蒋邂忙道：“对不起。”

许时遇也说：“先生节哀。”

佐藤又哈哈笑起来：“小姑娘这么惊恐做什么，你说的都是对的，你说的每一个字都令我心情愉悦，尤其是你说到我专一的时候，我最高兴。”

石田叹一口气，蒋邂和许时遇对视一眼。

佐藤先生给自己斟了满满一杯茶，然后开启了话匣子：“她是我的第三任妻子，我很爱她。你说得没错，年轻的时候，我特别喜欢撩女孩子，心思野。因为年纪轻轻有所成，甩了同龄人一大截，自命清高，用你们中国人的话说，是个渣男，和许多女孩子纠葛颇多，暧昧不清，这也是我前两段婚姻失败的原因。后来因缘际会我遇见了她，一个比我小近二十岁的小姑娘，没事儿整天追在我后边说要嫁给我，但那时候的我刚经历了两段失败的婚姻，对新的感情还比较抵触，甚至不惜把我混乱不堪的感情史添油加醋地说出来吓唬她，她可好，从此立下目标，说要把我教化成一个深情专一的人。”

蒋邂说：“她一定是成功了。”

佐藤继续说：“她过世前，我一直守在她身边，走的时候，她和我说的最后一句话是‘老头子，你看，我成功了吧’，那扬扬得意的语气啊，和她当初立下目标时志在必得的口气，如出一辙。”佐藤看向茶室西边的一扇百叶窗，窗外的白雪纯洁刺目，纤长的电线杆笔直地伸向远方，他嘴角微微向上弯着，缓缓说道，“我很想念她。”

三人都顺着他的视线看向百叶窗外，一时间没有任何人说话。

还是佐藤率先打破了这种哀悼般的寂静，说：“许，当家里阿姨把你送来的书带到我书房时，我就决定帮你这个忙了。”

横滨的夜景很美，白雪皑皑间，霓虹闪烁，但是天气太冷了，两人都无暇在外逗留，从佐藤先生家出来后，便搭乘出租车直接去了横滨港附近的一家酒店。

许时遇带蒋邂在酒店附近的便利店买了些洗漱用品和换洗内裤，然后手拉着手往酒店走。

办理完入住，进入房间，蒋邂有些不自然，问："你先洗漱还是我先？"

许时遇表示随意："都行。"

"那我先吧。"蒋邂攥着刚买的临时用品麻溜地钻进了卫生间。

卫生间的门再次打开，已经是半个小时之后。他从手机游戏中抬起头，就见眼前白皙水润的姑娘被热气熏得满脸通红的面庞，还有紧箍着浴巾不敢松开的手。

他把手机往床头桌上一扔，站起身，走向蒋邂，捏了一下她粉扑扑的脸蛋："赶紧吹头发，别感冒了。"说完便走向了卫生间。

蒋邂深深嘘出一口气。

她刚吹完头发，卫生间的门就打开了，许时遇赤着上身走了出来，他身上只穿了一条一次性的黑色内裤，许时遇一边擦着头发一边走向她："吹好了？帮我吹吹？"

蒋邂眼睛一眨："好啊。"

她把吹风机插在床头边的插座上，又拉着许时遇在床边坐下。

呼呼的暖风吹起，蒋邂站在床边，一手拿着吹风机，一手认真温柔地拨弄着他湿漉漉的碎发。

两人都没有说话，房间里只有吹风机发出的呼呼风声。

许时遇的头发简短又利落，没几分钟就吹好了，蒋邂将吹风机放下，拨了拨许时遇被自己吹得乱七八糟的头发，将它理得顺了些，然后大功告成一般说："好啦！"

许时遇抬眸直视她："好了？"

她挑挑秀气的眉："是啊。"

许时遇单手将她的腰一钩，往后一倒，两人齐齐摔在了床上，柔软的床顿时向下陷进去不少。

蒋邂伏在他炙热而光裸的胸膛上，镇定的面色渐渐不保："你干什么？"

"你说干什么，来酒店的路上，你不是就知道答案了？"

蒋邂在他小腹上掐了一把，正好掐在隆起的腹肌上，脸更红了。

他笑问："嗯，手感怎么样？"

蒋邂不答，在他大腿内侧的软肉上一掐，许时遇被她掐得"嘶"了一声，漆黑的眼睛盯着她看了一阵儿，然后猝然将她的身子一翻，把她压在了身下："敢撩虎须，我看你是欠收拾！"他直接从她的腋下切入，扯掉了她蔽体的浴巾。

"许！时！遇！"

"干什么？你要不愿意，我现在就再去开一间房。"他伸手在她腰上不轻不重地掐了一把，然后真情实感地评论了一句，"手感不错。"

"你是说我胖？"

"很好，你直接忽略了我前面一个建议。意思是，不介意我继续下去？"

"你先回答我，我胖不胖？"

许时遇又在她的腰上探了探："不胖，算瘦的了。"

蒋邂不可思议："你不是安慰我的吧？"

"不是。"许时遇拨着她的头发，问，"是不是健身了？"

"你怎么知道我健身了？"

"资深健身会员一摸你这腰，就能判断是马甲线待成型。"

"你的意思是，我现在身材不错咯？"

"很好。"

"和傅九昕比呢？"

许时遇皱眉："干吗要提到她？"

蒋邂没说话。

许时遇顿时明白了："你健身减肥是受了她的刺激？"

蒋邂还是没说话。

许时遇在她脑门上敲了一下："你是傻吧你！"

两人干瞪着眼对视了好一阵，蒋邂忽然说道："我好像真的好喜欢你。"

不然干吗非减肥不可呢？

许时遇愣了片刻，对准她的唇，狠狠吻住，唇齿相贴时，蒋邂迷迷糊糊听到他"嗯"了一声，然后在目眩神迷间，含糊地回应了他之前那个建议："我愿意呢。"

隔日，许时遇醒来的时候，蒋邂还在梦中。他下意识准备坐起来看书，想起来身边一本纸质书都没有，索性又躺回了被子里，把睡得正鼾的姑娘轻轻地搂进了怀里。

再次睁眼，是因为怀里的姑娘扭了扭身子。

姑娘哼唧了一声，睁开了眼，但是皱紧了眉。

许时遇在她的眉毛上轻轻摁了下：“还疼？”

蒋邂抱着他的手臂，往他怀里窝了窝：“有一点点。”

“很快就好了。”

蒋邂却忽然想起什么似的：“现在几点了？”

许时遇一只手伸出被子，在床头桌上摸到手机，开机一看：“十点多了。”

“上午十点，日本作协官博上要发表佐藤先生的声明，赶紧看看呀。”

许时遇很从容：“急什么？”

“真是皇上不急太监急。”蒋邂夺过他的手机，“你不看我看！”

她轻车熟路地解了锁，进入微博，十点零三分的时候，日本官方作协发表了一则声明，声明一开头就郑重地表明了立场，这是一则由佐藤青央先生嘱托、日本作协全权代表并为此言论承担全部法律责任的声明。

声明中写到，中国悬疑作家千焜所系作品，代表了中国悬疑文学版块的超高水准，其中不乏佐藤先生再三拜读的倾心之作，好的原创作品应该被呵护，而不是任这股用力过猛的反抄袭之风左鞭右伐。一个国家拥有优秀的青年作者，不仅是一个国家的荣幸，还是一个时代的荣幸，在公开平台慎言是作为网民的基本素质。

一言掀起千层浪。

这则声明在原创圈里被疯狂转载，网友们对原创、抄袭与反抄袭的讨论也越来越白热化。

蒋邂惊讶地发现，在日本作协发声后不久，“十年九遇”官方微博紧跟着发布了律师声明，同时还附有针对千焜被黑抄袭事件而做的各种调查取证说明，每条证据都反击得无懈可击，找不到一丝空子可钻。不仅如此，官方发的这条声明中，还甩出了两张起诉函，平常在各个平台上挥舞着“千焜抄袭”大旗叫嚣最甚的两家营销号被拉出来杀鸡儆猴了，起诉罪名为侵犯名誉权。

集中火力，两炮齐发，打得那些黑子措手不及。

蒋邂看着网上齐刷刷一片向好的评论，躺着给许时遇握了个拳：“在下佩服！”

许时遇用手包住她的拳头：“本来也是小事儿。”

“既然你觉得是小事儿，那你干吗非要见佐藤先生？”蒋邂不以为然。

许时遇戏谑了一句：“怎么？作为一位优秀的中国好青年，我还不能清高点了？”说着点了下她的鼻子，“不过我一直想见佐藤老先生也是真的，只是一直找不到一个好理由。他最烦别人找他探讨作品，别看他是个作家，但他很不喜欢聊自己的书，他认为，作品只要能在当下带给人好的阅读体验，珍惜那一刻的感受就好，一旦进入学术范围，反而会解读过剩，曲解作品的本真，无聊至极。”

蒋邂把自己的手从他手里挣出来，戳他的胸口：“倒也不会，一个作品能把它放到学术的范围内去讨论，是它本身价值的体现，而喜欢钻研作品的人，也能益智，何乐而不为呢？老先生这点我可不赞同。”

许时遇对此没发表意见，捉住她在自己胸口放肆的手指：“你这么肆无忌惮，可要承担肆无忌惮的后果，昨晚还没受够？”

怀里扭来扭去的姑娘瞬间老实了。

可是一老实，男人的欺负欲又上来了。许时遇捉着她的手在自己身体上一直游走，沿着他的小腹渐渐蜿蜒而下，还没到达目的地呢，手机忽然狂振起来，打开一看，竟是一堆群消息。

发行部、印制部的同事正在群里叫苦连天。

“我正站在富士山脚下思考‘为什么爱一个人就像爱富士山’这种深刻的哲学问题，经销商的电话蜂拥而至，老板，你既然选择了带我们来度假，又为什么要选择在这一天为自己平冤昭雪？”

“臣附议！”

“啊啊啊啊啊！马景涛式咆哮！为什么！”

“江西、湖南地面店《黄昏时致歉》采购量激增。”

“叮叮网东莞仓、无锡仓《黎明未醒》大量缺货。”

“东北三省新华书店主动要求《九十岁童话》大规模码堆。”

“《国王》加印五万。”

“江州、洛文两家出版社分别在催《国王》和《星流之役》的委印单了。”

“《老大的处女作》全网断货，经销商希望我们尽快供货，目前先开启了预售，加印量现在得确定啊。”

“老板，你也太坑人了吧。”

“这拨营销真是666了！”

“我才刚赶到浅草寺呢，老板，我谢谢您嘞，省了我的门票钱！”

“我热爱工作，工作使我快乐，我这就从东京塔滚回酒店，回去处理加印的事儿，这都啥时候了，印厂都要关门了，得亏我们是甲方。”

“谢谢老板，托您的福，这些都是大单子，不然印厂师傅直接和我挥挥手 say goodbye。”

……

蒋邂被屏幕上激增的消息给闪蒙了，翻个身就要去找自己的手机，许时遇当即把她给捞了回来。

“别拦我啊，我现在手机上肯定有一堆工作消息要处理。”

“不急一时。”

蒋邂“啊”了一声：“请问你是我老板吗？”

许时遇不咸不淡道：“我不仅是你老板，还是你男朋友。”

“发行、印制、营销、设计、编辑是一个环儿里面的，大家都忙起来了，我不能偷懒啊，会被大家说闲话的。”

“作为老板，我会拦着我的员工给我赚钱吗？”许时遇笑着说，“抢个红包先？”

蒋邂先是愣了一瞬，很快反应过来，这是要犒劳大家呢，立马开始找手机。

许时遇反手朝身后一摸，将手机递给她：“这儿，已经给你开机了。”

蒋邂接住，迅速进群，抬头时一双眼睛圆溜溜闪着光：“谢谢老板，我已经准备好啦！”

许时遇说：“要不要说三二一，你好抢个头排沙发？”

“这算是女友福利吗？”

许时遇淡笑：“你觉得算，那就算吧。”

蒋邂仰头就去啄他的嘴，一下，两下，三下：“算算算，当然算！”

许时遇被她亲得心猿意马，握着她的肩膀，将两人的距离稍稍拉开了一点：“你悠着点。”

她的眼睛依旧亮晶晶的。

“准备好了？”他问。

她答：“嗯！”

“那我开始了？”

“开始吧。”

他朝她挑了挑眉：“三？”

她点头，示意自己准备充分。

“二？”

“放马过来！”

他又是一笑：“二点五？”

这回她也笑了：“哪有这样犯规的？”

他嘴角微微一提：“一！”

他话音刚落，企业微信群里瞬间弹出一个鲜艳的红包。

万事俱备只欠红包的蒋邂二话不说就点了进去，抢了个69.88。

还不错！

蒋邂顺着红包排行去看其他人抢到的金额，300多、400多、500多的比比皆是，好几个还拔得了上千元的头筹。

万元红包抢了个69.88……

蒋邂汗，这运气真适合去买彩票。

她神色恹恹就要退出企业微信，许时遇突然捏住她手腕：“这位财迷，你是不是忽略了什么？”

说着，他朝手机点了点下巴。

蒋邂的视线重新回到手机上，眼神刹那间就凝住了。

红包上的内容是：“正式官宣——许 & 蒋。”

第一个浮现在蒋邂脑海中的问题就是，他妈的“十年九遇”有谁姓蒋啊？

很快又反应过来，靠！全公司就自己一个人姓蒋啊！

第二十一章 荣光犹在，荣耀不减

姓蒋的姑娘先是一阵不可抑制的狂喜，很快就陷入了深深的郁闷之中。

如此堂而皇之的办公室恋情，真的好吗？

她怀着说不清道不明的心情刷着大家的祝福。

喜宝：“有本事这时候官宣，有本事就原地结婚好吗？”

毛恋恋：“麻烦给我叫辆救护车，我在东京新宿区新宿站东口附近，快点，心肌梗塞了，很严重。”

黎漫：“许总，恭喜恭喜，不过我说，您可真不厚道，大家正忙得不可开交呢。”

窦小洋：“天哪，小邂你真牛，把我们许总都给钓走了！”

毛恋恋：“楼上那位，经销商的电话还没把你淹没吗？”

李舒：“恭喜，祝天长地久。”

黄久安：“意料之外，没想到蒋邂小朋友居然如此有魅力，能受到我们许总的青睐，真是恭喜啊。”

喜宝：“编辑部可做证，我们胖小邂魅力无边！”

李舒：“楼上 +1。”

高铭轩：“恭喜二位，不过我多问一句，事业、爱情双丰收的许总今天只发一个红包，诚意是不是不太够啊？”

同事 ABCDEFG：“皇上，臣附议！！！”

许时遇正吻蒋邂吻得认真，可身下的姑娘刷手机刷得不为所动，他很是不满，将她手里的手机夺走，扫了眼屏幕，然后把她的手机扔得远远的，拿起自己的。

下一秒，蒋邂眼睁睁看着他云淡风轻地发出了第二个万元红包，这也就罢了，他还极其自然地敲了一句话发在群里：“好好工作，别影响我们睡觉。”

群里似乎有片刻的寂静，然而不出须臾，众人的讨伐声铺天盖地，仿佛要穿透屏幕刺穿蒋邂的耳膜。

许时遇把手机关机，伸手就去揽她。

蒋邂伸手推开他的胸膛：“我要工作！”

“让我亲一会儿。”

“你昨晚也是这么说的，说话不算话！”

“这回真的。”

“不可信。”

“就亲五分钟。”

“不行！”

“三分钟。”

“你别想了！”

“你这女人……”他单手将她两手的手腕一捏，飞快又强硬地朝上一提，死死地固定在她头顶，“给你敬酒不吃，怎么这么爱吃罚酒呢？”

“嗯……”

蒋邂同学就这么被强行亲亲了，直到退房回东京的车上，才抽出空来解决工作问题。

“十年九遇”的年会是在东京一家五星级酒店的大型宴会厅里进行的，头两天主要是才艺表演和颁奖抽奖，还有一些集体性的娱乐项目，相比起前两日的轻松惬意，最后一天的复盘总结自然显得乏味而略枯燥。

这是蒋邂毕业以来第一次参加这种年终的复盘总结大会，她不知道其他人心情如何，总之，她是有点期待和激动的。

和着窗外洒进来的冬日暖阳，蒋邂和许时遇坐在餐厅一隅用早餐。

“你待会儿是要发言的吧？”

他淡淡道：“嗯。”

“当着全公司的面演讲，你不会紧张吗？台下那么多人。”蒋邂光是想想都觉得这种成为众人焦点的感觉必然如芒在背。

许时遇仿佛听到了什么好笑的笑话般，摇头失笑："那是你。"

想想也是，他是谁啊。

蒋邂叉了块芝士小蛋糕放嘴里："我会在台下看着你哦。"

许时遇正低头剥着茶鸡蛋，闻言抬头看了她一眼，嘴角向上翘了点。

九点左右，两人吃完早餐，一起前往宴会厅，他们的座位相隔较远，许时遇坐在第一排正中间的位置，他的周边都是"十年九遇"的其他中高层。而蒋邂坐在距离他三排的侧后边的座位上，左右分别是喜宝和李舒。

九点半，众人稀稀拉拉地到齐了，总结大会正式开始。

黎漫是这次大会的主持人，她一身知性极简的着装站在演讲台前，拉了拉话筒线，将话筒对准自己，按照惯例，先是一段开场白。

"'十年九遇'的小伙伴们，上午好。又是一年年末，一转眼就到了我们例行总结过去、展望未来的时刻。和往年不同的是，今年我们年会的地点从国内改移到了国外。"说着她自己也没绷住嘴角的笑，"这可把你们都乐坏了吧？"

台下不约而同地响起一句："切……"

紧接着是一阵陆陆续续的笑声。

黎漫也笑了："所以，这个福利好不好？"

下面有人嗷嗷着大声喊："好！"

也有人说："要是老板能克制一下，我们会更好！"

台下的笑声更大了，蒋邂的脸瞬间烫得可以煎鸡蛋，她下意识侧眸看向许时遇的方向，他双手撑着下巴、姿态闲适地坐着，眼神落在台上，蒋邂看不清他此刻是什么表情。

待笑声平息了一些，黎漫目光一转，对着许时遇说道："许总，咱们'十年九遇'单身狗这么多，您老千万克制一下啊。"

刚从许时遇身上挪开视线的蒋邂，闻言又将目光掉转回去。

只见他抬手，比了个 OK 的手势。

二排往后的人瞬间就炸了。

"靠！"

"为什么我这也能被虐！"

"这叫什么？适得其反！"

喜宝："小邂，你家男人好帅！"

李舒："确实挺帅的。"

坐在蒋邂前前后后的同事们，也纷纷向蒋邂表达了这一点。

蒋邂也很无奈，这个男人为什么随便做个动作都能这么帅、这么撩、这么要人命？

虐狗环节好不容易翻篇，黎漫继续："不管怎样，还是要感谢我们的许总赶着这一年的尾巴带大伙儿来日本度假，虽然这个度假福利挺名不副实的。"

台下又夹杂起一片笑声。

"不过许总他老人家愿意从自己的分红里剜出这么一大块肉分给我们，真的是前所未有，令人感动至极。"

蒋邂跟着大家一起笑了。

"所以大家觉得，许总能给出这么个福利说明了什么？"

有人极其配合地大声答道："说明咱们老板今年又带着大家赚钱了呗！"

黎漫点点头："是啊，又一年，在出版市场越来越不被看好，大部分行业人都在为纸书将死这一说法而惶然不安时，我们'十年九遇'依旧活得很漂亮。'十年九遇'成立快三年了，说句自卖自夸的话，我们一直都是行业内的佳话，是一头永远都在冲锋陷阵的领头羊。当所有人都说纸质卖不动了，开卷数据表明，我们每一本书都在动销；当所有人都说，市场杀不出新的畅销书了，我们新书一上，立马杀出重围；当所有人都说，这是一个读屏时代，纸质夕阳西下，能活着的都是苟且，可我们坐在这里，花着这一年大家一起为'十年九遇'带来的创收，外面是东京遇阳而化的雪，是异国美景，是诗与远方，此时此刻，我特别觉得，我们'十年九遇'的存在，就是对目前行业前景评估最大的讽刺。"

这一番话讲下来，整个宴会厅寂静得落针可闻，只能从身边人微微加促的呼吸声中判断，所有人都与有荣焉。

"一不小心说多了，不知道刚才那一番话有没有抢我们许总的说辞。"黎漫笑着朝向许时遇的位置，摆出一个邀请的手势，"接下来，大家掌声欢迎我们的许总上台致辞！"

台下掌声一片，拥簇声一片。

蒋邂莫名地心跳加速，目不转睛地看着他。

和以往不同，许时遇今天穿得非常正式，内配一件一尘不染的白色衬衣，外搭一身黑色高定西服。白色衬衣最上面的一个扣子未系，西服也是敞着的，正式又不失随性，禁欲又不乏性感。

早上起来看他站在镜子前一丝不苟整理衣领的时候，蒋邂还不觉得有什么，此刻看着他迈着不疾不徐的步子往台上走，台下全是“哦哦哦”“嚯嚯嚯”的拥戴声，蒋邂觉得自己连呼吸都不顺畅了。

许时遇在演讲台后站定，拉了拉话筒线，他太高了，话筒线拉到最高，他的身子还是得配合着微微俯低，站在台子侧方的黎漫见了，立马问现场的工作人员要了备用的无线话筒，赶忙给他送上去。

许时遇接过无线话筒，啧啧笑了，调侃道：“老板身高判断有误，这得扣钱吧？”

有位女同事反应快，当即就反戈一击：“许总，身高判断无误不是员工的义务，可是女朋友的义务哦。”

有人带头，起哄声很快就此起彼伏，许许多多的视线投向蒋邂。

她费了好大的劲儿才忍住没往桌子底下钻。

许时遇咳了咳：“大家克制一点。”

蒋邂作势拧了下旁边不断拿她开玩笑的喜宝：“你克制一点。”

喜宝大哼一声：“夫唱妇随。”

蒋邂欲哭无泪。

台上的人用掌心拍了拍话筒试音，开了金口：“刚才黎漫睁着眼跟大家说了阵瞎话，又给大家洒了点热血，也很称职地没有抢我的说辞，现场气氛调动得不错，不愧是在‘十年九遇’待了三年的老姜了。”

如此轻轻松松的开场，惹得台下众人又笑了。

许时遇一手拿着话筒，一手握着一支激光笔，神情严肃了一些：“我做了个简单的PPT，分三个部分，正视现在，厘清过去，展望未来。”

他的影子投在身后的幻灯片上，落下一道阴影，他走向演讲台的侧边，直到阴影散去，才继续道：“先看看我们今年一年下来的新品产出情况和回报率。”

激光笔一点，幻灯片翻页，前方是一张一目了然的项目总表。

项目，首印量，加印量，发货量，实销量，发货实销比，上市时间，发货码洋，造货码洋……

“撇开其他衍生版权带来的利润，只说纸质，这张表格很清晰地呈现了在座各位这一年为‘十年九遇’所做的努力。”他不急不慢地解析着，“一年，十二个品种，造货码洋近 5 个亿，发货码洋超 4.5 个亿，退货率 3.1%，实销发货比为 3/5，说明我们每发出去五本书，市场上就有三个人埋单。这个数据有多漂亮，大家可想而知。”

幻灯片又翻过一页，是个数轴，数轴的第一象限挂着一条起伏分明的曲线。

激光笔的红色光点落在曲线的最高处，许时遇道：“看到这个至高点了吗？”

台下一位发行的同事一眼看穿般，问：“这个至高点是我们吧？”

许时遇没正面回答，继续说道：“这条曲线上每个被加粗的点，都代表了国内各家出版公司这一年新产品产出的精品率。刚才我指向的最高的一点，精品率是 76.89%。”

台下爆发出阵阵不可思议的叹服之声。

“谁家的啊？”

“靠！吹爆这家！”

“这个数值会不会是我们家创造出来的？”

“不会吧，比去年高出太多了。”

蒋邂不是很懂这个数据的意义，许是受了大家情绪的感染，内心隐隐激动，她一眼不眨地看着许时遇，期待他接下来的发言。

许时遇的目光在台下走了一圈，说：“这个 76.89% 是我们创造出来的。”

“靠靠靠！”

“天啊！激动得我眼泪都要出来了！”

“‘十年九遇’太牛了！”

“我要哭了！”

蒋邂的手腕被喜宝给激动得攥红了，李舒的双手也隐隐握着拳。

站在台子侧边的许时遇从容地继续着。

“熟悉这个数据的同事都知道，这个数值有多可怕。”许时遇微微一笑，红色光点落在曲线上第二高的地方，“这么说吧，精品率排在第二的是行业泰斗‘华泰图书’，他们今年创造的精品率是 43.66%，不谈别的，在精品比例上，我们几乎在它的基础上翻了一番。”

“有人会说，你精品率高有什么了不起，和‘沉鱼’比，和‘华泰’比，你的品种太少了，你码洋造不过人家。”许时遇切换掉当前的幻灯片，为这一数据拉下帷幕，“但是我们‘十年九遇’的员工走出去，都能很自豪地回一句，至少我们没浪费地球那些被砍下的树。”

说到这儿，许时遇的目光在蒋邂身上停了一瞬。

两人的目光在半空中短暂汇聚。

蒋邂眼睛弯弯地注视着他，他眉眼中似乎淌出一丝极淡的笑意。

许时遇的致辞时间很长，说完“十年九遇”这一年的成果后，又回顾了“十年九遇”成立三年来的总体情况，各种同比、环比的分析，视角宏观，条理清晰分明。说到最后一个版块时，他先是从整体上布局了接下来一年、两年甚至五年的发展走向，重新站回到演讲台的位置，不高不矮的演讲台遮住了他腰部以下的位置，只露出挺拔的上半身，他自信的目光扫过在座的每一个人，最后，在众人热烈又充满期冀的眼神下，许时遇翘了翘嘴角，多说了几句：“图书行业这两年的命运挺多舛的，我们也时不时听到各种各样的噩耗，书号骤缩，超级畅销书将绝迹，新书的影响力越来越弱，大家都在说，出版业已经走在被数字阅读颠覆的边缘了。”

许时遇朝台下抬了下手，修长的手指在空中轻轻一点，问道：“我想问问大家，忘记之前黎漫给大家打的鸡血，在座的各位，平心而论，你们是不是也是这样看待目前的出版业的？”

台下交头接耳，窸窸窣窣。

许时遇说：“不用顾忌，大家实话实说就好。或者，这样认为的，举个手也行。”

蒋邂扫了眼全场，一只手，两只手，三只手，陆陆续续地，现场一半以上的人都举起了手。

许时遇摊了摊手：“这个故事告诉我们一个道理，打鸡血只能促使多巴胺一时的分泌，根本改变不了大家对某种现状固有的看法。”

大伙儿又被他给逗乐了。

许时遇说：“大多数出版从业人员都觉得，现在的自己就像站在一个无所适从的十字路口，是转个弯儿去做数字呢，还是索性改道去做自媒体、去搞影视，好像所有和纸媒相通的路都是康庄大道，只有纸媒是一条要被时代发展洪流堵住去路的死胡同。当然了，这个行业里不排除还有另外一种人，只顾着哼哧哼哧埋头走路，而不晓得要抬头看路。我们可以自我省视一下，自己属于哪一种？”

有人低眸凝思，有人侧身与身边人咬耳朵，蒋邂也不禁思考，自己属于哪一种。

许时遇并没有给大家太多的时间思考或谈论这个问题。

“各位，”他开口，台下所有的声音随之顷刻停下，“我希望你们哪种都不是，你们做这样一种人好不好？”

偌大的宴会厅里安静得没有一丝声音，蒋邂静静注视着演讲台后长身玉立的男人。

他琉璃般的目光淡淡地扫过全场，给出答案：“爱花花结果，爱柳柳成荫。”

蒋邂将这句话在心里默默念了一遍，台上的人还没有说完：“行业里不少人说，我许时遇做‘十年九遇’，是靠情怀起的家，是，我承认，他们眼尖。但你们最清楚，没有利润的情怀，我许时遇又不屑。那怎么办呢，先爱，死死地爱，但一定不要忘了，爱着它的同时，要像头饥渴的狼一样向它索取。个人观点，爱得够了，你索取的时候，才没有负罪感，市场才会给你足够等比的回报。”

不知怎么，因为这番话，蒋邂的眼眶有些微微发红了。

“也许某一天，传统媒介无力回天，非被取代不可，希望在座的各位，不要客气，用你仅剩的情怀剥削完它能带给你的最后一丝利润。”

目不斜视的喜宝感觉自己的右臂隐隐作疼，纳闷地低头瞧了一眼，蒋邂原本搭在她胳膊上的一只手，此刻正下意识地紧紧抠着她的右臂。

她的眼角也有点湿意，不动声色地眨了眨眼，顺着蒋邂的目光看向台上的那个人。

三年时光，因为有他，荣光犹在，荣耀不减。

蒋邂，你真幸运。

从日本回来后，大家各自回家过春节。假期不过半月，不长，蒋邂在家并没闲着，白天给爸妈干家务活儿，晚上刷完手机就躲在被窝里和许时遇打电话。

和父母聊到感情方面的事情，蒋大国问她有没有交男朋友，蒋邂想到自己和许时遇在一起也没多久，各方面都不太稳定，以后会如何她一点都不确定，一旦和父母说了，他们肯定会刨根问底，想想都不大好对付。

于是，蒋邂只能继续当着蒋大国和张凤眼中没人要的单身女儿。

然而过年被催婚简直是中国千千万万家庭儿女无法避免的一大灾难，既然隐瞒了自己有恋爱对象的事实，那么灾难到来就是早晚的事儿了。这天傍晚，这场灾难终于降临到了蒋邂的头上。

张凤一下班，就招呼正站在凳子上抹窗户的蒋邂过来：“邂邂，先别抹了，这种粗活儿让你爸做就行，你啊，难得回趟家，多歇歇没事的。”

蒋邂停下手上的动作，直觉不对劲。

张凤一脸笑眯眯的：“过来啊，妈妈和你商量个事。”

蒋邂从凳子上下来，把抹布往边上的洗手池子里一扔，在张凤旁边坐下。

张凤说话从不拐弯抹角，这次也一样，直切正题：“邂邂，我和你爸琢磨着你也不小了，该谈个男朋友了……”

果然，蒋邂打断：“妈！”

张凤皱眉，双目微瞪：“你先听我说完。”

蒋邂暂且不说话了。

张凤说：“妈妈的同事赵阿姨你知道吧？她给我介绍了她一高中同学的儿子，年纪比你大两岁，照片我看过了，长得还挺标致，身高嘛，虽然没有特别高，但和你站在一块儿，也够配了。”

见蒋邂露出些许不耐烦的神色，张凤并不气馁，越说越兴致勃勃：“闺女，你知道你赵阿姨为什么把他介绍给你吗？当然是有原因的，妈跟你说哈，这个男生和你一样，现在都在帝都工作。平常天高皇帝远的，爸妈照顾不到你，谈个爸妈知根知底的男朋友，我们也好放心你一个人在外头啊，是不是？你赵阿姨还说，人家那工作是按年薪算的，去年刚买了辆新车。他家里人还在咱当地给他买了套房。那地段儿啊，你爸妈就是再奋斗一辈子都买不到呢。”

蒋邂心说：后半句才是重点吧！

自己眉飞色舞地说了一大通，闺女却一脸无动于衷，张凤有些恼了：“哎，我说你怎么半点反应都没有啊，你赵阿姨拉线，人家都说有意向和你见面了，你不会不给你妈这个面子吧？”

原本蒋邂还准备左耳进右耳出，一听这见面都已经安排上了，也跟着恼了：“妈！你怎么一声招呼都不跟我打？哪有您这样做事儿的？你都不知道我怎么想！”

张凤说："你怎么想？你能怎么想？！我看你就是一门心思想在外面多玩几年，等玩到年纪上去了，终于收心了要回来了，黄花菜都凉了，你以为现在的婚姻市场对女孩子很友好？"

"婚姻是我自己的事情，我自己能负责，您就别瞎操心了！再说我才毕业半年，你就这么着急把我嫁出去吗？！"

"妈妈是为你好。"

"妈，您要是真为我好，就别瞎给我安排相亲对象了，我是不会见的。"

"你怎么油盐不进？"

"您说我油盐不进，您不也是顽固不化吗？"

张凤脾气本来就不好，见半天说不通，火气瞬间就上来了："就我们家这个条件，人家愿意见你是瞧得起你，你还跟我在这儿挑三拣四的？！"

蒋邂看着张凤的脸，眼泪瞬间就流出来了。

张凤一愣。

蒋邂将脸上的泪胡乱一抹，起身就跑了出去，门"砰"的一声在她身后合上。

张凤的嗓门被门隔了一道，依旧气势不减："你还给我来脾气了！我跟你说，不想见你也得给我见上一面，就我们家这个条件，你妈我抹不起这个面子！"

寒风呼哧呼哧地吹着，蒋邂原本在干活儿，穿得就少，这下一跑出来，才发现外面的天冻得厉害，可哪有刚赌着气跑出来就冷得缩回去的道理，蒋邂缩了缩脖子，围着小区开始绕圈。

天冷还有一个好处，能让人迅速地冷静下来。很快，她就想通了，和母亲以这种相处模式生活了这么多年，不也好好地过来了，她就是这样一个人，和她生气不值当。

一只麻雀停在灌木丛上，被她的脚步惊到，瞬间就飞走了。蒋邂从口袋里摸出手机，拨通了许时遇的电话。

放假快一周了，他们每天一个电话，一个不多，一个不少，有时是蒋邂给他打，有时是许时遇打过来，大部分时候都是晚上临睡前。

手机嘟了几声，很快就被接通。

"时遇。"她已经慢慢在转变对他的称呼了。

手机那头的人没有很快应她，似乎静了静，然后才不急不缓地说道：“您好，我是许时遇的妈妈，他刚健身回来，正在洗澡。”

是一位中年女人的声音，有种珠圆玉润的质感。

蒋邂怔愣片刻，脑子飞快一动，说：“阿姨您好，我是‘十年九遇’工作室的编辑，有点工作上的事情要找许总汇报。”

那头依旧没有快速回答她，又静了一会儿，才答：“我儿子最近几天都在熬夜赶稿，很辛苦，如果不是什么特别重要的工作，等到了工作日再汇报也不迟。”

蒋邂讪讪：“好的，谢谢阿姨，那我先挂了。”

那头客气道：“不客气，再见。”

挂断电话，蒋邂呼出一口气，白色的哈气在空中慢慢雾化不见，她才猛地反应过来：电话刚接通时，她喊的是时遇，而不是许总……

因为傍晚时的那通电话，蒋邂之后的心情一直不太平静，这种不安的情绪一直持续到许时遇的电话打过来也没有彻底散去。

此时已经不早了，蒋邂一家人却各自热闹着，张凤在客厅里看肥皂剧，蒋大国在小区的棋牌室里搓麻将，蒋萌在房间里写卷子，客厅的阳台处拉了一张床，深色帘幔一拉，里面是一个相对密闭的空间，蒋今平日里就睡在里面。

蒋邂做贼般地攥着手机往爸妈的卧室走，身后的蒋萌忽然出声：“姐，你不用躲着我了，你每晚躲在被窝里和男朋友打电话我都听见了。”

蒋邂抹了抹额头上并不存在的汗。

蒋萌说：“你这么大了，也该谈恋爱了，放心吧，我不会告诉爸妈的。”

蒋邂问：“为什么？”

蒋萌说：“很简单啊，我要是谈恋爱了，我也不会告诉爸妈的。”

蒋邂心想：这倒也是。

不过她很快就质问这位很不让人省心的妹妹：“你谈恋爱了？”

蒋萌摊手：“我倒是想谈，但还没有看上的。”

蒋邂一口老血差点没喷出来：“你现在的主要任务是好好学习，先把高考这关过了。”

“哎呀，知道了知道了，你好啰唆。”蒋萌说，“姐，你好好谈你的恋爱吧，听你每天晚上那娇滴滴说话的声音就知道你才刚谈上吧，你懂事的妹妹知道，这么早期还不适合让长辈们参与进来的，多破坏感情啊，尤其是咱爸妈这样的。”

蒋邂服了：“你好好写你的卷子吧，我去爸妈房间打电话。”

蒋萌“嗤”了一声，把耳机一塞，继续低头写卷子了。

进了爸妈的卧室，蒋邂将许时遇的电话拨了回去。

电话一通，许时遇便问：“刚才干吗呢？”

蒋邂觉得刚才那事儿不好说明白，瞎编道：“教我妹做题呢，耽搁了。”

“你妹高三了吧？你厉害啊，高三的题还会呢。”

“你少埋汰我。”

许时遇轻笑了一声。

蒋邂想起之前那个被他母亲接了的电话，有点不安地试探着问：“傍晚的时候……”

她故意说慢，许时遇果然顺着问了句：“傍晚怎么了？”

看来他母亲并没有和他说，蒋邂的心往下沉了沉，怕他听出什么，她又立马掩去自己语气中的失落，将这个话头忽悠了过去：“我是说，傍晚的时候我们这儿出现晚霞了，很好看，你知道吗？冬天的时候可是很少见到漂亮的晚霞的。”

他“嗯”了一声，问：“拍照了吗？”

蒋邂愣了下：“忘了。”

“下次再看到漂亮的风景，可以拍下来分享给我。”

“嗯，好。”

他忽然问：“怎么了，心情不好？”

不会吧，这也能听出来?

蒋邂问：“你怎么知道我心情不好？”

他笑道：“我自有我的判断。”

“好吧。”

“说说吧，怎么回事？”

蒋邂避重就轻：“你肯定猜不到，我妈给我安排相亲对象了。”

许时遇有点诧异：“你才二十三。”

“她觉得我在外面工作是因为心思野贪玩，有一个她知根知底的男朋友就好帮她拉住我这头脱缰的野马了。”

“你妈是不是对你有什么误解？”许时遇听完，笑了。

“你又不是不知道，他们思想很古板的，生怕女儿嫁不出去一转眼就人老珠黄没人要了。女孩子要是不听他们的安排在家乡工作，那就是心思野，就是不脚踏实地。”

许时遇：“那你真冤。”

蒋邂：“是吧？”

“嗯，那你打算怎么办？见还是不见？”

“我妈和我下死命令了，我没的选。”

许时遇静了一阵，叹口气道：“我这么一个名副其实的男朋友，你真的不准备把我派上用场吗？”

第二十二章 他向来骄傲

第二天一早，这位名副其实的男朋友就派上用场了。

在张凤催着蒋邂起床，并命令她以时下最高的审美标准将自己好好打扮一番好去赴约时，蒋邂只能拿出许时遇这张牌。

她其实一点都不想打这张牌的，但是牌自动请缨了，还是一张没法和他讨价还价的牌。蒋邂没办法，拿着正在和许时遇通视频电话的手机递到张凤和蒋大国面前，一脸穷途末路地说：“爸妈，不是我不想去相亲，实在是因为，我男朋友不会同意啊。”

张凤和蒋大国一脸“闺女你是不是还没睡醒，没睡醒可以再睡一会儿收拾也不迟”的表情。

蒋邂把手机朝二老的方向递近了一些，手机屏幕里的许时遇仰着笑脸打招呼：“叔叔阿姨早上好，我是小邂的男朋友，我叫许时遇。”

伸手不打笑脸人，明白人都知道这个理儿。

张凤和蒋大国对视一眼，又转回到手机屏幕上。

还是蒋大国先开口，笑嘻嘻道：“啊，你好你好，你就是我们小邂的男朋友啊？”

张凤挤出一个尴尬而不失礼貌的微笑：“小许是吧？你好。”

许时遇此刻穿着一件米白色的无帽卫衣，头发有些蓬松，几缕碎刘海耷拉在额前，干净又慵懒，那模样和姿态，着实无害又纯良。

“叔叔，阿姨，真是抱歉，我们不是有意要瞒着您二位的，小邂她担心您二老给我设坎，怕我为难，说是再等等。”他笑着摇头道，“这都怪我，估计是我表现得太不好了，才会让她有这种担心。”

蒋大国从呆愣的状态中回归现实，连连摆手：“没有，绝对没有，是我们当父母的做得不好，才会让她有这样的顾虑。你放心，只要是我们邂邂喜欢的，我们都支持，绝对不刁难，设坎什么的，都是瞎话！”

蒋大国说着，在下面用手揪了揪张凤的衣服。

张凤反应快，和他一起唱起了双簧：“是啊，小许，她爸说得对，你们年轻人谈恋爱，谈就是了，我们做父母的一般都不插手的。邂邂也真是，谈个恋爱也要瞒着我们，今天多亏了你，不然这死孩子就要出去丢人现眼了。”

许时遇笑：“阿姨，哪里的话。”

张凤一把拿过蒋邂手里的手机，煞有一番要畅谈的架势。

手机被猝不及防地抢走，蒋邂还没回过神，张凤果然跟个机关炮弹一样开始噼里啪啦：“小许啊，你是哪里人啊？做什么的？今年多大了？现在也是在帝……”

蒋邂气急，劈头就去夺自己的手机。她胜在年轻，手脚敏捷，手机很快就落回自己手里。

张凤嚷道：“你这孩子怎么回事？！”

蒋邂大声回：“妈！你这一来就跟查户口似的，还怪我不告诉你，就你这样儿，谁愿意告诉你啊？！”

张凤说：“有你这样和你妈说话的？！”

蒋邂回：“我……”

手机里的声音打断了母女俩的一来一回，许时遇对蒋邂说：“小邂，你别这样对阿姨说话。”

蒋邂下意识想回嘴，刚开口，又合上了，然后一语不发。

许时遇说：“我和阿姨说几句。”

张凤面露喜色，瞪一眼蒋邂，从她手里拿过手机，笑容满面地对着镜头：“哎，小许，你说。”

许时遇慢条斯理地看着手机镜头说：“阿姨，是这样的，我除了是小邂的男朋友，还是她的上司，‘十年九遇’是我三年前创办的企业，目前运营状况良好，业界风评尚佳，您可在网上核查。平常没事儿的时候，我喜欢写写东西，创收也还不错。另外，我今年二十八，帝都本地人，在帝都有房子两套、车子三辆，存款的话，不便直说，但我想应该还不错。”

蒋邂听得生无可恋，脸上写着四个大字——我想去世。

她妈的脸上也写了四个大字——我将重生。

而一旁的蒋大国一脸目瞪口呆，只有刚擦着眼睛迷迷瞪瞪从房间里出来的蒋萌问道："妈，你和谁打电话呢？"

拿着拖把从他们身边走过的蒋今回答了她："是邂邂的男朋友。"

相亲危机顺利解除，蒋邂的家庭地位也因为许时遇的一通电话而荣升第一。

家务活？不用干，未来家里肯定请保姆。

懒觉？尽管睡，觉睡饱了对皮肤好。

出去浪？玩去吧，年轻就是用来浪费的。

虽说这样的家庭氛围有些诡异，但蒋邂也确实因此过了几天舒坦日子。

她满脸诚恳地对许时遇说："谢谢你哦。"

许时遇隔着手机屏幕做了个点她鼻尖的动作，翘着嘴角回："不客气，应该的。"

转眼，临近新春佳节。

今年小区严禁烟花爆竹，没有了此起彼伏的鞭炮声，年味儿淡了不少。

除夕晚上，她没熬到零点，在毫无亮点的《春节联欢晚会》中沉沉地睡了过去，并且十分给力地一觉睡到第二天清早，醒时便是一阵懊恼，当即打开手机微信看消息。

许时遇的新年祝福赫然在列，一连好几条，时间都是在零点之后。

"睡着了？如果以后能保持这个作息，可以考虑给你点奖励。"

"新的一年了，笨蛋，有什么新年愿望吗？睡醒了可以和我说说，说不定我能帮你实现？"

还有最后一条。

"笨蛋，新年快乐，好梦。"

蒋邂擦掉眼角的一点眼屎，看着这句话傻笑起来，歪着头略略想了下，低头回复他："新年快乐哦，我的新年愿望很简单，希望许先生在新的一年里万事胜意，攻无不克，战无不胜，永远所向披靡。"

刚发送出去，张凤就在房间外春风得意地喊道："邂邂，起床吃长寿面啦！”

蒋邂放下手机：“来啦！”

这一天，是新年的第一天，虽然少了热闹的爆竹之声，但太阳冒头早，空气氧度高，还有身边的人喜气洋洋精神爽，是再好不过的一天。

唯一不那么好的是，一直的等到晚上，她都没有收到许时遇的回复。

打电话，也没人接。

也许是有什么重要的事情耽搁了吧。

蒋邂真心是这么想的，只是，又过了一天、两天、三天，离初七开工时间越来越近了，她终于再也坐不住了，可别自以为是地体谅他而选择不打扰，结果却成了别人眼中的漠然无视不想念。

蒋邂又在公司的大群里玩起了找碴。

自从大年初一凌晨许时遇在群里降了几场红包雨外，之后就是一些活跃气氛的同事发着大大小小的红包互嗨了，群里看不出个所以然来。

她隐隐有种不好的预感。

很快就到了大年初五，也是距离蒋邂回帝都只剩一天的日子，她不能再等下去了，决定问问公司其他同事。

她没有找喜宝和毛恋恋他们，这几天一直都保持着联系的同事她都过滤了，如果他们知情，她不可能不知道。倒是黎漫，和许时遇一样，自初一那天在群里收发了几个红包后，就再也没说过话了，包括蒋邂大年初一给她发的新年祝福也没有回复。

所以蒋邂第一个就拨了黎漫的电话。

等待电话接通的过程中，蒋邂一直惴惴不安。

许久，就在蒋邂觉得要自动挂断的时候，黎漫的声音终于在手机里响起：“喂，您好。”显然是忙得连来电人都没有看就急着接了。

“漫姐，是我，小邂。”

那头明显顿了顿，和身旁的人说了句什么，然后换了个安静的角落才开口：“是……小邂啊？”

“嗯，是我。”蒋邂说，“漫姐，新年快乐。”

“新年快乐。”

蒋邂没有丝毫犹豫：“我有事儿想问你。”

黎漫停顿了好半晌。

蒋邂觉得不对劲儿："你是不是知道我想问什么？"

"知道……"

蒋邂心里咯噔一下："时……许总他怎么了？"

"就知道你还被蒙在鼓里。"黎漫叹一口气，"我……也不好说。"

"为什么不好说？"

"他不让告诉你。"

蒋邂有些急了："到底怎么了，漫姐拜托你告诉我，别我问一句你才挤一句啊。"

黎漫犹豫。

"漫姐，是他的私人问题，还是和公司有关的问题？"

这回黎漫回答了："公司出了点问题。"

即便是在意料之中，但蒋邂还是愣了一下，她稳住心神："漫姐，我不仅是他的女朋友，还是公司的一员，既然是公司出了问题，我总是有义务知道的吧？就算你现在不告诉我，你们又能瞒我多久呢？公司那么多员工，都瞒着或者都合起伙来瞒着我？这不合理吧？后天就要上班了，知不知道，不过是早两天晚两天的事情。"

黎漫说："他没想一直瞒着你，只是希望，至少你可以安心过完这个假期。"

蒋邂飞快道："可我现在一点都不安心。"

黎漫想了一阵，到底是明白这个理儿的，也不纠结了："那你不如来帝都吧，我们大部分人初二就回来了。"

初二？

那么初一就出事儿了？

那时候她在想什么？

她想，许时遇真的没有多喜欢她，都一整天了，怕是都忘了自己这个女朋友了吧。

卧室的窗户未关紧，露了一条细缝，寒风涌进，蒋邂打了个哆嗦，拿出手机，订了当晚的机票飞帝都。

蒋邂在飞机上，看着舷窗外黑不见底的高空夜色，无声地哭了会儿鼻子。

白天的时候，黎漫把事情的大概告诉了她。

大年初一下午，芦水区公安局经侦部接到反洗钱中心的举报，"十年九遇"疑似存在大额洗钱交易，当天，经侦部值班的警察就临时召回了核心办案人员，第一时间赶往“十年九遇”办公点，作为公司法人的许时遇也被同一时间叫了过来。蒋邂不知道他接到这通从天而降的电话时是什么想法，但好好的新春佳节，被警察 cue 到，无论如何心情都好不到哪儿去。

公司的所有财务报表被带走，流水也被打印了出来，一笔都没有放过。但凡是有可能涉案的员工都被紧急召回，尤其是财务、采购和行政三个部门。

也难怪喜宝、毛恋恋他们此刻依旧沉浸在新年的喜悦之中。

连刚怀了宝宝的罗梦都回了帝都配合警方接受调查。

然而，“十年九遇”现任财务经理黄久安却不知所终，毫无音信。

许时遇被拘留了一天一夜后，被许父保释，但所有通信都被警方监控，连行动也受限。

“十年九遇”被警方请喝茶的消息目前还没有在圈内走漏，但纸包不住火，假期一过，哪怕警方依旧保持秘密查证，可如果所有业务都无法开展，停滞不前，合作方们嗅到猫腻，难免不会把目前的情况扒个底朝天。如此一来，“十年九遇”所有在售的书恐怕会面临大量退货甚至滞销的情况，在谈的版权、新接洽的作者、扩展的业务……无一不将遭受重创。

想到这儿，蒋邂的眼泪流得更凶了，在她看来，许时遇是那么骄傲的人，从小到大一直顺风顺水，没遭遇过什么大挫折，就连前段时间被黑抄袭，他表面虽然如没事人一样，但其实一直如鲠在喉，最后借佐藤先生釜底抽薪彻底平息了才甘心。

有才气的人，大都满身骄傲，他们比任何人都要自爱，因为羽毛是拥有好名声的第一道门槛。

此刻的他，该有多委屈啊。

可是这委屈，他却不愿向她倾诉。

凌晨，飞机落地帝都机场。

来接蒋邂的人是唐不甜。

蒋邂一出现在到达厅，唐不甜就迎上去抱了她一下：“小邂，对不起。”

“还是先说新年快乐吧。”蒋邂捶了她一下，“不过你也太不够朋友了，亲自去拘我男朋友都不告诉我一声！”

“我自己也是蒙的啊，又是大过年，又是特大洗钱案，又是我闺密所在的公司，公司的老板还是我闺密的男朋友，你觉得我能淡定得了，我不得等事情明晰点再和你说。”

两人一起往停车场走。

“那你现在明晰了吗？”

“不是很明晰。”唐不甜苦恼地挠了一把头发。

蒋邂白她一眼：“你瞒了我四天。”

“许时遇让我瞒的。”唐不甜不背这锅，“调查的第一天我就告诉他我是你朋友了，他第一反应就是让我别告诉你，毕竟大过年的，这事儿很晦气。”

蒋邂静了一阵，问：“那现在具体是什么情况？”

“你那位同事没和你说？”

“具体的没有说。”

唐不甜神色凝重：“目前情况对‘十年九遇’非常不利。”

“你直说吧。”蒋邂不想听绕弯子的话，“为什么‘十年九遇’会被举报有洗钱嫌疑？”

唐不甜吐一口气，说：“举报人称，‘十年九遇’存在两本账单，一本白的，一本黑的。这你懂吧？”

蒋邂点点头，她大抵知道这么个说法，现在这个社会，在做账方面规矩的企业得打着灯笼找，账本一白一灰是常态。白的是指门面上的，也就是假账。灰的则是一本记录着上有政策、下有对策地打着花样擦边球稳固和强化资金流的账本。而黑的……毋庸置疑，必然涉及了经济犯罪，在法律的容忍范围之外。

唐不甜说“白的不用说，黑的那本……举报人说，上面记录着‘十年九遇’去年虚高出来的作者加印稿酬。你们公司的稿酬支付制度，你总知道吧？有些作者的书加印到超过他当初签约的首印量时，需要根据实销量结算他的加印稿酬，但是现在的人银行账户多，当初签合同时的账户注销了或者不想用了，后期支付加印稿酬的时候就需要签账户变更协议。”

说到这里，蒋邂瞬间就明白了，半猜测半肯定地替她说完：“你是说，其实有些作者根本就没有签所谓的账户变更协议，他们正确的加印稿酬打到了他们本来的账户上，但是有心人钻这一制度的空子，他们有可能仿作者签名签订了所谓的账户变更协议，把他们要洗白的黑钱以公司给作者发放加印稿酬为由转移到了他们准备好的所谓变更后的账户上？”

唐不甜点头：“你真棒，是这样。”

蒋邂苦笑："但我有个地方不明白，既然是仿作者签名，那变更协议不就不能作数吗？鉴定部门不会查下字迹吗？"

"刚夸完你，你就给我犯傻。"唐不甜说，"现在不是有没有仿作者签名的问题，而是'十年九遇'利用了这份协议中的漏洞搞违法犯罪勾当的问题，警方要问罪的不是作者，而是'十年九遇'。在警方看来，是'十年九遇'仿了这个签名，是'十年九遇'盖了这个章，是'十年九遇'要把一笔不知从哪儿流下来的黑钱通过公司的正常运作给洗白白。"

蒋邂被她一箩筐的"十年九遇"绕得有点晕，但她还是明白了，问："金额有多大？"

唐不甜用手比了个"四"。

"四百万？"

唐不甜摇摇头："四千万。"

蒋邂差点当场晕过去。

唐不甜补充道："一次性，九个账户，根据每本书的实际畅销程度和签约条件，每个假的变更账户里被转移了不同的金额。这些金额刚入账不到一天，就都被人取走了，而且取钱的地址都不一样，分布在不同的城市，你知道这说明什么吗？"

蒋邂配合她答了这个问题："说明运作这笔黑钱的犯罪网很大，从上游到下游，估计形成一个庞大而缜密的洗钱网络，甚至，除了'十年九遇'，还有很多别的洗钱渠道。"

"不错嘛，你当什么编辑啊，要不来干经侦呗！"

"不然和你做这么久朋友，白做的啊？"

"也是，总得得我点真传吧。"唐不甜回归正经，"小邂，我有预感，这个案子肯定不小，如果许时遇真被查出来和背后的犯罪集团有交易往来，他，'十年九遇'……总之，后果不堪设想。"

蒋邂加快步子往前走："我知道，这么晚了，我们该回去睡觉了。"

唐不甜震惊了，快步跟上："啥？你这么心大的？还能睡得着？"

"睡不着。"

"我以为你会直接去找他。"

"不去。"蒋邂语气平静地说，"等初七吧，开工那天再找他。既然他想让我过个安心的假期，那我就听他的话好了。"

初六晚上，蒋邂在床上辗转反侧，思来想去，还是给许时遇发了条消息：“我回帝都啦。”

等了半天，没有回复，困意渐渐袭来，蒋邂捧着手机睡着了。

第二天她是被自己压在胳肢窝下的手机振醒的。

黎漫挑了个大家平均出门的时间在群里发了条消息，内容很简洁：“小可爱们，早，开工第一天，和大家说个比较严肃的事情，假期期间，‘十年九遇’遭人举报存在洗钱交易，目前我们正在积极配合警方进行调查，相信不久事情就能水落石出，大家不用太过担心，有问题了我们一起解决。今天照常办公，有问题随时 Q。”

刚刚知情的同事们发出一连串问号，然后对团队的信任感又让他们不忘接上一句“No problem”“I’ m OK”。

蒋邂也跟着表了个态：“相信组织。”

她没忍住把群里的聊天翻了个底朝天，但没有看到许时遇说话。

来到公司，一切看起来和年前也没什么不一样，有些人过个年变圆润了，有些人早早就结束了假期来配合警方调查，但从他们的神情来看，对这一事件依旧是懵懂的人居多。

大家表面上轻松地互道着新年好，但心底的困惑和浮躁都有些藏不住。

蒋邂一来就去找了黎漫，多年的职场生涯让黎漫在面对突发状况下依旧能平静而有条不紊地处理工作，但乌黑的眼圈泄露了她近日来的疲惫。

“漫姐，我过来问些情况，会不会打扰到你忙？”她确实有些着急。

黎漫笑笑：“不打扰，最忙的时间已经过去了，现在都是处理正常工作，还好。你要问什么？”

蒋邂说：“大致的情况我都知道了，我朋友参办了这个案子。我就想问……我现在联系不上他，我想知道他情况怎么样了。”

黎漫想了想，很实诚地说：“不太好。”

自然是不好，不然电话不接，信息不回，公司出这么大事儿，作为老板，也不出来安抚一下员工。

哪怕是职场经验如此匮乏的她，也知道这种回避性的处理方式是不对的。

黎漫换了个姿势，手撑着下巴问她：“小邂，在你看来，许总是个什么样的人？”

蒋邂挺认真地想了一阵，答：“敏锐，精明，对市场的洞察力极强，有才华，又自律，骨子里还有点小骄傲。”

黎漫认同地点点头：“嗯，当初开始搞‘十年九遇’那会儿，行情那么低迷，他却能抗住压力意气风发干一场，抗压他没问题，但是在抗极端问题上，你不知道吧，他就是个小孩。”

蒋邂有些吃惊，她真不知道，从她认识许时遇以来，他在她面前展现的一面向来都是从容的、漫不经心的、藐视一切的、把控全局的。她一直觉得，不管面对什么，他都不会是那种把自己缩起来的人。

现在看来，自己还是不够了解他。

黎漫一眼就看穿了她在想什么，她伸手指了指他们头顶的虚空：“许总的妈妈，杨月冉，是上边的人，他爸爸，许谦远，做电商生意，做得非常大，也是‘十年九遇’的最大渠道商之一。说到底，许总到底就是含着金汤匙长大的少爷，从小就没经历过什么大风大浪，他一路走得这么顺，除了脑子比一般人灵光外，家庭支持带来的便利也不能忽视。前段时间被黑抄袭事件你总知道吧，他过不去这个坎儿，不彻底解决了没法安心。现在横空出来这么一个问题，道理是一样的，而且情况更严重，他从没遇到过，会担心，会不安，如果解决不了，他会怎么样？‘十年九遇’会怎么样？他的羽毛太白了，而骄傲的他又是个重度洁癖症患者，你让他沾一滴泥还好，他能甩掉，你要让他摔泥坑里，还不如折了他的翼。”

好半晌，蒋邂才低低地“嗯”了一声，回到原先的问题：“那现在是个什么情况？”

黎漫说：“做好这两天被暂时查封的准备，估计会上新闻。”

蒋邂被惊到了：“查封？”

“嗯，财务的账本和所有签订的账户变更协议前天已经被警方带走了，上面白纸黑字就是许总的签名，还有我们的合同章。目前还没有下令查封的原因是他们没有找到‘十年九遇’作为犯罪集团洗钱枢纽最直接的证据，现在的情况是，要么有证据证明在许总签这些协议的情况下根本不知情，把许总、‘十年九遇’撇出去，问题出在新任的财务经理黄久安身上，一切就好解决；要么警方一直找不到更直接的证明许总、‘十年九遇’有问题的证据，但这样也很糟糕，一直拖着的话，用签字盖章这种间接证据想定你的罪，你也无话可说。在事情没有查个水落石出之前，警方不可能允许我们继续经营运作，今天我和你们说一切照常也只是安抚大家，人家什么时候带封条来，我们也说不准。”

蒋邂抓住了她话里的生机："黄久安呢？他一来公司就出问题，我总觉得这事和他脱不了干系。"

"一切都只是猜测，但是……他人，目前确实联系不上。"提到黄久安，黎漫的眉毛皱了起来，"年前从日本回来，我们大部分都直接回家了，这次回来我们调了监控，除了个别同事外，他还回了趟公司，背着一个黑包，出来的时候，包是鼓起来的。我们怀疑，那时候他就做好跑路的准备了。"

蒋邂有些激动："那他的嫌疑是最大的啊，警方去抓他就好了。"

"你别这么激动，他嫌疑最大是真，但公司的法人是许总也是真，谁是主导者，谁是参与者，谁刻意为之，谁毫不知情，这些问题不是我们靠表面的猜测就能定论的。警方现在在彻查黄久安的一切个人相关信息，包括通话记录，但是他手机号注销了，技术部门还在恢复，这些都需要时间。"

蒋邂冷静了一些："嗯。"

"你可以去看看他。"

"嗯？"蒋邂看着黎漫。

"他这两天就在办公室里待着呢，哪儿也没去。"

第二十三章 不逗白不逗

蒋邂没有进去看他，她怕自己敲门被拒绝，也怕自己贸然进去撞见了他不想被别人看见的样子，这都不好。这么多天没联系，她一时还想不出以什么样的姿态才能从容一点地面对他，而他，估计也是如此吧。

在隐隐的不安和困惑下，开工第一天就这么过去了，“十年九遇”的氛围不是很好，一整天都是压抑和浮躁并存，连红彤彤的开年红包都没有带来多少欢乐。

傍晚，大家陆陆续续地下班了。

喜宝走的时候，给她比了个加油的手势，李舒拍了拍她的肩。蒋邂挺无奈的，她的惆怅情绪如此明显吗？好像所有人都看在眼中。

很快，整个办公室空了下来。

她看了一眼一直大门紧闭的那间办公室，也不算是完全闭门不开吧，中午的时候，前台小姐姐还来送过饭。

至少他没玩绝食这一套，这让蒋邂安心不少。

虽然这一天挺惶惶不安的，但也给了她不少时间思考，新的一年，她第一句话要和他说什么，语气如何，态度怎样，要搭配什么样的动作，要露出什么样的神情……既然他不先联系自己，她就守株待兔。

有个人看起来那么无坚不摧，偶尔才做做小孩，她一定要把宠小孩的机会给利用好了。

蒋邂拍了拍自己眼前桌上的开年红包，说：“等着吧儿砸（子），爸爸一会儿带你去吃大餐。”

她这话音刚落下，就听到了身后传来熟悉的脚步声。

蒋邂浑身一震，慢慢地转过身子。

两双眼睛不出意外地对上。

蒋邂原本以为自己会很慌张，在和他视线撞上的瞬间，却忽然平静了下来。

距离正常下班时间都过去仨小时了，许时遇明显没想到公共办公区还会有人，他明显愣了一下："等我？"

蒋邂站了起来："嗯。"

刚打了一肚子的腹稿忽然就派不上任何用场了。

"也是。"他露出没有笑意的笑，"吃饭了吗？"

"等你一起吃。"

意识到自己问了两个傻 × 问题，许时遇自嘲地摇摇头，把搭在臂弯上的外套穿好："那走吧，请我吃大餐。"

"啊？"

"刚不是你说要请我吃大餐吗？"

蒋邂一拍脑袋："啊……是。"

来到写字楼下一家他们常光顾的餐厅，点了几个菜，等菜的间隙，许时遇先开口："假期过得怎么样？"

蒋邂给出自己早就准备好的答案："挺好的。"

许时遇看着铺着雪白桌布的餐桌点点头。

蒋邂看了看他："就是联系不上某个人，心里挺难受的。"

许时遇抬起头："不好意思，你现在也知道了，公司出了点事儿。"

蒋邂问："难处理吗？"

许时遇没有很快回答，从搭在椅子上的外套口袋里摸出一盒烟和一个打火机，点燃了一支叼嘴上："有点难。"

蒋邂看着他的动作，心口一疼："你以前都不抽烟的。"

"嗯，昨儿刚开始抽的。"他把烟夹在指尖，头微微仰着，朝上吐出一圈儿白雾，"你看我学习能力是不是很强，看着一点都不生分。"

蒋邂没应他这句话，想了想说："我一直就不喜欢黄久安，我很少凭直觉不喜欢一个人，但是从他接替罗梦姐的位置以来，这个人就让我很不舒服。公司这次出事儿，源头应该在他那儿。"

“不。”许时遇很快打断了她，“源头在我这儿。”

蒋邂顿住。

“是傅九听推荐他来的，我一开始也觉着不对劲儿，但是看他履历漂亮，再加上……”许时遇瞧她一眼，“我确实信得过傅九听。”

蒋邂点点头，表示理解。

许时遇说：“疑人不用是领导者的重要决策原则，况且还是财务总这样一个重要的职位，这是我的失误。”

蒋邂很快说：“这不是你的问题。”

许时遇抬眼看着她。

“不是你的问题。”蒋邂重复了一遍，“既然是决策，就不可能保证永远不出错，吃饭选餐厅还经常踩雷呢。我们清者自清，等警方最终的调查结果就好了，一定不会有事儿的。”

“你这么肯定吗？”许时遇忽然反问一句，“你知道黄久安一家人都跑国外去了吗？杳无音信，明显有人在给他善后。而我，留在这里，变更协议上，就是我的字迹，白纸黑字，我空口无凭，没有任何办法自证。”

“当初……”

许时遇打断她：“你想问，当初黄久安把变更协议给我签字的时候，我为什么就签了是吗？”

“嗯。”

“公司在作者账户变更协议这一块儿的流程还不严谨，有漏洞。所有和作者签订的变更协议都是编辑先过目，其次给财务审核，再由财务一齐交到我这儿签字。所以，归根结底这问题是出在了我的身上，如果在财务审核后，再多定一个编辑签字确认的环节，这个问题或许就不会发生了。你说，这种流程漏洞是不是一个领导者最低级的错？”

蒋邂竟然有些无言以对。

饭菜早就上齐了，但是谁都没有动筷子，双双都陷入了漫长的沉默中。

好一会儿过去了，桌上的菜从冒着腾腾热气变成一团死气，蒋邂也像是经过了久久的斟酌，才开口道：“那……你爸妈那边呢？”

关于许时遇的父母……是蒋邂一直以来都不太敢触碰或者说是刻意规避的话题。

许时遇明白她的意思，挑挑眉梢：“你是说让他们帮我？”

蒋邂点头。

“我妈……政界要员，要回避的。”他这才夹起一口菜放在嘴里，嚼了嚼，说，“至于我爸，我和他的关系，一直不算太好。我们一家三口，一个从政，一个从商，一个……算是从文吧，都各干各的，互相瞧不上眼。”

“可你……毕竟是他们儿子。”

许时遇笑了：“他们当然不会不管，但是你知道我怎么想吗？”

蒋邂有些发愣。

许时遇说：“本来就互相瞧不上了，我难道还要多给他们一次瞧不上我的机会？相信我，事情总会解决的。”

“我相信你。”

“哪怕结果很坏，出来后，好歹有双能拿笔杆子、能敲键盘的手，对吧？披个马甲，东山再起，几年后又是一条好汉。”

蒋邂的鼻子忽然就涌起一股酸意，同时也有些恼：“屁！什么出来不出来，你会一直都在这里！”

许时遇没想到她反应这么大：“你……”

“‘十年九遇’是你这几年全部的心血，你怎么能这么想？！”蒋邂看着他的眼睛说，“你怎么着都要保住它啊，你又没错，它更没错，所有一起奋斗的同事们也没有错。你本来已经坐拥了一片江山，现在还要开拓新的疆土，过不了多久我们新的产品线就要上了，这么重要的一个节骨眼上，你无论如何也要挺过这一关的。你不可以说这样的丧气话，你要是都打退堂鼓了，你让跟着你的大家伙儿怎么办？”

许时遇没说话。

两人之间又陷入了沉默。

过了一会儿，许时遇给她夹了一筷子菜：“先吃饭吧，都凉了。”

“嗯。”蒋邂索然无味地夹菜吃，“我是不是太激动了？”

许时遇点了下头：“还行吧。”

蒋邂继续味如嚼蜡地夹菜吃，沉默在两人之间无尽地蔓延。

吃得差不多了，蒋邂停下筷子：“还有……”

许时遇抬眼：“什么？”

为什么这么多天都不搭理我？为什么不回我的消息？

蒋邂话到嘴边还是咽了下去：“没什么。”

许时遇也没有再追问。

吃完饭从餐厅出来，许时遇问：“昨天你住哪儿？”

“唐不甜家。”

“我陪你过去拿行李，回我那儿。”

“不用了……”她知道这些日子他想静一静。

许时遇却没理她，把她塞进副驾，自己回到主驾：“地址，我导航下。”

蒋邂犹豫了一下，报了地址。

车子随即发动，在后头甩下一圈儿尾气。

蒋邂过年只带了个二十二寸的行李箱回家，东西不多，回来后，在唐不甜这儿就住了两晚，东西也没放散，没花多长时间就收拾好了。

她收拾东西的时候，许时遇和唐不甜就坐在客厅的沙发上说话，偶尔抬头，看他们满面严肃的样子，就知道是在聊案子的事情，情况好像不是很乐观。

她拎着行李箱走过去，他们也差不多聊完了，都站了起来。许时遇接过她手里的行李箱，唐不甜则走到蒋邂身边，拍拍她的肩：“你这重色轻友的症状，真是一天比一天严重了。”

蒋邂笑了笑：“谢谢收留。”

唐不甜转头看向许时遇：“喂，我们家小邂要是没有我这样的中国好闺密，昨天、前天是不是得流落街头？”

蒋邂掐她：“你说什么呢？”

许时遇显然已经抓住重点了：“前天？”

唐不甜觉得没必要瞒，也不管蒋邂在她后背上掐一下、挠一下、拧一下的，直接对着许时遇说：“不知道吧，我们家小邂前天就回帝都了，还不是因为你，你想想你作为一个男朋友，有多没良心吧！之前我答应你瞒着小邂，这事儿我当你是有情义的，但是你居然能一二三四五六七……七天不理人，这行为搁任何一女的身上，甩都不甩你，也就……”

“唐！不！甜！”蒋邂嚷了一声。

唐不甜扭脸指着她：“你叫什么叫？能不能有点骨气、有点尊严？”

“你别说了！”

唐不甜非常有骨气有尊严地没听她的话，继续冲着许时遇说：“许时遇，我告诉你，你要真想和我们小邂认真谈恋爱，就拿出愿意同甘共苦的心意来，一遇到事儿就缩起来当龟儿子算什么英雄好汉，算什么男人。你要是没这个心意，那就早点对外宣布‘十年九遇’破产，早点缩回你的黄金壳子里面去，要不然都在一家公司低头不见抬头见的，这样关起门来玩冷战特让人瞧不起。”

蒋邂已经放弃在她背上使用八爪功了。

既然唐不甜都帮她把话说开了，她也只能厚着脸皮去看许时遇的反应。

他没什么表情，但听得很认真，一副悉数接纳的神情。

等唐不甜说完了，他还很听话地点点头：“谢谢唐警官的提醒，受教了。”

“受教”了的许时遇帮她把行李箱放进了后备厢，一进车里就把坐副驾上的姑娘往自己的方向捞，摁在怀里亲亲、抱抱、摸摸好是欺负了一阵，差点没把持住。

许时遇想起自己当初去提车的时候，4S 店的工作人员介绍说：“先生您放心，这车防震效果一级棒。”

或许可以验证一下……

正想着，车外的雪地上忽然一声闷响，怀里的姑娘被吓得身子一抖，一个激灵从他怀里挣脱开了，然后正襟危坐地迅速把弄乱的衣服理好。

许时遇挠挠鼻尖，透过挡风玻璃扫了眼外面的情况，两个熊孩子奔跑着在外面放烟花，其中一个一脚踩滑摔了个狗吃屎，脑袋在厚厚的雪地上砸出了一个不深不浅的雪坑，可巧不巧的是，这个熊孩子就摔在了他的车跟前。

摔了一跤的熊孩子没有哭，被同伴扶起来之后拍了拍膝盖上的雪，十分顽强地继续蹦跶着跑远了，手里扬着的烟花像天空上掉下来的小星星，在夜色里一闪一闪。

许时遇一拍方向盘：“唉，这兴扫得……”

蒋邂说：“我倒觉得他们出现得挺合适的。”

许时遇侧头睨她：“我看你刚才不是挺进入状态的吗？”

蒋邂脸上火辣辣的：“还是得注意场合啊。”

“这场合怎么了？”许时遇侧过身子，摆出一副要和她好好理论一番的架势，“夜黑风高，孤男寡女，你情我愿，环境封闭，也足够舒展……”

蒋邂咬牙打断：“你闭嘴。”

在前任财务经理罗梦的配合调查下，目前的情况还比较好，罗梦在职期间，公司所有的财务状况都十分良好，每一笔流水都能查得到来龙去脉，这就把结果更指向性地推到了一个人身上——黄久安。

而和他有关的一切，几乎都被人擦得干干净净，调查陷入了死胡同。他之前的手机号的通话记录已经被技术部门调了出来，其中近期联系最密切也最可疑的一个号码已经是空号了。

“由于黄久安一家已经逃到境外，我们向国际经侦发出了协查信号，但是世界这么大，无异于大海捞针。小邂，我觉得……你们要做好心理准备。”唐不甜说，“局里已经针对这起洗钱案成立了专门的调查组，缉毒、刑侦都有精英参与进来，这个案子牵扯出来的上游犯罪，局里非常重视，目前初步断定，这次洗钱的团伙和缉毒那边一直在追踪的一起特大制毒贩毒案有干系。”

这些东西离自己太遥远了，也正是这种无法丈量的距离感，让蒋邂觉得心很慌，她清了清嗓子，喉间依旧有些干涩：“你说要我们做好心理准备，那……最坏的结果会是什么？”

唐不甜在电话那头说：“反洗钱中心为什么这次能查到你们财务有问题，又为什么偏偏挑了大年初一搞事情，你不觉得有人是故意的吗？”

听到唐不甜的话，蒋邂并不觉得惊讶，她一直就觉得这事发生得很突然、很蹊跷。

唐不甜继续说：“看在你也算是这个案子的受牵连方的分儿上，告诉你也无妨。调查中我们发现，‘十年九遇’就这么一笔账出了问题。通常来说，像这种配合大毒枭洗钱的底下的小角色，没几个敢玩这么大，他们都很小心翼翼，小笔地洗、分散地洗，哪有一上来就搞个四千万这么大金额的。这种自我暴露式的洗钱方式，我怎么想都觉得是有人故意让反洗钱中心的人察觉。”

蒋邂下意识地就问：“如果真有人捣鬼，他们为什么要这么做？”

唐不甜也下意识地回：“这我就不知道了，可能是来自商业对手的钩心斗角，也可能是私人恩怨问题，但有一点可以肯定的是，都是冲着许时遇去的。小邂，现在要证明‘十年九遇’是清白的，唯一的办法就是证明那些变更协议是黄久安诓许时遇签的，许时遇对黄久安洗钱的事情毫不知情，他们没有勾结。”

“他们之间本来就没有勾结啊！”蒋邂急了。

唐不甜反问：“证据呢？如果没有证据证明许时遇和黄久安洗钱的事情无关，那么他签下的字就会成为给他定罪的证据。你知道吗，队里封条都给备好了，领导一声令下，我们出门买个胶水就能直奔‘十年九遇’。”

中午吃饭的时候，蒋邂毫无胃口，一直在想唐不甜的话，直到饭菜都凉透了，也没见她几口下肚。

蒋邂刚把中午没吃完的剩菜剩饭扔进安全通道的垃圾箱里，手机突然响了，拿起一看，来自刚和她通了半个上午电话的唐不甜。

想到唐不甜上午和她说的那些话，蒋邂下意识地很抗拒接这个电话，直到手机快自动挂断了，她才提着一颗心接起。

“喂。”

“小邂。”唐不甜应该是在外头，除了她的声音外，蒋邂还能听到有大风刮动空气的猎猎作响之声。

见唐不甜好一阵不吭声，蒋邂深吸一口气：“嗯？”

“就是想和你说一声，我刚把胶水买了。”

蒋邂没应这一句，直接挂了，在原地愣了好一阵。

从安全通道门出来，经过前台，经过一间间办公室的门口，经过茶水间，经过公共办公区，一路都很安静。

年后上班这几天，因为案子的事情，所有人都带着不安的心情机械般地做着手上的工作。

开年后，许时遇连一场例会都没给大家开过。

“这明显不是咱老大的作风啊，情况一定比我们想得还要严峻，这样下去不行，我觉得咱们得去找他谈谈，还有，我们几个每周的项目会还要不要进行了啊？”

蒋邂还没走到工位，就听到喜宝比平时严肃焦灼百倍的声音。

看到她来了，喜宝绕过几张办公桌走到她跟前，拉住她的胳膊：“小邂啊，作为老板娘，你肯定知道得比我们详细，你就跟我们说说，现在具体是个什么情况吧，是死是活，还是半死不活，我们应该有知情权吧？”

这个问题喜宝已经连着问了她好几天，她不清楚许时遇想让大家知道多少，但他和黎漫既然不打算把情况向大家完全摊开来，那肯定有他们的理由，她也最好不要多嘴，所以每次有同事向她打听的时候，她只能摇头说不知道。

但以喜宝的情商，必然是看得门儿清。

蒋邂这次依旧没答：“从我入职以来，你们每周五都要开一个项目会，神神秘秘的，是什么项目啊？能说吗？”

喜宝无力吐槽她生硬的转移话题能力，白她一眼，说：“挺大的一个项目，老大想做一套推崇纸质阅读类的人文丛书，这套丛书涵盖古今，除了检索纵向上古今中外的经典案例外，还准备横向上呼吁世界当代名家们参与进来，以个人经验感受为出发点，把推崇纸质阅读以故事化的手法呈现出来。这个项目从前年就开始进行了，目前还处在组稿阶段，这套书的体量大着呢，是好几年的工程，慢慢推进着吧。”

蒋邂点着头说：“项目很好。”

“年前老大还说，年后来了，你也要加入这个项目组呢。”

“是吗？”

“是啊，随着公司成熟的编辑越来越多，这个项目组会不断有组员加入的。”见蒋邂若有所思，喜宝问，“怎么了？”

蒋邂回过神，说：“没什么，就是觉得，特别荣幸。”

过了十来分钟，公司群突然开始热闹起来。因为他们颓废消沉的大老板终于从一蹶不振中走了出来，发了自新年以来的第一条消息：“十分钟后，全员在大会议室集合，我们开个会。”

虽然很官方，但也足够群情激奋了。

毛恋恋：“啊，老大您终于诈尸了！”

窦小洋：“呜呜呜呜呜！我们想您想得魂牵梦绕。”

许时遇：“@窦小洋，真弯了我给你指个路，出门左拐第六个门，那酒吧够你猎艳了。”

喜宝：“明明只隔了一道门，为什么我却感觉好像再也走不进您的心。”

许时遇：“抱歉，你就没进来过。”

黎漫：“您老今天心情真好。”

许时遇：“回光返照呢。”

李舒：“您要是再不出现，我们还以为您想不开呢。”

许时遇：“放心，想不开之前，会提前打个电话让你们进来收尸。”

十分钟已经过去一半，蒋邂看着群里你来我往的消息，心情略有些复杂，她总觉得许时遇回复给黎漫的“回光返照”四个字才比较符合真相。

说不定他已经知道了警方那边传来的消息。

她嘘出一口气，在群里发了个奋斗的表情。紧接着，听到大家纷纷起身的声音，她也揣上会议本和笔，跟着喜宝他们一起去往会议室。

半路，微信上有私人的消息弹出来。

许时遇给她发了个亲亲的表情。

蒋邂脸一热，把手机迅速扔兜里，低着头继续往前走，猛地栽在一个人的胸口上，一抬头，是微笑看着她的许时遇。

“你故意的吧！”她揉着脑袋道。

许时遇伸手在自己的脸颊上点了点：“喏，红了。”

蒋邂脸更热了：“你还有心情逗人？！”

许时遇说：“不逗白不逗。”

第二十四章 希望你们尽快结婚

会议的流程和之前差不多，许时遇先拉了个开场白，然后每个人汇报自己手头上的项目进展情况，再说下接下来的周计划、月计划，甚至是年计划。许时遇根据大家的汇报提出问题，大家再一起商讨解决问题的方案。

整个会议严格遵循着面、点、线、面的流程秩序，一切如常的模式刚让大家伙吃了颗定心丸，许时遇却突然来了个大家意料之中的转折。

是的，意料之中，毕竟问题就在眼前，没有规避的可能。

会议接近尾声时，他站了起来，朝大家深鞠了个躬："想必各位都已经知道了，公司目前卷入一起洗钱案中，我们的作者加印稿酬结算中变更账户协议这一流程被别有用心的人利用，成为他们非法洗钱的手段。协议是我签的，章是我默许财务部盖的。没有和责编、作者二度确认协议的真实性，是我们流程上的缺失，也是我个人的失职。目前最大的嫌疑人黄久安已经逃到境外了，除他之外，没有任何人证、物证可以洗清我的嫌疑。这件事情影响了我一段时间，因为个人情绪影响了你们的工作状态，我很抱歉。"

许时遇又扫了一眼在座的，说："所有参与调查的同事应该都知道，在警方取证后，我们的账务除这笔被举报的洗钱数目外，其余均为正常，所以一切责任都不会追究到在座各位身上。这是我唯一能让大家安心的地方，其他的我很抱歉。"

短短几分钟的时间，他已经说了两次"抱歉"，蒋邂心里难受极了，她看着他的方向，见他中指和无名指在会议桌上轮流地点着，便知道他要宣布某件重要的事情了。

许时遇低下头，无名指在跟前的会议桌上无声地划了道弧，说："今天下午警方会暂时查封'十年九遇'，之后大家会进入待业状态，我可以给大家承诺的是，一直到警方调查清楚之前，我们都会按带薪休假给大家结算工资。"

会议室很安静，大家都在消化这个横空而降的消息。

直到有人发问："公司被查封，所有公账都会被冻结吧！能保证大家的工资按期发放吗？这么多员工，每个月的工资数目可不小。"

这个声音蒋邂很陌生，视线循声而至，是采购部新来不久的一个员工，三十来岁，属于办公室里最爱唠家长里短型的，也就是属于那种上有老下有小型的。

在乎工资能不能如期发放是人之常情，但这人说话完全不经修饰，让蒋邂无法不生气，她恨不能过去拧着这人的胳膊把她丢出去。

有人附和，有人嘀咕，有人不言语，也有人像喜宝一样当场怼："喂！公司还没倒呢，只是暂时被查封，洗清嫌疑就是个时间问题，给你这么好的机会带薪休假，可不要蹬鼻子上脸。"

三十来岁的女人还挺不好惹，直接站了起来，把椅子往身后一踢，指着喜宝："你说谁蹬鼻子上脸，你再说一遍？！"

喜宝一字一句："说！你！呢！"

"瞧你这素质，我就直说了！"给这个三十来岁的女人一条街，就是典型的一出泼妇骂街的好戏了，她的视线在许时遇身上停了一下，在蒋邂身上扫了一眼，最终落回到喜宝身上，"上梁不正下梁歪吧，有什么样的上司，就有什么样的员工。我压根儿就没准备在你们公司久待，什么风气啊，能随便乱搞办公室恋情的公司早晚得死翘翘，死！翘！翘！"

"你说什么？！"喜宝撸起袖子就往她的方向走，半道被李舒拦住，"李舒，你放开我，她就是欠……"

大家的注意力都逗留在喜宝那块儿，蒋邂却突然起身了，所有人视线纷纷掉转，落到蒋邂身上。

只见她走到三十多岁的女人面前，面无表情地指了指会议室的门口："这位妇女，请你出去。"

"谈恋爱的正主儿来了。"妇女一脸"我才不怕你"的表情，"不过凭什么你让我出去，我就要出去啊？"

“就凭我是正主儿。”蒋邂拿出手机，拨了楼下保安室的电话，“保安比较听我的话。”

毛恋恋：“小邂好样儿的！”

黎漫：“请你出去。”

窦小洋：“滚吧。”

高铭轩：“我不打女人。”

喜宝：“你们和这种人废什么话，我说了她就是欠揍……”

“都闭嘴！”一直没说话的许时遇终于开口，掐断了此刻混乱嘈杂的场面。

这时候，所有人才回归理智，他们再怎么护主心切也不能让“十年九遇”成为一个打架斗殴的犯罪现场。

会议室再次静了下来，果然还是气场秒杀一切。

许时遇看向黎漫，说：“黎漫，这次我不追究，以后招人多加一项素质考核，不然扣的就是你的钱。另外，给她把这月的工资结了，麻烦尽快，这种人我以后不希望再看到。”

黎漫：“是。”

“什么叫这种人？哪种人啊？我敬你是个文化人，有话问话，你看看你手底下的员工，我不过就提了一个小问题，上纲上线的，什么玩意儿？！”

保安这时赶来，把众矢之的的妇女给拎了出去。

“你们放手，我自己走！我还有东西要收拾！这破公司，谁爱待谁待！早晚关门倒闭，洗什么嫌疑，有什么可洗的，要不就再洗个四千万吧，反正你们脏钱多……”

等到妇女的声音完全消失了，黎漫才开口：“去年我们日本团建，因为她还在试用期，依照公司惯例没让她去，一直记恨着，搁我这儿提过好几次。”

许时遇敲了敲桌子：“继续开会吧。”

经过刚才那么一出，大家反而心态平和了下来，也没人再嘀咕了。

许时遇看了众人一眼：“之前说到公司会被查封的问题，我没法保证之后的调查结果如何，但我刚才说出的话还是能保证的。我给大家创造了‘十年九遇’的平台，维护它是我的责任，但不是你们所有人的义务。发生这种情况，我们都始料未及，你们感到不安很正常，所以我给你们选择的权利，今天之后，海阔天空任鸟飞，大家去留随意。”

会议刚散没多久，在大家一个个或漫不经心或无精打采收拾工位的时候，几位身着便服的公安到访。

“您好，经有关部门举报和我们现阶段的调查，帝都芦水区公安局对‘十年九遇’涉嫌洗白四千万不明款的违法行为已经正式予以立案，现在起暂时查封‘十年九遇’，在未彻底结案之前，贵公司不得重新解封经营。”

“十年九遇”被警方查封的消息迅速在行业里传开，在这个草木皆兵的传统纸媒行业里，一下子倒了一棵参天树，行业里的花花草草一个个仿佛终于得见天日般，或含沙射影或落井下石，老对家“沉鱼”更是给警方官方消息点了个火上浇油的赞。

这个对家最突出的技能也就是点赞了，誓死要将点赞这项硌硬死人的手段进行到底的节奏。

同事们陆陆续续收拾好离开，“十年九遇”很快空空荡荡。

网上新闻甚嚣尘上，群里竟没有多死气沉沉，还挺热闹，大家互相加油打气——

“等姐们浪一圈回来，又是一条战斗力爆表的好汉！”

“感谢组织，此番南游，我一定猎个优质对象回来，定不辜负组织的期待。”

“屁，组织对你的期待就是少出去祸害人间。”

“原来我还有祸害人间的本事，谢谢组织这么看得起我。”

“‘十年九遇’出去的人，怎么可能会差？”

一人突然道：“谢谢你这么优秀。”

“谁这么优秀？你在夸我吗？”

“少自作多情，我说的不是你。”

又有人问：“那是谁？”

“十年九遇。”

另一人答：“那……咱们隔空握个手吧。”

消息传开后不出三日，“十年九遇”面临经销商大量退货，前一阵刚欢呼雀跃加印的书，成了此刻堆积成山的库存。

说好的带薪休假呢？

说好的南游猎艳呢？

发行们叫苦不迭地应付着各个渠道商的反水，墙倒众人推不过如此了。

“我们的书在叮叮网上的推荐位都没了。”

“一个破民营书店之前卖出去的货不给回款了，说是他们书店因为陈列我们的书被消费者攻击，给他们造成名誉损失！”

“靠！太不要脸了吧？”

“如果退货量再以这样的速度激增，我们的应急仓库根本不够用啊。”

“读者们能不能擦亮一下眼睛啊，案子还没定性呢，咱必须迅速重振雄风啪啪打他们脸！”

“退货的物流消息一个接一个，我要歇菜了，请速速安排新仓库。”

短短一周内，退货物流陆陆续续抵达，“十年九遇”预备的应急仓库个个爆仓。

当所有人在所谓的带薪休假下忙得转不过来时，天气预报发布橙色暴雨预警，那些暂放在仓库门口还没来得及找着落脚点的书，被一场突如其来的大雨浇了个透。

“我出去一趟。”挂掉电话，许时遇拎了件外套就往门外走。

“等等！”蒋邂叫住他。

正在弯腰穿鞋的许时遇抬起头。

蒋邂走到他身边，递上一把黑色的长柄伞：“早点回来。”

“谢谢。”他接过伞，揉了把蒋邂的头，然后头也不回地走了。

许时遇一走，蒋邂便拨了一个电话给刚才和许时遇通话的窦小洋。

一接通蒋邂便问：“现在情况怎么样？”

窦小洋的语气分外着急：“这场雨太突如其来了，我们新谈好的仓库手续正走着呢，预计今晚就可以把那批外放的货运过去，谁知道！谁知道！”

“那批货量有多大？”

“是叮叮网刚退回的一批货，两个品种，不多不少吧，加起来有八千多册。”

“不是塑封了吗？损失会不会减少点？”

“塑封就薄薄一层膜，其中一个品种还特别设计了方便消费者撕开的小口，只能防最低一级的损害，这么大的暴雨，根本扛不住。我们来了之后紧急披上了防水布，但是这一块地势低，排水来不及，下面三分之一的书都泡水里了。”

蒋邂沉默片刻，问：“这批书的受损程度会如何？”

窦小洋愣了愣，实话实说：“书全部晾干后，无小口的纸张会蜷会皱，有小口的……在雨水泡发的过程中有些估计得成坨，内页损失、字迹模糊肯定数不胜数。唉，小邂，你问这个做什么？”

“随便问问。”蒋邂说，“谢谢，我知道了。”

她的确是随便问问，她就是想知道，当雨停风歇后，留在他面前的摊子能烂到什么地步。好像也不是完全随便问问，至少她可以先一步想想面对这一派狼藉的祸事，她能从中为他分担些什么。

八千多册的书……

对一家小型书店来说，这个量估计就是除了店面本身外的半壁江山了吧，但是对于“十年九遇”这种从源头上制作书，每月发行量高达几十万册的企业来说，好像也并不是那么值得一提。

之前因绘图被指抄袭而下架的书，也远远不止这个量。但那个时候，没有谁的士气受挫，不过是问题来了解决问题，解决完了满座皆喜。现在不一样，它就像我们在夜色里摸黑走路时，被人用麻袋一罩然后抡了一拳一样，令人猝不及防、不知所措。

何况，许时遇是一个那么爱书如命的人。

公司书架上的书，员工们都可以翻阅，但必须原位放回，他熟知每一本书的固定位置。他家里书架上的书，更是分门别类地陈列，无褶皱折痕，并且会及时清理落灰。他曾很骄傲地说：“我们‘十年九遇’的员工走出去，都能很自豪地回一句，至少我们没浪费地球上那些被砍下的树。”

蒋邂突然想到，以前上学历史考试，她答“焚书坑儒”的影响时写：是文化的大毁灭，是对知识分子的巨大摧残。

大毁灭……巨大摧残……

这场突如其来的暴雨浇书，对许时遇而言，金钱损失或许微不足道，却是祸不单行下的一记重拳。

窗外的雨小了些许，蒋邂盘腿坐在飘窗上，看着窗户上不断滑落的雨痕，思绪却飘得有点远。

半晌后，窗户上的新雨痕盖掉一拨一拨的旧雨痕，她拿出手机给董慧发消息，结果发现她已经把自己给拉黑了，打了个电话，没想到电话也被拉黑了。

估计是上次那批书后续事宜对接结束后，对方就把她划入了黑名单之列。

她听许时遇说过，董慧有好几个手机号，但她又不希望这么一件小事也要通过他，于是便给傅九昕发了条微信消息："您好，能方便给我一下董慧的电话吗？我有事找她。"

傅九昕秒回，发了一个本地的手机号给她。

蒋邂回："多谢。"

果然世人最不缺的就是好奇心，傅九昕追问："不好意思，多问一句，董慧是我的前经纪人，你找她是……和时遇有关吗？"

蒋邂回："是。"

傅九昕的好奇心也算是及时刹住："希望你们顺利渡过难关。"

蒋邂回："谢谢。"

刚要退出微信，又收到傅九昕的一条消息："经过之前那件事，董慧这个人我还挺怵的，你要提防着点。"

蒋邂不知道该说什么，想了半天，还是回了个"谢谢"。

"至于公司的事……"傅九昕又发来消息，"我感到非常抱歉，我真的不知道黄久安当初是蓄意的。"

黄久安是她父亲那边的远亲，在帝都工作十来年了，跳槽过几家公司，但都是国内有名有姓的大企。罗梦离职的那段时间，他刚好和上家公司解除劳务合同，处于待业状态。黄久安平日里和她父亲有来有往的，关系不错，他父亲听说"十年九遇"财务总离职的事，顺嘴就把黄久安给安排上了。刚开始傅九昕还不太乐意，但一翻他的简历，着实漂亮，放在"十年九遇"里并不算低配，也就当了这个中间人。

谁能想到一片好心喂了一只蔫坏的狗。

傅九昕因为这件事和许时遇打过好几次电话，也约见过好几次，想要尽可能地弥补自己当初不识人心的大意。

可是荆州暂失，大意已成过去。如果非要揪着大意不放，那许时遇又得多怨自己违背了"疑人不用"的原则。

那可就太没意思了。

所以蒋邂只能回："我知道，时遇和我说了，不是你的错。"

之后傅九昕又发了些“加油”“能帮上的地方一定帮”诸如此类的消息，蒋邂都没再回了，片刻后，她拨通了董慧的电话。

一家港式茶餐厅。

蒋邂抖了抖伞上的雨渍，把伞装进了服务员递过来的白色塑料袋里，又拍了拍淋湿的裤脚，这才在服务员的带领下来到董慧所在的卡座。

董慧指了指对面的位置：“坐吧。”

蒋邂坐下后说：“是我邀请的你，反倒害你破费了。”

董慧笑道：“无妨，我正好刚见完朋友，要点些什么？”

“你刚在这儿吃过，你点吧。”

董慧没有推辞，也没拿菜单，随口便对着服务员报了几项：“蛋挞、糯米鸡、玉米粑各一份，再来两杯 DIY 咖啡。”又看向蒋邂，“你看可以吗？”

蒋邂说：“足够。”

董慧笑问：“你平时在他面前也这样吗？”

“你指哪样？”

“还挺沉得住气的。”董慧说，“上次见你，觉得你还挺懵懂。”

蒋邂笑了笑：“你高看了，我一直都挺懵懂的。如果要说沉得住气，大概可以归结为遇事则刚吧。”

桌上放着一壶白开水，董慧给她倒了一杯：“我说句实话，你别介意，我真的挺不明白的，许时遇怎么会喜欢你。”

“多谢。”蒋邂拿起刚斟满杯子的白开水，喝了一口，“不明白很正常，这份喜欢我也捉摸不透、不可揆度。”

“至少是喜欢的吧，能和他谈上就很不容易了。”

蒋邂无意再深究这个：“我们说正事吧。”

点心和咖啡一一上桌。

董慧知道她们此次见面的核心是什么，方才在电话里的时候，蒋邂便已说明来意。她端起咖啡抿了一口：“帮你们解决那批受损的书不是问题，经过上次那件事，我这儿自然是轻车熟路的。但是蒋邂，你拿什么跟我换呢？来之前，你有想好吗？”

蒋邂有些黯然，但她能给的仅有一项：“钱。”

董慧摇头笑了笑。

蒋邂说："人工费、物流费，其他种种涉及费钱的地方，我都可以出。"

董慧说："你一个策编，一个月能赚多少？许时遇给你们的待遇再好，行业天花板在那儿摆着呢，能高到哪里去？难道说，他的卡归你管了？"

蒋邂说："除去那批受损过于严重的，要处理的数量有五千左右，上次那批书的花销报表我有看到，这次的我完全可以承担。"

董慧说："你是真听不懂呢还是跟我装糊涂，不是钱的问题。"

蒋邂叹一口气，说："我找你，不是为了欠你人情，我出钱，你办事，这是两清。之所以找你，是因为你有处理经验，是我想到的第一人选。如果你非要认为我找你是为了让你卖我个人情，我无所谓多走一步去找别人，这并非难事。"

董慧静了一会儿，似在重新审视她："忙我可以帮，不仅如此，我这儿还可以买一赠一。"

蒋邂不解："什么意思？"

董慧笑道："意思很简单，比起要处理这批受损的书，你们现在更棘手的问题应该是如何摆脱'十年九遇'洗钱的嫌疑吧？"

蒋邂警惕："你有办法？"

董慧说："你先把手机给我。"

蒋邂更警惕了："你要做什么？"

董慧说："好吧，不给我也行，你放桌上，我只要保证你不录音就行。"

蒋邂在脑海中迅速顺了一遍这句话的逻辑，看向董慧的目光透着几分寒意："这事儿和你有关？"

董慧说："不要妄下定论，你先把手机放到桌上，我就告诉你。"

蒋邂看了眼董慧，很无奈地把手机放在了桌上。

董慧扫了眼手机，确认没问题后，她拿出自己的手机，在屏幕上滑了几下后，将手机平放在两人中间。

须臾，一段对话录音在两人之间响起，是两个男声。

"已经顺利让他签好字了，接下来就等着反洗钱中心的举报吧。嘿嘿，得来全不费工夫。"

"你悠着点，别太嘚瑟了，万一露了马脚。"

"不会的，你不知道他们这个流程有多好操作，就是许时遇这种角色不好渗透，若是能让他跟咱一起，那上边下来的钱可就真是源源不断了。”

“你赶紧配合着走手续吧，还想不想跑路了？你觉得许时遇会放过你？”

“知道了知道了，瞧给你胆小的！”

董慧关了录音，看着蒋邂。

“另外一人是谁？”蒋邂听得浑身微微发抖，阴险狡诈果然不是电视剧里才有的专属设定。其中一人的声音是黄久安的，她丝毫不意外，她现在最想知道另外一人是谁。

“你觉得我应该告诉你吗？”

“那你是想助纣为虐？”蒋邂说，“或者说，你们其实就是一条绳上的蚂蚱？”

董慧叹了口气：“抱歉，我不能说。”

“你良心能安？”

“我只能告诉你，这件事虽然和我有关，但不是我的本意。你有你想保护的人，我也有我想维护的人。你今天不找我，我原本也打算联系许时遇的。但你今天找我了，我总觉得，我不换点什么实在是太不划算了。你想想，这件事或许由我而起，但我只要装聋作哑，‘十年九遇’的结局只能是死翘翘。我愿意站出来，已经是对我自身人品的巨大挑战了。”

“你的人品真感人，照你这么说，我还要给你鼓掌了？”

“不敢当。”董慧收起桌上的手机，“但是这段录音在我手里，主动权就在我这儿。蒋邂，这是许时遇洗清嫌疑的唯一证据，就看你想不想要了。”

蒋邂沉默了一阵说：“你的条件是什么？不会是狗血地要求我离开他吧？”

董慧笑道：“当然不是，那也太没新意了。”

蒋邂：“？”

董慧说：“恰恰相反，我希望你和他结婚。”

蒋邂惊呆了：“什么？！”

“我说，希望你们快点结婚。”

蒋邂风中凌乱了，很想找个导演问问这人到底是不是反派角色。

董慧慢悠悠道：“不好意思，在你重新开始定义我之前，我有必要打断一下，我说让你和他尽快结婚，自然不是希望你们百年好合。”

蒋邂感到有些力不从心："你在开什么国际玩笑？"

"谁说我开玩笑了？结婚多好啊，结婚了还可以离婚啊，对吧？"

"所以你是要赌博吗？赌他不久的将来成为离异男，你的胜算就大了？"

"我喜欢赌，赌注就是你的平凡、你的弱小、你的非独一无二。"

"我觉得很逗，不知道你是太偏激，还是太儿戏。"

"你就当我儿戏好了。"董慧忽然有些黯然道，"反正我做的决定向来都被人当儿戏，我已经习惯了。"

后半句她的声音很小，蒋邂没听太清楚："你说什么？"

"没什么。所以你们会结婚吗？"

蒋邂继续凌乱，心说：你问我？我他妈问谁？

她看着面前的女人，深深觉得，这样的逻辑思维她是一辈子也领悟不来了。

"额，如果这就是你的条件的话，没问题啊，我答应。"蒋邂讪讪地说，"但是我必须要提醒你的是，结婚离婚，我都没有绝对的主导权。我们之间谈结婚，现在为时过早。"

董慧"噢"了一声："没关系，你什么时候求婚告诉我一声，我可以助攻。求婚成功了，订了结婚的日子也告诉我一声，结婚了第一次吵架、吵架的频率、婚姻开始出现问题了、最终协议离婚……以上情况如若发生了，通知我一下就好。"

蒋邂瞠目结舌，费了好大的力气才让自己消化以上内容，最后只能自我宽慰地想，如果她今后的人生真的如此戏剧且狗血，她一定重拾自己写小说的大业。

她忍住抽搐的嘴角："如果我们没结婚呢？"

董慧挠了下脑门："噢，那你只能祝福我和他了。"

蒋邂："……"

"如果我们结了婚但一辈子没离婚呢？"

"噢，不就是我赌输了吗？"

"你无所谓？"

董慧似乎失去耐心，站起身："我很忙，总之就这么个条件吧，答应的话，就握个手，当是盖戳了。"

蒋邂僵硬地伸出自己的手，和她简短地握了下。

董慧收回手，笑道："祝你闪婚闪离。"

蒋邂："……"

见她转身往外走，蒋邂忙问："我怎么相信你会履行约定？"

董慧头也不回地朝身后挥挥手："你一个连会不会结婚都不确定的乙方，还问甲方会不会履行约定？咱们就用人品说话吧，拜拜！"

董慧刚走出餐厅，在不远处喂鸽子等着她的同伴见到她的身影，把鸽食递给一旁眼巴巴看着她的小孩后，朝董慧的方向走了过来。

同伴问："解决了？"

董慧说："嗯。"

"我是真没见过你这么闷头做好事的人，明明就想帮他们，但又拉不下那个脸。说说吧，找了个什么奇葩理由把证据送到人家手里？"

"需要什么理由，我白送的不成啊？"

"你是这种人吗？"

"你刚不是说我闷头做好事吗？"

"不和你贫，你爸那边你怎么交代？"

董慧摇头叹息一声，没回答为她忧心忡忡的同伴，加快脚步催促："走，蹦迪去！"

第二十五章　有你便不平凡

董慧一离开，蒋邂连续“呸呸呸”了好几声，仿佛多“呸”几句，就能把自己刚才答应董慧的所谓的“结婚再离婚”的约定给呸干净。

她拿起自己的包包和雨伞往外走，一位服务员拦住她的去路：“这位美女，请留步，请问您对我们家的服务有什么不满吗？”

蒋邂以为这是店里的消费回访：“挺好的，没有不满。”

服务员一脸“我们心理素质很强大的”的表情：“美女，请您勇敢地说出您的真实想法吧。”

蒋邂实在不想在此浪费时间：“我的真实想法就是，麻烦您让一让，我要回去了。”

服务员欲言又止，一脸纠结，最终还是往后退了一步。

蒋邂不明所以地大迈着步子走了，身后的服务员被不远处的经理招呼过去。

经理慈祥地问：“顾客怎么说？”

服务员弱弱地答：“她说挺好的，没有不满。”

经理顿时脸色大变：“你个没用的！你去店里吃饭会对着空气呸呸呸吗？！这明显就是一个善解人意、口是心非、怕我们为难的顾客啊！你去写份检讨，反思一下今天的服务流程，看看哪个环节出错了！”

服务员泪流满面：“好的，经理。”

蒋邂回到家时，屋子里空荡荡一片，许时遇还没回来。她一边擤着鼻子一边往浴室走，今天淋了不少雨，隐约有了感冒的前兆，得冲个热水澡压一压。

等蒋邂冲完热水澡出来，客厅里多了一人。

她眼睛一亮。

许时遇笑着朝她招招手：“过来。”

蒋邂跑进浴室拿了吹风机出来，插好电，在他身前的地毯上盘腿坐下：“辛苦大佬给我吹下头发。”

大佬接过吹风机，揉了一把她湿漉漉的头发，问：“早上不是刚洗过澡？”

蒋邂好不心虚地答：“刚才突然想吃大柑橘，就跑出去买了一斤，结果淋湿了。”蒋邂无比佩服自己的先见之明，回来的路上买了几个大柑橘以防万一。

许时遇以指为梳拨着她的头发：“傻吗？不会叫外卖？”

“网上订水果太贵了，那是资产阶级的消费模式。”

“那你能不能改掉你草根阶级过度勤俭节约的劣根性？”

“这哪里是劣根性了，明明是劳动人民的传统美德好嘛！”

“你现在嘴皮子越来越厉害了。”

“多亏了您的言传身教。”

“蒋邂。”

“嗯？”

“我现在心情很好。”

蒋邂几不可察地愣了愣，内心感慨董慧速度之惊人，表面却是不着痕迹地问：“是事情解决了吗？”

“刚才警方那边打来电话，他们收到一封匿名邮件，是黄久安和人勾搭陷害‘十年九遇’的录音，经技术部查证，录音为实。另外，董慧刚才主动联系我，会按照之前处理那批图书的方式处理这次大雨中受损的部分图书。”许时遇嘴角轻扬着，直到最后才微微皱起了眉，“但也有个不是那么好的消息。”

“是什么？”估摸着和她心中所想八九不离十。

许时遇说：“那段录音中，黄久安的声音没毛病，另一人的声音经过了变声处理，警方说，即便是声音还原，也几乎无法追踪到什么有效的线索。两人肯定都早已出境，茫茫人海，无迹可寻。”

“发邮件的人呢？”蒋邂想到董慧，心情很是复杂。她以一种如此清奇的借口把证据提供给了他们，但又执意不肯告知究竟是何人在背后搞“十年九遇”。

也不知她到底安的什么心。

“警方追踪到的 IP 地址在荒无人烟的大西北沙漠里。”许时遇摇头失笑，“人才才是第一战斗力吧。”

蒋邂恼得很：“这种人才，不要也罢。”

头发吹了个七八成干，许时遇放下吹风机，把盘坐在地毯上的人捞起来揽进怀里：“没想到你还挺嫉恶如仇。”

蒋邂抱住他脖子，戚然又愤慨地说：“我现在才知道，原来这个世界上真的有很坏很坏的人存在。”

许时遇将她脸颊一侧的头发拨到耳后：“怎么忽然这么说？”

蒋邂反应快：“你不是说了你是被人陷害的吗？”

许时遇不疑有他：“你要听下那份录音吗？警方发到我手机里了。”

蒋邂誓死将演技进行到底：“好啊。”

于是她装作第一次听的样子又把这份录音听了一遍，顺便还表演了一番惊讶、愤慨和心疼……当然了，心疼还是比较出自本能的。

蒋邂问：“你真的不好奇是谁在陷害你吗？”她都恨不得绑了董慧威逼利诱一番。

许时遇想也没想就摇头：“如果能抓到凶手当然最好，但是我好像并不好奇，从我创业以来，结下的仇人没有一个连也有一个排了，更别说还有我爸妈那边的，多少人背后使绊子想拉他们下水。你觉得我有那么多的精力去好奇吗？与其知道是谁在陷害我，我倒更想知道是谁在背后帮我。”

蒋邂顺势而问：“如果你知道了是谁在帮你，你准备怎么回报人家啊？”

许时遇想了想，很笃定地说：“金钱。”

蒋邂摇头：“真是腐败。”

许时遇钩住她下巴：“不然呢，肉体吗？”

蒋邂心说：未尝不可？

不行，绝对不可，要说帮忙，董慧也能算得上一份儿吧，哪怕她真的不喜欢她。

见怀里的人神游太空，许时遇托住她的腰，把她压在身下：“我呢，我这人洁癖重得很，也非常洁身自好，就喜欢你，别的人都不行。”

蒋邂魂归身体，就见许时遇低头吻了下来，还来不及伸手抵制，一个涕泗横流的喷嚏响彻客厅。

而另一边，董慧蹦迪完回到家，就被父亲的助理告知去一趟董至达的书房。

“你和他说我换身衣服再上去。”

“董事长说刻不容缓，希望您一回来就立刻去见他。”

“你没看见我刚淋了雨吗？”

助理欲再劝，二楼传来一声如洪钟般的怒吼：“你给我滚上来！”

董慧咬牙捏了捏拳。

一进书房门，一个烟灰缸就重重地砸在了董慧的脚边，伴随着董至达中气十足的怒吼：“你个不孝女！你都背着我干了些什么混账事儿？！”

“爸，您搞清楚点，干混账事儿的人到底是谁？”

“你还敢教训你老子？”董至达一字一句振聋发聩，“你也不看看我做这一切都是为了谁？”

“为了谁？”董慧微嘲地笑了笑，“这个问题倒是我一直想问您的。您女儿虽说没有多高尚，为了得到喜欢的人也时不时在背后搞点小动作的事儿也干得不少，但我还好歹有个下限，只挑有缝的蛋叮一叮。倒是您了，明明是自己贪得无厌，却不要脸地打着为了女儿的幌子，做一些令人恶心至极的勾当！”

董至达气得脸色发绿。

“您女儿是喜欢许时遇，但我跟您说了多少遍了，我喜欢的不是他背后的许家和杨家。您现在龌龊事情做得多了，想多找几个靠山自保或者说让您的事业版图更上一层楼，您就尽管去自掘坟墓，但是我讨厌您这样，讨厌您打着为了我的幌子去陷害我喜欢的人！”

一堆文件砸了过来，正中董慧的脑袋，又环着董慧的周围纷纷扬扬地落下。

董慧伸手点了点被文件夹的一角砸中的额头：“您有本事就用刚才那个烟灰缸朝这儿砸啊？”

董至达怒不可遏：“你以为我不敢？！老子供你吃供你穿，给你最好的教育，到头来你就是这样指责你老子的？我筹谋了这么久的事情，你一声不吭就给我搅黄了！你以为他们许家、杨家就有多干净？！我这边刚要下手拉他们一把，顺水推舟地把人情送出去，好让许谦远和杨月冉看到你，你就这么不珍惜你老爸给的机会？！还反过来倒打一耙？！”

董慧苦笑道：“爸，您给的这么好的机会，女儿真不敢苟同。”

董至达：“你少跟我阴阳怪气！”

董慧：“您冷静一下吧，我先下去了。”

董慧转身往门外走，董至达高亢的声音从她身后传来：“你这些天就不要出去了，好好给我待在房间里面壁思过！！！”

接下来几天，许时遇很忙，走“十年九遇”解封流程、开发布会、拟新闻稿……只为将所有的一切恢复如初，甚至推向更好的一面。

重症感冒患者蒋邂身残志坚，一度申请赶赴一线与大家“重振家园”，又一度被许时遇以隔离病原体为由不予通过。

蒋邂非常苦恼，她向来很少生病感冒，而一旦感冒，可谓是病去如抽丝，没个十天半月基本不见好。

等到她身体终于好彻底了，寒冷的二月已过，三月来临，空气中渐渐多了些暖意，四处萧条的枝丫开始抽出嫩绿的芽。

病好后，蒋邂感觉自己似乎轻盈了不少，跑去上了个秤。从秤上一下来，她手舞足蹈地给许时遇打电话，对方接通后，她二话不说先“啊啊啊啊”地尖叫了一通。

正在忙着准备发布会的许时遇闻声笑了：“遇上什么好事了？”

蒋邂兴奋地说：“我刚才称了下体重，你知道我现在多少斤吗？”

许时遇把手上的发布会文稿放下，回忆了一下昨天晚上揽她腰时的手感，再追溯了一下更久远一点的光阴，心中很快便有了一个答案，却故意开口问道：“多少？”

蒋邂忙不迭道：“你相信吗？我现在九十斤不到！九十斤都不到啊！什么概念？！我以前想都不敢想啊！”

许时遇说：“什么概念，我告诉你。”

蒋邂略蒙：“啊？”

许时遇说：“以前你的腰就够我玩一年了，现在我只能退而求其次玩玩你的其他地方了……”

蒋邂的脸霎时便红了，硬着头皮问：“什么意思？”

“笨，因为腰上没肉了！”

许时遇说：“发布会马上就开始了，官博今天会放直播，你在家也可以看到你男朋友飒爽的英姿。”

蒋邂笑着啐了他一句：“你太不要脸了！”

“脸是什么玩意儿？”

“好，没脸没皮的家伙！”

许时遇笑道：“好了，我这儿快开始了，你今天继续休息，还等着你休息好了伺候你男朋友呢。”

今天最要紧的正事就是“十年九遇”的发布会，蒋邂也不再耽误他：“快去吧，加油，英姿飒爽的男朋友。”

电话一挂，蒋邂便回房换了身衣服，准备出门时，看到镜子里那张因久病而略苍白的脸，又给自己化了个潦草的淡妆，最后叫了辆车出门。

昨天晚上她的感冒还是一副将好未好的样子，许时遇便勒令她不许出门，今天一早许时遇就开车走了，蒋邂醒来时已是日上三竿，她有一种大病初愈的清爽。

既然已经好了，还是不要错过这场发布会了。大家筹备了这么久，对于刚从困境中走出来的“十年九遇”来说太重要了。

发布会在下午三点开始，蒋邂刚上车没一会儿，官博已经发出了直播入口的链接。蒋邂不禁有些恼自己，为什么要上秤，为什么要打电话，为什么要化妆……

还有半个来小时就开始了，也不知道来不来得及。

这么想着，蒋邂戴上耳机，点击链接进入直播页面。

一进入直播间，蒋邂就看到毛恋恋那张化得分外精致在镜头前笑靥如花的脸，蒋邂有理由怀疑，由毛恋恋负责直播，大概是因为她比较闲。

“Hello！ Hello！大家能看到我吗？啊，有个小可爱说很卡啊，怎么会卡呢？我这儿刚跟老板申请了用流量直播呢，哦，一定是你们自身的问题，快快，去路由器旁边待着。”

蒋邂不由得失笑。

毛恋恋把直播镜头当镜子般欣赏了一番自己的美貌后，拨了拨耳边的头发：“小可爱们，虽然我知道你们非常舍不得我这张倾国倾城的脸，但是姐姐我今天肩负直播的重任，不能总前置啊对吧，接下来就委屈大家看看比我稍微逊色一丢丢的现场啦。”镜头一晃，毛恋恋精致的脸不见了，取而代之的是人头攒动的现场，“大家有看到吗？这一片是我们的嘉宾席，距离发布会正式开始还有半小时，看看这个上座率啊，那是非常之高了，足以见得我们‘十年九遇’那叫一个名扬四海啊。”

蒋邂以手遮眼，不忍直视，心道：找毛恋恋负责直播可能是一个错误的决定。

“我们这次发布会的主题是‘如何在数字化时代寻找出版的出路’，现场来了很多出版行业的中流砥柱，有各个题材领域闻名遐迩的作家，还有许多媒体和记者。”

其中纸媒占了大多数，蒋邂想，报道之余，他们估计还带了几分取经的心思。

此时，毛恋恋走了几步后，将镜头对准嘉宾席的一位老前辈：“张老先生，您好。”

张老先生正环着胸一本正经地注视着座位前方，似在思考着什么，猛一被人打断，还有几分惊讶，反应过来后，随即对着镜头和蔼笑道：“您好您好，镜头前的读者朋友们好。”

毛恋恋问：“张老先生，刚才有一位读者深情呼唤我，说想知道您今天有没有来现场，她说她小的时候经常看你们公司出品的童书，对出品人您的名字一直都印象深刻。这不，搜罗了一圈，可算找着您啦。”

张老先生听完讶异又感动，朝镜头扬了扬手：“谢谢，谢谢这位读者。”

毛恋恋问：“张老先生，既然都问到您了，您要不再多说几句吧！”

张老先生叹息一声，说：“年纪大了，越来越跟不上这个时代。上一次被读者夸赞，还是二十年前的事情了，那时候尚处于出版业风风火火的燃情岁月。大伙儿兢兢业业干出版，书上市后，总是能收到许多读者的来信反馈，好的大伙儿乐呵呵接受，坏的大伙儿尽心尽力改善，我们都以为，只要永葆对出版的热情，这个行业一定会越来越好。几十年过去，这个社会变革得太快，过去的那一套转眼就不适用了，你大谈特谈所谓的情怀与理想，市场当你是个屁哟！”

镜头上一堆“老先生说话好犀利”“老爷子真可爱”“请继续放飞自我”的弹幕飞过。

“现在大家都在谈资本、谈数字化转型、谈知识付费，不会与时俱进的出版人不是优秀的出版人，我们这些老一辈做出版的只能偷偷躲在背后汗颜，当真是大浪淘沙啊。这次受许先生的邀请来参加发布会，就是想现场听一听、感受一下现在年轻出版人的从业观，希望能从这位优秀的年轻人身上收获一些正向的、有利于我们行业继续披荆斩棘的力量，重拾起我们出版人的骄傲。”

毛恋恋也是感慨颇多："张老先生，希望您今天不虚此行。"接着她终于再也无法忽视读者们霸屏般对许时遇的呼唤了。

"好啦好啦，大家淡定点，不要刷屏了，我这就带大家去看你们的男神许时遇，嗯嗯嗯，知道知道，还是你们的千焜大神。"

蒋邂严重怀疑，毛恋恋此刻一定背着读者翻白眼呢。

毛恋恋一路走一路碎碎念："暴君在哪儿呢？我这可是抱着壮士赴死般的决心带你们去看男神啊，什么？帅不帅？你们难道没看过他之前流传到网络上的那几张照片吗？不清晰？啊没事儿没事儿，高清版的包我身上，一会儿就能让你们一饱眼福了。但是别怪我没提醒各位啊，YY 请注意尺度，我们老板可是有女朋友的，额，你们问长相啊？那自然是你们无法比拟的，那叫一个……"

蒋邂捂着脸感受时间一分一秒地流逝，也没见她说出下文，半晌后，毛恋恋终于发声："啊不好意思各位，刚才网速太卡了，前方就是我们的后台休息室了，你们的男神近在咫尺哦。"

蒋邂心说，毛恋恋你可真是太讲义气、太刚正不阿了。

"小可爱们，眼前这扇门后就是休息室哦，我现在要推开它了，大家做好准备。"毛恋恋深吸一口气，三秒钟给自己做好心理建设，迅速推开门。

"许总……"毛恋恋端着手机往里走。

休息室里的人齐刷刷看向她，唯一人例外。许时遇此刻正站在落地镜前系领带，听到毛恋恋的声音，身形不动地问了句："你不是在外面做直播，到这儿来做什么？"刚一问完，猛地反应过来，她来这儿还能做什么——

毛恋恋死猪不怕开水烫："许总，给大家打个招呼吧。"

许时遇系好领带转身，看向镜头，表情管理非常到位："Hello！"转身在一处沙发上坐下。

弹幕瞬间被刷疯。

毛恋恋手中的镜头随着许时遇而移动，为今之计，只剩下多多狗腿："许总，他们都说您特帅，是吧？我早就说过，您这英俊潇洒、玉树临风的身姿就应该活在大家仰慕的目光之下。您看您看，这就有一位读者说了，千焜哥哥，时遇欧巴，求您别那么幕后了，您要是出来直播，哪儿还需要担心书卖不出去啊，脸往那儿一亮，就是一带货大神，一天十万本不在话下。"

许时遇朝着镜头露出一点笑意："那行，如果今天'十年九遇'真能卖个十万本，以后多和大家聊聊天也无妨的。”说着问了毛恋恋一句，“你帮我看看弹幕，没人说我们强买强卖吧？”

毛恋恋说：“没有没有，大家都在说您的决定非常之英明。”

许时遇抬起手腕看了下时间，然后抬头看向镜头：“发布会还有十分钟开始，还需要我再说点什么？”

毛恋恋说：“大家说，要的要的。”

许时遇站了起来，将西装扣子一一扣好：“希望你们能够支持‘十年九遇’，崇尚纸质，喜欢阅读。”说着他眨了眨眼，“十万册后，我们再见。”

这边许时遇一离开毛恋恋的镜头，就冲她比了个“十”和“大拇指向下”的手势，意思是今天“十年九遇”的书要是没卖个十万本，您看着怎么办吧？

毛恋恋看着屏幕上一刻不消停的弹幕，被自己刚才视死如归的气魄深深打动了。

“师傅，您能再快点吗？”发布会马上就要开始了，蒋邂急得像热锅上的蚂蚁。

司机师傅很无奈：“姑娘啊，我这码速都到八十了，再快就要被交警逮着了。姑娘，我看您刚才看手机不是看得挺乐呵的，您就再看会儿呗，这可急不来啊。”

蒋邂只能认命地继续看手机。

发布会的现场布置得文艺简约，背景音乐轻柔而不喧宾夺主。这场发布会没有主持人，主导者就是许时遇自己。

蒋邂见他拿着麦克风，缓步走向台子。这是她第二次看许时遇穿西装，依旧是那副帅气逼人的精英模样，他往台上一站，一条儿杆似的，笔挺纤长。想到他正在毛恋恋的直播下被数十万的人关注着，蒋邂就感觉自己像被人洒了一身柠檬水似的，酸死了。

屏幕上的许时遇清了清嗓子，环视现场一圈，徐徐开口：“各位下午好，挑了个容易打瞌睡的时间举办这次发布会，实在是抱歉，先给大家讲个提神的段子醒醒脑。刚才我在休息室，我们公司的一个小姑娘拿着手机在做直播，并且将镜头对准了我，我的第一感受是不舒服，为什么不舒服呢？”

“为什么？”媒体区有人开口问。

许时遇说：“因为我太帅了。”

现场响起一片笑声，但更多的还是不解。

许时遇继续说道："由于本人超高的颜值，每次去见合作方的时候，对方的第一反应都是年轻人哪，你长得这么俊，完全可以出道，怎么就这么想不开做了出版呢？"

这回的笑声叠了起来，在现场迅速漾开。

"这种声音听得多了，我就开始跟自己较劲儿，我要努力做出版，有朝一日一定要成为业内最优秀的出版人之一。我希望不久的将来，我可以听到一种声音说：你长得这么帅，就应该来做出版啊，起码可以拔高一下我们业内的平均颜值啊。"

现场又是一片灭顶的笑声。

"于是我开始创立自己的出版品牌，'十年九遇'。"许时遇微微侧了下身，伸手指了指后面背景板上"十年九遇"的 logo，继续道，"今天站在这里，看到台下众多行业顶尖的前辈百忙之中抽空莅临，我感到十分荣幸。因为不久前，'十年九遇'刚从一场祸事中全身而退，尽管现在消息传播很快，但免不了好事不出门，坏事传千里，现场估计不乏仍对此有所困惑的同行和媒体。"

许时遇言简意赅地澄清了此次事件的始末，最后道："事实是否如许某所言，芦水区公安局官网上有专栏报道，一清二楚，各位一查便知。"

现场一位业内极富声望的男士扬手发了下言："许先生，倘若不信你，我们这一帮子人怕是懒得过来咯！"

媒体们纷纷拍下这位发言人的状态。

许时遇朝他鞠躬道了个谢。

发布会继续步入正轨。

"今天我们发布会的主题是'如何在数字化时代寻找出版的出路'，这是困扰所有从事出版的职业人的第一大难题。包括我们今天谈这个问题，也并不是带着标准答案来的。近几年，有些出版企业在垂死挣扎地搞一些资本层面上的东西，谋上市、拉融资，过于追逐资本，以至于稀释了他们放在图书内容上的精力。现在还只是简单的数字化，都说下一波潮流是人工智能，是大数据，那时候我们出版怎么办，任时代的洪流堵在死胡同里活活烂死吗？"

"姑娘，前面就到了，这儿有点堵，你要不下车跑过去？"司机师傅见后座的乘客没半点反应，又唤了几声，"姑娘！姑娘！"

蒋邂恍惚回神。

“我说，这里还要堵个十来分钟，十来分钟估计你都能走到目的地了。”

蒋邂摆手：“师傅，没事儿，我就坐车上看吧。”

“好吧。”司机师傅感叹自己是老了，越来越不懂这些年轻人多变的思维了。

蒋邂低垂着脑袋，目光黏在手机上。

台上的许时遇实在是太帅了，他对行业现状的一针见血，对行业前景的满满信心，感染着现场的每一个人。

“要寻找出路，首先我们行内人要从自身做起，态度是关键。你做食品，消费者安全是不是第一？你做短视频，观众被娱乐是不是第一？你做电子产品，买家体验是不是第一？那我们做图书应考虑到的第一是什么？”

这个问题许时遇昨天问过蒋邂，她答的是：“内容增值。”

她说完这个答案，许时遇抱着她一顿猛亲。

这头，蒋邂还在回忆着许时遇昨天饿虎扑食般的亲吻，那头，许时遇继续在镁光灯下散发光芒：“如果出版人丧失了对内容的增值能力，那么不久的将来出版必然被替代。我们‘十年九遇’尚且年轻，没能力带着大家打头阵往前冲，但是我们在此先表个态，让资本为内容服务是我们的宗旨，绝不让内容被资本驾驭是我们的态度。今年第二季度，‘十年九遇’将上架一款为纸质服务的APP，希望成为电子通往纸质的第一块敲门砖。明年的这个时候，我们‘十年九遇’还会向市场抛出第二块敲门砖，希望届时，各位多多支持。”

“姑娘，到了到了！”司机师傅又唤了几声，蒋邂这才从雷鸣般的掌声中回过神，向司机道了声“谢谢”后迅速下车，到门口出示了证件后才被放行。

蒋邂走向发布会的中心，现场围了很多人，蒋邂要靠踮脚才能看见台子上站着的人。许时遇的发言已经结束了，此时是电子运营部的高铭轩在发表讲话。

踮着脚艰难地扫视了一圈，蒋邂依旧没看到许时遇，估计回休息室了。刚拿出手机想要给喜宝打个电话麻烦她过来认领一下自己，左肩突然被人从后轻轻一拍，蒋邂朝左方向回头，没看见人，又转向右边。

看到来人，她惊讶极了：“你！”

许时遇牵住她的手，与她十指紧扣：“我这边完事了，能邀请这位不到九十斤的女士一起吃个便饭吗？”

不到九十斤的女士挺了挺自己的小身板：“没问题啊，反正我这么瘦。”

许时遇用另一只手弹了下她的额头：“走吧。”

“去哪儿吃呀？”

“回家。”

“自己做吗？”

“嗯。”

“我记得你好像不会做饭吧。”

“谁说是我做了。”

某女抓住时机：“要我做也不是不可以，但是我有个条件。”

“什么条件？肉偿吗？”

蒋邂问：“你明年这个时候要放出来的大招就是那套推崇纸质阅读的大体量丛书吧？”

许时遇侧头睨她：“从哪儿打探来的小道消息？”

蒋邂问：“你管我，要我做饭可以，你让我加入这个项目。”

许时遇：“你这算是威逼利诱吗？”

蒋邂想了想：“也算是吧。”

许时遇说：“也不是不可以，我也有个条件。”

绕回去了？

许时遇说：“找个时间，以身相许吧。”

蒋邂蒙了：“你的以身相许是？”

此刻太阳微沉，道路上光影稀疏，冬末春初，萧瑟尚存，一切状似如故。但一直往前走，就会发现前方井盖与石砖相接的地方，一朵白色的小花正顽强地冒出了头。

如果它有思想，抬头它就会发现，一个穿着粉色羽绒服的女生此刻正抱着男朋友的胳膊撒娇道：“好啊好啊。”

因为她的男朋友前一刻说：“咱们哪天抽空把证儿领了吧。”

所有人都说我很平凡，但我从很遥远的地方而来，踏过千山，蹚过万水，在这个繁华鼎沸的城市里遇见你，我才明白，不是只有非凡才能获得上帝的垂怜。

你就在这里，我来到这里。从此，天高海阔，人间几回。